Des jumeaux pour Jenny

*

Un ennemi aux urgences

SUE MACKAY

Des jumeaux pour Jenny

Traduction française de

MICHELLE LECŒUR

BLANCHE

HARLEQUIN

Collection : Blanche

Titre original :
A FAMILY THIS CHRISTMAS

Ce roman a déjà été publié en 2015

HARPERCOLLINS FRANCE
83-85, boulevard Vincent-Auriol, 75646 PARIS CEDEX 13
Service Lectrices — Tél. : 01 45 82 47 47

www.harlequin.fr

ISBN 978-2-2804-4717-1 — ISSN 0223-5056

1.

— Attention !

L'avertissement fut suivi d'un cri étranglé qui fit se dresser les cheveux sur la nuque de Cameron Roberts.

Puis il y eut un fracas ressemblant à s'y méprendre au bruit que faisait le skate-board d'un des jumeaux quand il heurtait malencontreusement le trottoir.

Son cœur se serra. Qu'avaient-ils encore fait ? Ses fils allaient-ils un jour cesser de s'attirer des ennuis ? Ils avaient beau n'avoir que huit ans, ils déclenchaient à eux deux plus de catastrophes qu'une équipe de joueurs de rugby lâchés en ville après un match très disputé.

Cam s'élança vers le devant de la maison.

— Marcus ? Andrew ? Est-ce que ça va ?

— Papa, dépêche-toi ! Elle a besoin d'un médecin. Je l'ai pas fait exprès, je t'assure… Je suis désolé.

Marcus apparut au bout de leur allée, son petit visage inquiet ruisselant de larmes.

Cette fois, la gorge de Cam se noua. Qu'est-ce que Marcus avait fait, cette fois ? Et où était Andrew ? Lui était-il arrivé quelque chose ? Cela expliquerait la réaction de son frère. Excepté qu'il avait dit qu'*elle* avait besoin d'un médecin.

— Que s'est-il passé ? demanda-t-il, tout en priant mentalement les dieux des parents de lui accorder une pause, juste une fois.

Mais à en juger par le spectacle qui s'offrait à lui, les dieux en question devaient être en vacances.

— Un jour, rien qu'un seul jour sans le moindre désastre,

c'est tout ce que je demande, marmonna-t-il entre ses dents avant de s'agenouiller près de la femme aux cheveux roux qui gisait sur le trottoir.

Elle tourna les yeux vers lui, le visage grimaçant de douleur. Sa poitrine se soulevait et s'abaissait trop vite, et du sang coulait de son coude gauche le long de son bras.

Debout à côté d'elle, Andrew se balançait d'un pied sur l'autre, son skate-board oscillant dans la main. Il regardait fixement la femme, comme s'il n'arrivait pas à comprendre pourquoi elle se trouvait là. Un autre skate-board était abandonné par terre : celui de Marcus.

— Que s'est-il passé ? répéta Cam.

A la maison, il était interdit de jurer, et cela valait aussi sur le trottoir. Mais à cette minute, Cam eut une furieuse envie d'enfreindre la règle.

— Papa, la dame est blessée, mais…

— On l'a pas fait exprès. C'est vrai, ajouta Andrew d'une voix tremblante.

La femme poussa un grognement.

— J'ai la cheville cassée.

Cam remarqua qu'un pied enflait déjà, ainsi que la cheville. Fracture ou entorse ?

— On n'est pas encore sûrs, dit-il.

— Moi, je le suis.

Elle semblait catégorique. Et en colère. Il ne pouvait pas lui en vouloir.

— Je suis médecin. Est-ce que je peux vous examiner ? demanda-t-il.

Ses yeux se posèrent sur lui. D'un magnifique vert émeraude, ils lui rappelaient les lointains étés qu'il avait passés à se promener dans les collines boisées.

— Le rebord de la planche de ce garçon a tapé dans mon talus. La douleur a été instantanée et atroce. Il est cassé.

Elle avait dit « talus », et non pas « os de la cheville ». Apparemment, elle avait quelques notions de médecine. Il se pencha sur le pied, l'estomac noué. Pour ce qui était de la fracture, elle avait sans doute raison. Ou alors, elle s'était tordu la cheville en tombant.

— Je suis désolé, dit-il. Mes fils ont tendance à être excessifs en tout.

Il était encore bien en dessous de la vérité. Mais il n'allait tout de même pas raconter à cette femme qu'il ne se passait pratiquement pas de jour sans qu'ils fassent de nouvelles bêtises.

« Bon sang, qu'elle est belle. »

Malgré la douleur qui déformait ses traits, elle était d'une beauté renversante.

« Fais ce que tu as à faire et envoie-la à l'hôpital. Ne pense à rien d'autre. Elle est peut-être canon, mais c'est avant tout une femme, et donc une source potentielle d'ennuis. »

— Ils allaient à toute allure, reprit-elle en essayant de déplacer son bassin, ce qui lui arracha un cri.

Sa mâchoire se crispa quelques secondes, sans doute le temps que la douleur s'estompe. Il avait semblé à Cam qu'elle avait un petit accent.

— Vous avez des ancêtres écossais ?

Pourquoi lui avoir posé cette question ? Cela ne le regardait pas et n'avait de toute façon rien à voir avec la situation présente.

— Pas un seul, répondit-elle. Mais quand on grandit dans l'extrême-sud du pays, on ne parle pas comme les autres Néo-Zélandais.

Le léger roulement de ses « r » le titilla agréablement. Il avait toujours adoré les femmes avec un accent.

« Oui, et regarde où cela t'a mené… »

Il se concentra sur la cheville qui avait déjà enflé.

— Je vais appeler l'ambulance. Ils pourront vous administrer du protoxyde d'azote quand ils retireront votre chaussure.

Elle hocha la tête, sachant manifestement ce qu'était ce gaz à l'effet à la fois relaxant et hilarant.

— Andrew, va chercher mon téléphone. Tout de suite.

— Oui, papa.

— Marcus, apporte les coussins du canapé pour la dame.

— Oui, papa. Mais on…

— Fais ce que je te dis.

Sa voix calme contrastait avec l'inquiétude qu'il éprouvait

pour cette femme et son irritation envers les jumeaux. Pour une fois, ils auraient pu s'abstenir de discuter ses ordres.

— Très obéissants, marmonna la femme quand les garçons eurent disparu dans la maison.

— Vous trouvez ? C'est juste parce qu'ils savent qu'ils ne sont pas au bout de leurs ennuis avec moi.

Avec précaution, il lui étendit la jambe en veillant à ne pas brusquer la cheville.

— Au fait, je m'appelle Cameron Roberts et je suis médecin généraliste au centre médical local. D'ailleurs, je suis le seul.

— Jenny Bostock.

Ses lèvres pleines se pincèrent. Le vert de ses yeux s'assombrit et elle regarda par-dessus son épaule, comme si elle essayait de se concentrer sur autre chose que sa cheville. S'étant libérée d'un ruban élastique qui pendait maintenant dans son dos, une cascade de cheveux roux ondulés retombait sur ses épaules, quelques mèches cachant partiellement un côté de son visage.

Cam eut du mal à résister à l'envie de les écarter.

— Etes-vous venue visiter Havelock pour la journée ou bien faisiez-vous juste une halte ? demanda-t-il.

« Ce n'est pas de l'indiscrétion, j'essaie juste de la distraire de la douleur. »

— J'ai traversé ce matin avec le ferry, et j'ai choisi de prendre Queen Charlotte Drive au lieu d'aller directement à Blenheim. A Havelock, j'ai eu envie de me promener à pied dans la rue principale avant d'aller déjeuner au café qui se trouve près de la marina.

— Et mes fils vous ont empêchée de mener à bien votre projet… J'en suis vraiment désolé. Ils ont tendance à s'emballer un peu trop, parfois.

Pour le coup, la prochaine destination de cette jeune femme serait l'hôpital, et rien d'autre.

— Cela vous fait deux fois plus de soucis, j'imagine ? dit-elle.

Ses lèvres esquissaient un vague sourire, ce qui le surprit

et le soulagea à la fois. Sa colère semblait s'être calmée. Pourtant, elle devait souffrir.

— Celui qui a lancé une idée pareille n'a jamais eu de jumeaux, répliqua-t-il. Dites plutôt que les ennuis sont multipliés par dix. Mais je reçois aussi dix fois plus d'amour, ajouta-t-il avec un sourire contraint.

— Ne soyez pas trop sévère avec eux. Ils ont surgi de nulle part, mais c'était aussi ma faute. J'étais en train de suivre des yeux un bateau qui sortait de la marina, sans regarder où j'allais.

— C'est gentil à vous de dire ça. Je leur répète tout le temps qu'ils doivent faire très attention aux piétons, même s'il n'y en a pas beaucoup dans cette partie de la ville.

— Mais ce sont des garçons, et ils ne vous écoutent pas.

— Je crois que je ferais bien de mettre ces skate-boards sous clé jusqu'à ce qu'ils aient appris à contrôler un peu leurs actes. Avez-vous des engourdissements ? ajouta-t-il en lui tapotant le pied.

Elle se contenta d'acquiescer.

— Vous voulez bien essayer de le bouger ?

— Pas vraiment.

Pourtant, elle prit un air déterminé et son visage se contracta sous l'effort, juste avant qu'elle grimace de douleur.

— Stop ! Vous avez sans doute raison : il ne s'agit pas d'une simple entorse.

Andrew apparut, tout essoufflé.

— Voilà le téléphone !

— Et moi, j'ai les coussins !

Marcus les rejoignait, les bras chargés.

— Place-les derrière la dame, un à la fois, ordonna Cam. Doucement. Ne la cogne pas.

Il avait envie de gronder les garçons, de les sermonner pour ne pas avoir fait assez attention, mais il se demanda s'il n'avait pas déjà été trop sévère ces derniers temps. Peut-être tireraient-ils eux-mêmes la leçon de cet accident. Ils s'amusaient tellement avec leurs skate-boards que les leur confisquer lui brisait le cœur.

Jenny dirigea l'installation des coussins en parlant calmement aux garçons, comme si elle vivait ce genre de situation tous les jours. Ils s'exécutèrent avec empressement tout en jetant des coups d'œil du côté de leur père. Cherchaient-ils à lui faire comprendre qu'il aurait dû en prendre de la graine ?

Cam se releva et appela le chef ambulancier bénévole.

— Hello, Braden, il faudrait que vous veniez devant chez moi. Une femme avec probablement une cheville cassée a besoin d'antalgiques et doit être transportée à Wairau, ajouta-t-il avant de couper la communication.

— Wairau ?

— L'hôpital de Blenheim. Il vous faut une radio et vous serez suivie par un chirurgien orthopédique.

— Adieu les podiums.

Etait-elle en train de plaisanter ? Mais à bien y réfléchir, ces longues jambes minces pouvaient très bien appartenir à un mannequin, habitué des défilés de mode. Le reste de son corps était à l'avenant, sans parler de sa magnifique chevelure et de ce visage qui aurait pu tenter un eunuque.

S'il lui en laissait l'occasion, Jenny Bostock était sûrement capable de lui faire perdre sa résolution d'éviter la population féminine tout entière.

« Alors, ne la laisse pas faire. »

Il recula d'un pas, mettant ainsi davantage d'espace entre eux. D'abord, se montrer pratique.

— Je suppose que vous avez une voiture garée quelque part, non loin d'ici. Elle peut rester dans mon garage jusqu'à ce que vous soyez capable de la conduire de nouveau.

C'était le moins qu'il pouvait faire, étant donné que sa progéniture était responsable de l'immobilisation de Jenny.

Elle glissa les doigts dans la poche de son short ajusté.

— C'est une voiture de sport rouge, numéro d'immatriculation HGH 345, et elle est garée non loin des sculpteurs sur bois.

Il eut du mal à détacher les yeux de ses hanches rondes.

— Vous faites facilement confiance, commenta-t-il.

C'était sans doute un vieux tacot, bientôt bon pour la casse.

— Dr Cameron Roberts, généraliste à Havelock… Ça ne doit pas être très difficile à retrouver, répliqua-t-elle. D'autant plus que je suis allongée devant votre portail d'entrée, au 5C, Rose Street.

Bien observé. A cet instant, il entendit la sirène de l'ambulance.

— J'avoue que j'apprécierai énormément l'effet sédatif du gaz, car la douleur devient obsédante.

Elle ne souriait plus et arborait en permanence une expression douloureuse.

— A propos… J'aurais dû vous le demander plus tôt, dit-il. Y a-t-il quelqu'un à prévenir qui pourrait vous retrouver à l'hôpital ?

Instantanément, ses yeux perdirent toute expression et elle parut se refermer d'un seul coup.

— Non, merci.

— Il faudra que quelqu'un passe vous prendre une fois que l'équipe médicale vous aura remise sur pied.

— Je me débrouillerai.

Son regard se fit lointain, mais il crut y déceler une lueur de détresse.

— Bonjour, dit-elle d'un ton jovial aux auxiliaires médicaux qui arrivaient. Vous venez me chercher ? J'espère que vous avez apporté de quoi diminuer la douleur.

Braden et son assistant, Lyn, se dirigèrent vers elle avec un brancard, une planche, leur trousse médicale et le masque dont Jenny rêvait.

— Salut, les gars, dit Cam. Voici Jenny Bostock.

La culpabilité l'assaillit de nouveau. Ses fils étaient-ils responsables de la détresse qu'il avait lue dans ses yeux ?

— Papa, on peut aller dans les magasins ?

— On a vu maman sortir d'une voiture au bout de la rue.

Il sentit son cœur se serrer. Ses fils avaient pourtant à peu près autant de chances d'apercevoir leur mère que de voir des cochons voler.

Quand cela allait-il finir ? Outre le fait qu'ils avaient brisé la cheville de Jenny, ils étaient persuadés que leur mère se trouvait dans les parages. Quand accepteraient-ils que cette femme égoïste n'avait aucunement l'intention de revenir un jour ? Elle ne tenait sans doute pas à ce que deux garçons de huit ans interfèrent avec ses plans de carrière.

— On n'a pas le temps. Je vous rappelle que vous devez vous trouver à la fête de Noël des joueurs de softball dans une heure. Or, vous devez encore vous laver la figure et enfiler des vêtements décents.

La déception visible sur les deux visages presque identiques lui fut aussi douloureuse que devait l'être sa cheville cassée pour Jenny. Mais mieux valait se montrer ferme à ce sujet plutôt que de les laisser arpenter la rue principale en regardant dans chaque boutique et chaque café, à la recherche de quelqu'un qui se trouvait à des centaines de kilomètres de là, dans l'île du Nord.

Cependant, Cam détestait avoir à endosser le rôle du méchant ogre briseur de cœurs, alors que leur mère était la cause de leur angoisse.

Son regard croisa celui de Jenny alors qu'elle inhalait de grandes bouffées de gaz. Cette fois, il ne put déchiffrer l'expression de ses yeux verts. D'ailleurs il n'essaya même pas puisqu'il ne la reverrait plus. Ce qu'elle pensait importait peu.

— Le temps d'installer l'attelle et de transporter Jenny dans l'ambulance et nous repartons, dit Braden. Est-ce que vous allez à l'apéritif de ce soir, Cam ?

Il s'agissait d'une collecte de fonds pour l'entretien de la piscine.

— Tout dépend de l'heure à laquelle le Noël des garçons finira, répondit-il.

Ses fils et lui étaient devenus experts en vie sociale : ils étaient invités à toutes les fêtes qui se tenaient à Havelock : de l'anniversaire d'un chat jusqu'à la dernière d'une série de représentations théâtrales. Tout était prétexte à s'amuser. Ce qui était très bien, tant qu'il ne fallait pas courir à Blenheim, à une demi-heure d'ici, et qu'il n'y avait pas plusieurs événements à honorer en même temps.

Braden et Lyn transportèrent leur patiente jusqu'à l'ambulance et Cam les suivit, incapable de s'en aller.

— J'espère que tout se passera bien pour vous à Wairau, Jenny. Et encore une fois, désolé pour mes garçons.

Elle retira le masque de son visage et esquissa un sourire.

— Un accident est vite arrivé. J'aurais dû faire attention où j'allais.

Cette femme était prompte à pardonner. Peu de gens auraient réagi ainsi. Avait-elle naturellement bon cœur ? Ou bien le gaz avait peut-être sur elle un effet hilarant et adoucissait le désespoir qu'il avait deviné dans ses yeux…

Tout en regardant l'ambulance, il éprouva une envie qu'il n'avait pas ressentie depuis des années. C'était quelque chose dans l'attitude courageuse de Jenny qui l'avait déclenchée. L'envie de suivre le véhicule et d'aller aux urgences avec elle.

Pour lui tenir la main ? Mais bien sûr… Réconforter une femme superbe ne faisait pas partie de ses projets immédiats. Pourtant, il ne pouvait pas s'empêcher de se sentir responsable d'elle.

S'il y avait eu quelqu'un avec elle, ou pour l'attendre à l'hôpital, il n'aurait sans doute pas réagi ainsi. Mais elle avait l'air d'être seule. Quand elle sortirait de l'hôpital, où irait-elle ? Et comment s'y rendrait-elle ? Au moment de l'accident, elle n'avait pas de sac avec elle, ni de veste avec des poches pouvant contenir de l'argent, une carte de crédit ou un téléphone. Elle n'avait que les clés qu'elle lui avait tendues pour qu'il aille chercher sa voiture. C'était probablement là que son sac se trouvait.

Il supervisa les garçons pendant qu'ils rapportaient les coussins à la maison avec des regards inquiets sous leur frange un peu trop longue. Au moins, ils avaient saisi la gravité de la situation, songea Cam en soupirant.

A présent, il était temps de se rendre à la fête.

« N.B. : Ne pas oublier de prendre rendez-vous pour deux coupes de cheveux, lundi soir après l'école. »

2.

Jenny jeta un coup d'œil circulaire dans la salle des urgences et frissonna.

Elle avait envie de partir d'ici. Tout de suite.

Mais ce n'était pas près d'arriver. Le spécialiste lui avait confirmé ce dont elle se doutait déjà. Il attendait que le chirurgien orthopédique vienne regarder ses radios, mais, apparemment, celui-ci était allé pêcher à Queen Charlotte Sound.

Prendre son mal en patience n'était plus son fort, particulièrement aux urgences. A une époque, elle avait adoré être d'astreinte dans ce genre de service, se demandant avec excitation quel serait le prochain cas à traiter, et elle avait été heureuse d'aider des patients à se rétablir quand une catastrophe s'était abattue sur eux.

« Et pour finir, tu n'as servi à rien », se dit-elle.

Les urgences étaient pleines à craquer. Le rideau du box voisin n'était pas complètement tiré et elle aperçut un amour de petite fille aux yeux bleus et aux cheveux bouclés qui la regardait sans ciller. Un homme était allongé sur le lit, souffrant visiblement.

Elle avait entendu dire qu'il était tombé de son tracteur sous lequel il était resté coincé pendant une heure avant que sa femme le trouve. Cependant, sa vie ne devait pas être en danger, sinon il aurait déjà été au bloc.

— Debout, lui dit la petite fille d'un ton impérieux.

— Non, Emma. Laisse la dame tranquille.

La mère de l'enfant, la mine harassée, la prit par la main et la fit asseoir sur une chaise près du lit de l'homme.

— Ce n'est rien, dit Jenny avec un bref sourire.

— Est-ce que ça va ? lui demanda une infirmière stagiaire d'un ton enjoué, de l'autre côté du lit. Vous n'avez besoin de rien ?

C'était de l'humour, sans doute. Ne devait-on pas d'abord leur apprendre à ne pas taquiner leurs patients ?

— Je ferais n'importe quoi pour avoir un café bien fort.

— Vous ne devez rien boire pour l'instant, désolée. Pas avant que M. McNamara vous ait vue, et ensuite, seulement si on ne vous opère pas.

— Je comprends tout à fait.

Cela commençait à faire beaucoup de gens désolés pour aujourd'hui. Il y avait eu Cameron Roberts et sa masse de cheveux blonds frisés, visiblement navré de ce qui lui était arrivé, et qui l'avait regardée avec ses yeux couleur café pleins de stress et de lassitude.

« Problèmes » et « jumeaux » étaient en fait deux termes synonymes. Elle était bien placée pour le savoir.

— Si vous avez besoin de quoi que ce soit, appelez-moi, ajouta l'infirmière. Je peux vous trouver des magazines, mais ils sont loin d'être récents.

— Tout va bien, mentit-elle.

— Super…

La jeune femme la gratifia d'un large sourire avant d'aller charmer un autre patient, la laissant dresser seule le bilan de sa situation, qui était loin d'être brillante.

Elle se retrouvait coincée. Stoppée dans son élan, tout cela parce qu'un gamin avait perdu le contrôle de son skate-board. Il avait tout fichu par terre.

Il lui semblait qu'elle venait de heurter un mur de brique et qu'il n'y avait plus aucune issue. Elle avait eu envie de hurler à ces garçons qu'ils auraient dû faire attention, mais elle-même n'avait pas remarqué grand-chose, à part le bateau qui s'éloignait et le soleil sur son visage. Elle avait eu à peine le temps de tourner la tête en entendant le bruit avant que Marcus lui rentre dedans.

Les garçons avaient paru contrits. Ils avaient également eu l'air d'en avoir assez de se faire gronder. Jenny comprenait ce qu'ils avaient ressenti. Combien de fois Alison et elle n'avaient-elles pas rendu leur mère à moitié folle ? Cela, Cameron Roberts ne s'en était pas douté.

« Je parie que je pourrais en apprendre à ses garçons, pour ce qui est de faire des bêtises. »

— Emma ? Que se passe-t-il, mon bébé ?

Dans le box voisin, le ton angoissé de la mère l'alerta aussitôt.

— Elle est devenue toute rouge. Emma ? Elle ne respire plus !

Jenny balança les jambes sur le côté du lit, crispant les dents sous l'effet de la douleur.

— Je suis médecin. Amenez-la ici, dit-elle d'un ton autoritaire.

La petite fille, qui lui souriait quelques minutes plus tôt, avait une expression de terreur sur le visage et Jenny s'empressa d'appuyer sur le bouton d'alarme près du lit.

— Jouait-elle avec quelque chose ?

— Des boules de coton, je crois.

Prenant l'enfant des bras de la mère en détresse, Jenny lui introduisit son index plié en forme de crochet dans la bouche et en retira des boules de coton humides. En avait-elle avalé ?

— Savez-vous si votre fille a des allergies ? demanda-t-elle.

— Pas à ma connaissance.

Emma ne respirait plus. Rapidement, Jenny l'allongea en travers de ses genoux, la tête en bas, et se mit à lui administrer des tapes entre les omoplates du plat de la main.

« Une. Deux. Allez, bébé, respire. Trois. Quatre. S'il te plaît, s'il te plaît, s'il te plaît. Cinq. Où sont passés les médecins ? »

La poitrine d'Emma ne se soulevait toujours pas. Ignorant les cris de la mère, Jenny se concentra sur l'enfant qu'elle redressa pour l'asseoir contre elle, sur ses cuisses.

— Que se passe-t-il ?

Un médecin accourait, suivi de deux infirmières.

Enfin… Mais lui passer le relais maintenant entraînerait la perte de précieuses secondes.

Jenny mit l'avant-bras au creux de l'estomac de la petite fille.

— Cette enfant est en arrêt respiratoire. Je lui ai administré cinq tapes dans le dos. Au fait ! Je suis médecin urgentiste.

« *J'étais* médecin urgentiste », rectifia-t-elle pour elle-même.

Elle effectua une compression. Un. Deux… Emma toussa à plusieurs reprises, et un petit objet rond jaillit de sa bouche et alla rouler par terre.

— On dirait un couvercle de boîte à pilules, dit une infirmière en allant le ramasser sous le lit voisin.

Emma, l'air désorienté, se mit à pleurer et le médecin l'enleva des bras de Jenny pour la poser sur le lit.

— Chut, mon ange. N'aie pas peur, tout va bien.

Il jeta un coup d'œil à la maman, toujours sous le choc, tandis que le père, visiblement secoué, tentait de sortir de son lit.

— Venez tenir votre fille pendant que je l'examine, dit-il à la mère. Jason, ne bougez pas de votre lit, sinon votre blessure va se remettre à saigner.

Il procéda à un examen rapide mais complet de l'enfant.

— Elle est en pleine forme, grâce à ce médecin, conclut-il en désignant Jenny.

La mère la regarda, toute pâle.

— Merci beaucoup, dit-elle d'une voix tremblante. Si vous n'aviez pas fait les bons gestes…

Elle ne put continuer.

Jenny s'allongea sur son lit. La douleur s'était amplifiée et devenait lancinante, à présent qu'elle n'était plus distraite.

— Ce n'est rien, répondit-elle en s'efforçant de sourire. Réjouissez-vous que vous vous soyez trouvées ici plutôt que chez vous quand c'est arrivé.

En quelques minutes, le service retrouva son rythme normal et on n'entendit plus que des voix étouffées.

Avec un soupir, Jenny s'abandonna dans son lit. Quelle journée… Mais après tout, une cheville cassée n'était rien sur l'échelle des urgences et elle avait beaucoup de chance.

Le désespoir céda la place à la joie. Cette enfant aurait

pu être sauvée par n'importe lequel des médecins ou des infirmières du service, mais c'était elle qui l'avait fait. Instantanément, les anciens réflexes avaient refait surface.

C'était bon de savoir qu'elle les avait toujours en elle, même si elle n'avait nullement l'intention de faire la bêtise de redevenir médecin.

Pourtant, elle avait dit « Je suis médecin » sans réfléchir, ne songeant pas un instant à diriger l'enfant vers quelqu'un d'autre au risque de perdre de précieuses secondes.

Tout en s'enfonçant davantage dans les oreillers, elle se demanda ce qu'elle ferait une fois qu'elle sortirait de l'hôpital. Initialement, elle avait prévu de passer un jour ou deux à Blenheim pour visiter les vignobles qu'elle avait vus avec Alison deux ans auparavant, et boire un verre de la boisson pétillante favorite de sa sœur : le champagne.

Allait-elle rester ici jusqu'à ce qu'elle soit capable de circuler de nouveau ? Mais pour faire quoi ? Lire, manger, dormir… L'ennui. Et si elle retournait à Havelock ? se dit-elle avant de laisser échapper un petit rire sans joie.

Moins de cinq cents personnes vivaient là-bas. Pas vraiment un endroit pour elle. En un rien de temps, les gens commenceraient à lui dire bonjour et à lui demander comment elle allait.

Un frisson d'appréhension la parcourut. Il fallait qu'elle se rende à l'évidence : actuellement, elle n'était guère capable de passer plus de trois nuits quelque part. En même temps, elle n'était plus en état de bouger.

Près de six mois passés sur les routes n'avaient rien résolu et ne lui avaient pas apporté le pardon dont elle avait tant besoin : elle ne parvenait toujours pas à accepter ce qu'il s'était passé.

A présent, elle était presque au bout de son voyage : plus que deux étapes. Comme si maintenant, elle allait pouvoir gravir les montagnes du parc national de Kahurangi… Il faudrait qu'elle attende l'année prochaine pour dire adieu à sa sœur.

Les larmes se mirent à couler sur son visage.

— Désolée, petite sœur. Je voulais vraiment me trouver à l'endroit où tu m'as quittée pour ce premier anniversaire.

Il avait suffi d'un seul choc pour la priver de ce dernier adieu. C'était un peu comme pour la mort d'Alison : une seule chute, et elle avait disparu pour toujours.

— On dirait que vous avez besoin d'un peu de compagnie.

Cette voix, elle l'avait entendue quelques heures auparavant.

— Docteur Cameron Roberts ?

Surprise, surprise…

— Vous vous rappelez mon nom, donc. La plupart des gens m'appellent Cam.

Elle avait toujours eu une mémoire phénoménale. Cela lui servait à se rappeler les dernières paroles de sa jumelle, par exemple.

Mettant Alison de côté — du moins pour le moment — elle prit une profonde inspiration tout en gardant la tête baissée.

— Vous n'arrivez pas à trouver l'endroit où a lieu la fête de Noël des garçons ? dit-elle en souriant.

Il s'assit sur le bord du lit sans lui demander la permission. Au moins, il fit attention de ne pas heurter son pied blessé.

— Ils sont arrivés à bon port sans problème, répondit-il. Et pour une fois, je n'ai pas eu à revêtir un costume rouge ni à distribuer des cadeaux à des gamins surexcités.

— Ça a pourtant l'air amusant, dit-elle en levant les yeux, oubliant ses larmes.

— Vous pleurez…, marmonna-t-il, l'air désemparé.

Il devait faire partie de cette catégorie d'hommes qui ne supportaient pas de voir une femme en larmes.

— C'est sans doute le contrecoup du choc. Je me retrouve ici, au lieu d'être en train de savourer mon déjeuner à la marina.

Si elle racontait la vérité à cet inconnu, elle aurait l'air de chercher à se faire plaindre et c'était la dernière chose qu'elle voulait.

— Ne vous inquiétez pas pour moi, je vais bien, ajouta-t-elle.

Cam parut soulagé.

— Il paraît que vous attendez Angus McNamara ?

— Est-il un bon chirurgien ? demanda-t-elle.

— Vous ne pensez pas que je vais vous dire le contraire ? répondit-il avec un léger sourire.

Il devrait sourire plus souvent, songea-t-elle. Il était toujours aussi séduisant, mais encore plus attirant.

Comme elle éprouvait un chatouillement agréable au niveau de l'estomac, elle se raidit.

Elle ne devait pas oublier que cet homme avait une femme. Après tout, les garçons avaient dit qu'ils avaient vu leur mère.

Elle remua légèrement et poussa un grognement de douleur.

— Si j'avais besoin de voir un spécialiste du bistouri, vous me le diriez, n'est-ce pas ?

Cam sourit de nouveau.

— Angus est un très bon chirurgien, répondit-il en lui tendant ses clés. Votre voiture est maintenant à l'abri, dans mon garage. Je vous ai apporté votre bagage, au cas où vous auriez envie de vous changer.

Non seulement il était beau, mais il était prévenant.

— Je l'ai laissé au bureau des urgences, en attendant que l'on sache si vous devez vous faire opérer ou bien si vous avez juste besoin d'une attelle correcte et d'une paire de béquilles.

— Voulez-vous mettre les clés dans mon sac ? Je crains de les perdre.

— Bien sûr.

Il resta un moment silencieux, les yeux fixés sur ses pieds.

— Si on vous laisse sortir d'ici, où irez-vous ?

Elle n'en avait aucune idée.

— Hier, j'ai cherché un motel à Blenheim et j'ai vu qu'il y avait beaucoup de chambres libres, alors je n'ai pas pris la peine de réserver. Je téléphonerai une fois que je saurai ce qui m'attend ici.

— Etes-vous sûre de vouloir faire ça ? Vous pourriez très bien rentrer directement chez vous en avion.

D'après son regard interrogateur, il aurait bien aimé savoir où elle habitait. Mais elle n'avait pas envie de satisfaire sa curiosité.

— Pas de problème. J'ai l'embarras du choix, en fait.

Entre un motel où il faudrait qu'elle se fasse livrer des plats tout prêts à cause de son impossibilité à se déplacer, et un avion qui l'emmènerait… Où ? Dans quel endroit pourrait-elle s'installer en prétendant être chez elle, le temps qu'elle soit de nouveau capable de bouger ? D'après certains, là où était notre cœur se trouvait notre toit. Mais son cœur à elle était perdu.

Toutes ses possessions terrestres se trouvaient enfermées dans un container d'un entrepôt d'Auckland, où elles devaient être en train de moisir. Après son long voyage, elle aurait sûrement envie de prendre un nouveau départ dans un nouvel endroit.

— Je vous laisse mes coordonnées, dit-il. Au cas où vous auriez envie que je vous rapporte autre chose laissé dans votre voiture.

— Merci.

Le carton de journaux de médecine pouvait bien attendre. Quant aux chaussures de marche ou de course et à l'équipement de camping, ils lui étaient tout à fait inutiles pour l'instant.

« Arrête de t'apitoyer sur ton sort. Ce n'est rien d'autre qu'une cheville cassée. Pas de quoi en faire un drame, même si tu restes coincée ici pendant un bout de temps. »

Son regard se promena sur Cam, son large torse et ses longues jambes.

— Comment avez-vous réussi à vous glisser derrière le volant de ma voiture ? Vous avez dû avoir les genoux sous le menton.

— J'ai l'habitude, répondit-il. Cependant, c'était une première pour moi de conduire une voiture de sport, même pendant quelques centaines de mètres seulement. Les garçons n'en croyaient pas leurs yeux quand je suis arrivé à la maison.

Elle hocha la tête en souriant.

— J'imagine leur tête.

Elle ne put s'empêcher de continuer à l'examiner. Il devait passer du temps au soleil, car il exhibait un hâle doré du plus bel effet.

Son estomac se serra. Ce n'était vraiment pas le moment

de s'intéresser à un homme. Elle n'avait rien à offrir à quiconque. Quoi qu'il en soit, celui-là était déjà pris.

— Vous avez l'air en forme. Est-ce que vous courez ?

Pourquoi lui posait-elle cette question ? Il n'allait pas tarder à disparaître de sa vie.

Cam eut l'air surpris.

— En effet, répondit-il. C'est la seule chose qui me permette de ne pas devenir fou, certains jours. Comme Havelock est petit, je vais sur Queen Charlotte Drive où il n'y a pas beaucoup de circulation. Parfois, les garçons m'accompagnent à vélo.

— Vos garçons sont adorables.

Où était leur mère ? Les avait-elle accompagnés à la fête ?

— Surtout, ne leur dites jamais ça. Ils détestent le mot « adorable ».

Cette fois, son sourire était plus large et illuminait ses yeux.

— On dirait qu'ils ont un caractère bien trempé.

Cam hocha la tête.

— Malheureusement, oui.

Il poussa un soupir et son regard devint triste.

— Ils sont un curieux mélange de force et de douceur. Ce qui est plutôt bien, mais j'aimerais qu'ils soient plus forts dans certains domaines.

Elle aurait voulu savoir comment effacer cette soudaine mélancolie et ramener son sourire chaleureux. Mais ce n'était pas son rôle. Ils étaient des étrangers l'un pour l'autre et étaient appelés à le rester.

— Vous avez des enfants ? reprit-il.

Cette question n'avait rien de surprenant étant donné le cours qu'avait pris leur conversation, pourtant, elle la reçut comme une flèche en plein cœur.

— Non.

Elle avait toujours espéré se marier un jour et fonder une famille. Cela avait fait partie de son projet de vie, en même temps que poursuivre sa carrière médicale, voyager dans toute l'Europe et voir Alison atteindre son but en devenant pilote de ligne.

Mais voilà… Alison était morte parce qu'*elle* avait échoué en tant que médecin.

Désormais elle aurait de nouveaux projets, mais une chose était sûre : fonder une famille en ferait toujours partie. La perte de sa sœur jumelle n'avait fait qu'accroître ce besoin en elle.

— Hello, Cam. Je ne m'attendais pas à te trouver ici. Tu connais ma patiente ?

Un homme d'une cinquantaine d'années venait de les rejoindre.

— Pas vraiment, répondit Cam. Mes garçons sont responsables de son état. Accident de skate-board.

— Aïe… Je suis Angus, votre chirurgien, dit l'homme en se tournant vers elle.

Elle lui tendit la main.

— Jenny Bostock. Puis-je vous demander si la pêche a été bonne sans que vous vous vengiez sur moi plus tard ? demanda-t-elle avec un sourire contraint.

— Vous êtes tombée pile au bon moment, répondit gaiement le chirurgien sans se démonter. Mon dîner m'attend chez moi, au réfrigérateur. J'ai pris de la morue qui est pour moi le meilleur poisson que l'on puisse trouver dans nos eaux.

Son sourire amical s'évanouit.

— J'ai vu vos radios. Il y a une petite fracture à la base du tibia, mais c'est surtout le talus qui est touché. Il faudra fixer des plaques.

— Je m'y attendais un peu.

Et cela ne l'emballait pas du tout, mais elle n'avait pas le choix.

— Voulez-vous que je vous décrive tout le processus, docteur Bostock ? demanda le chirurgien.

Cam haussa les sourcils.

— Ainsi, vous êtes médecin. Je m'étais posé la question.

Elle aurait aussi bien pu marquer « promeneuse de chiens » ou « femme de ménage » sur sa fiche d'admission, mais certaines habitudes avaient la vie dure, même au bout de six mois.

En fait, elle disait rarement qu'elle était médecin, de

crainte que les gens lui demandent aussitôt son avis sur leur santé. Mais quand il s'agissait de remplir un papier, elle était honnête. Au cas où elle se remettrait sur les rails, un jour.

Angus se tourna vers Cameron.

— J'ai appris que notre patiente avait sauvé la vie d'un enfant qui était en train de s'étouffer il y a à peine une demi-heure. Tout le monde ne parle que de ça.

Cam haussa de nouveau les sourcils.

— Vraiment ? On dirait que vous avez le chic pour vous trouver au milieu des ennuis. C'est exceptionnel, ou bien est-ce une habitude chez vous ?

— Je crois qu'aujourd'hui j'aurais mieux fait de ne pas sortir de mon lit, marmonna-t-elle.

— Eh bien, vous voilà de nouveau couchée, dit Cam avec un sourire espiègle qui lui réchauffa le cœur.

— Bien, l'anesthésiste devrait être là dans une minute, intervint Angus d'un ton professionnel. Je vais au bloc et je vous y attends.

Il ouvrit le rideau et s'éloigna.

— Je ferais bien d'aller vérifier ce que font mes garçons, dit Cam. Au cas où ils auraient encore trouvé une bêtise à faire.

— Merci d'être passé. Je m'occuperai de ma voiture quand je serai un peu plus mobile, répondit-elle.

— Elle peut rester là où elle est pendant des semaines, ce n'est pas un problème. Appelez-moi si vous avez besoin de quoi que ce soit.

Il ne faisait que se montrer obligeant envers quelqu'un que ses enfants avaient mis en fâcheuse position, rien de plus.

— Merci.

Soudain, elle n'avait pas du tout envie qu'il s'en aille. Ses doigts s'agrippèrent au drap qui la recouvrait car elle se sentait nerveuse à l'idée de devoir subir une anesthésie. Les pires scénarios lui venaient à l'esprit. Elle savait que l'opération de chirurgie la plus anodine n'était jamais totalement dépourvue de risques.

— Je peux rester là jusqu'à ce que Sheree, l'anesthésiste, arrive, dit-il comme s'il lisait dans ses pensées.

Il se rassit sur le bord du lit.

— Dans quel domaine pratiquez-vous ? ajouta-t-il.

C'était le revers de la médaille : elle devait répondre à des questions qu'elle aurait préféré éviter.

— Les urgences.

— Cela doit vous faire drôle de vous retrouver à la place de vos patients, non ?

Il haussa de nouveau les sourcils, ce qui lui donnait un air tout à fait charmant.

Cet homme n'était pas disponible, il avait une famille. Mais cela faisait longtemps qu'elle ne s'était pas intéressée à un représentant de la gent masculine.

— Disons que c'est assez bizarre d'être l'objet de l'attention des médecins.

— J'ai moi-même été opéré de l'appendicite il y a environ un an, répliqua-t-il. On craignait que cela ne s'aggrave assez rapidement et on m'a fait de la microchirurgie. Traitez-moi de mauviette si vous voulez, mais je savais exactement ce qui allait se passer, et je n'en menais pas large.

— Parce que vous connaissiez les risques.

Tout comme elle.

Une grande main chaude recouvrit la sienne.

— Tout ira bien. Sheree et Angus savent ce qu'ils font. Le plus difficile, ce sera après, quand vous ne pourrez plus vous déplacer facilement. Et si je vous envoyais mes garçons pour que vous en fassiez vos esclaves jusqu'à ce que vous soyez rétablie ? ajouta Cam, les yeux pétillant de malice. Ils ne sont pas très doués pour la cuisine et le ménage, ni pour faire du bon café, en revanche, ils sont excellents pour aller chercher des objets, et les rapporter.

Surprise de le voir plaisanter ainsi, elle sentit son appréhension diminuer.

— On dirait que vous parlez de chiots. Va chercher, toutou…

La chaleur dégagée par le contact de sa main la détendait encore plus. Elle se raidit et se libéra.

« Il est marié. »

— Merci pour votre sollicitude, mais tout va bien. Vraiment…

Cam scruta son visage, l'étudiant attentivement. Que cherchait-il ? Puis, hochant la tête, il se leva.

— Il est temps que j'y aille, j'entends la voix de Sheree. Prenez soin de vous.

Après son départ, elle resta un moment les yeux fixés sur le rideau. Qu'est-ce que cela faisait de retrouver Cameron Roberts en rentrant chez soi après une journée chargée à l'hôpital ?

« Désolée, mais tu ne travailles plus aux urgences. Tu ne travailles plus nulle part, d'ailleurs. Quant à retrouver cet homme chez toi, tu délires complètement. Il est déjà pris, rappelle-toi. »

Elle avait bien le droit de rêver un peu, non ?

3.

Jenny se réveilla au moment où une infirmière était en train de prendre sa tension.

— J'ai raté quelque chose ?

L'infirmière fronça les sourcils.

— Pardon ?

— J'ai la bouche sèche et la tête qui tourne.

— Ce sont les effets secondaires de l'anesthésie, répondit l'infirmière en souriant. Votre tension est normale, il faut encore que je prenne votre température.

Elle lui glissa un thermomètre dans la bouche tout en continuant de parler.

— On va vous apporter votre petit déjeuner. Et vous avez des visiteurs.

— Des… des visiteurs ? bafouilla-t-elle avant de retirer le thermomètre. Je ne connais…

« Personne, excepté Cam et ses fils. »

— Les enfants sont superbes, dit l'infirmière. Tout comme leur père.

— C'est vrai, dit-elle.

Ce devait être à cause de l'anesthésie.

— On dirait que vous allez mieux, intervint une voix grave depuis la porte. Prête à recevoir trois visiteurs ?

Instinctivement, elle remonta le drap jusqu'au menton. Elle devait être affreuse à voir, avec ses cheveux en bataille et le mascara de la veille qui avait dû laisser des traces noires sous ses yeux. Mais elle était heureuse de le voir.

Cam s'approcha, suivi de ses fils qui portaient un café et un sac qui dégageait une bonne odeur de croissant chaud.

— Bonjour, les garçons. C'est pour moi ?

Ils hochèrent la tête d'un même mouvement.

— Vous êtes des amours. Je rêvais d'un café depuis que je suis arrivée ici.

Dire qu'elle n'aurait rien eu de tout ça si elle avait laissé éclater sa colère la veille.

— Est-ce qu'il y a un moyen de distinguer qui est Marcus et qui est Andrew ?

Ils étaient presque identiques — quoique, en y regardant de plus près, elle remarqua qu'un des garçons avait une cicatrice sur le menton, qu'elle tapota doucement.

— Que s'est-il passé ?

— Marcus m'a fait tomber de la balançoire quand on était petits.

— Donc, tu es Andrew.

Le sourire du garçon ressembla à celui de son père, en plus espiègle.

— Marcus a aussi une cicatrice, mais sur la fesse.

— C'est pas vrai !

— Si.

Les deux frères se toisèrent du regard, et Andrew tendait la main pour agripper le short de Marcus quand Cam s'interposa.

— Ça suffit, maintenant. Nous sommes venus ici en visite, pas pour transformer la pièce en champ de bataille.

Jenny sentit monter en elle quelque chose qui ressemblait étonnamment à une envie de rire. Depuis combien de temps n'avait-elle pas ri pour de bon ?

— C'est mieux que de mourir d'ennui, dit-elle. Alors, comment était votre fête ? Est-ce que le Père Noël vous a apporté des cadeaux ?

— Le Père Noël n'existe pas. C'est juste…

— Un vieil homme déguisé.

Sa gorge se noua. Alison et elle aussi avaient l'habitude de finir chacune la phrase de l'autre. Bon sang, c'était trop dur.

« Dis quelque chose, ils sont tous en train de te regarder. »

— Qu'est-ce que vous avez eu comme cadeaux ?

— J'ai eu un avion téléguidé.

— Et moi un hélicoptère.

— Vous aimeriez être pilotes, donc.

— Papa, on pourra lui montrer nos cadeaux ? demanda Marcus.

Ou bien était-ce Andrew ? Ils n'étaient pas faciles à identifier quand elle ne les voyait pas de face.

Cameron fronça les sourcils.

— Ce serait plus poli de dire Mlle Bostock, intervint-il — après un discret coup d'œil à sa main gauche qui ne portait pas d'alliance. Ou encore Dr Bostock.

Leurs regards s'accrochèrent l'un à l'autre, et elle ressentit un pincement à l'estomac. Il était vraiment séduisant. Et là, elle ne délirait pas à cause du gaz.

— Cela me conviendra très bien s'ils m'appellent Jenny, dit-elle. A moins que vous n'y voyiez une objection.

En tout cas, certainement pas « docteur ». Elle ne méritait plus ce titre.

Il haussa les épaules.

— Pas de problème. Bon, les garçons, approchez-vous de Jenny pour lui donner ce que vous avez apporté. Mais ne grimpez pas sur le lit car elle a très mal au pied.

Le sourire de Marcus disparut et il baissa la tête.

— Je suis désolé.

Elle aussi, mais on ne pouvait pas revenir en arrière et elle ne se sentirait pas mieux en s'apitoyant sur son sort.

Se penchant en avant, elle releva le menton de l'enfant du bout des doigts.

— Ecoute-moi. C'était un accident. Tu ne l'as pas fait exprès, je le sais. Tu ne m'as pas vue et je ne t'ai pas vu. Alors ne revenons plus là-dessus, d'accord ?

Marcus hocha la tête avant de regarder son père.

— Elle est gentille, papa. Je l'aime bien.

Pour le coup, elle se sentit rougir, elle qui était habituellement plutôt pâle. C'était la chose la plus agréable qu'on lui ait dite depuis longtemps, au point qu'elle était au bord des larmes pour la deuxième fois en moins de vingt-quatre heures. Génial... Si elle continuait ainsi, Cam allait penser qu'elle serait plus à sa place dans le service de psychiatrie...

— Le petit déjeuner, annonça une dame d'une cinquantaine d'années, un plateau dans les mains. On dirait que votre famille vous a apporté du vrai café, et voilà du lait et du sucre. Les garçons, vous voulez bien donner le lait à votre maman ?

Marcus fixa la femme, la bouche ouverte et une lueur d'angoisse dans les yeux, tandis que son frère, l'air déconcerté, passait la petite bouteille en plastique à Jenny.

— Elle n'est pas notre mère, répondit-il. On est venus lui rendre visite parce que c'est mon skate-board qui l'a blessée.

— C'est gentil à vous.

Jenny jeta un coup d'œil au badge de la femme.

— Merci, Sadie, mais je n'ai pas besoin des céréales avec ce que l'on m'a apporté.

Sadie se retira pour céder la place à Angus qui entra, vêtu d'un pantalon de toile et d'un T-shirt.

— Bonjour, tout le monde. Comment va la patiente ?

— Je vais bien, répondit-elle. Mais je ne suis pas encore debout et je ne sais pas comment je vais m'en sortir avec des béquilles.

Les yeux des jumeaux brillèrent.

— Des béquilles ?

Elle ne put s'empêcher de leur sourire. Ils avaient le don de faire un jeu de tout et elle se sentit le cœur plus léger.

— Il est temps de prendre congé de Jenny, intervint Cam en se dirigeant vers la porte. Elle doit parler avec le Dr McNamara.

La déception l'envahit. Elle n'avait pas eu le temps de bavarder avec Cam et d'en apprendre davantage sur la vie à Havelock, ne serait-ce que pour entendre plus longuement sa voix grave et un peu rauque.

Déjà, les garçons se bousculaient pour rejoindre leur père.

— Merci d'être passés, Cam, dit-elle. Cela m'a vraiment fait plaisir.

Il se tourna vers elle.

— Je pourrais vous laisser les garçons pour qu'ils vous tiennent compagnie pendant la journée…

« J'adorerais ça. Au moins, je serais certaine de ne pas m'ennuyer. »

— Le personnel de l'hôpital risquerait d'y trouver à redire.

— Vous aussi, au bout de moins d'une heure. On ferait mieux de ne pas faire attendre Angus. D'après sa tenue, il ira jouer au golf, ensuite.

— Bien vu, Cam, répliqua le chirurgien. Mais je n'en ai pas pour longtemps avec Jenny, si vous voulez attendre.

Cam secoua la tête.

— J'ai des choses à faire en ville, et je voudrais être rentré chez moi avant qu'il fasse trop chaud. A plus tard, ajouta-t-il en se tournant vers elle.

Vraiment ? Il avait l'intention de repasser ? Elle hocha la tête, la gorge serrée. Elle avait tellement l'habitude d'être seule, à présent, que l'arrivée du trio Roberts lui avait fait l'effet d'un coup de fouet. C'était un excellent stimulant. Le plus longtemps possible, elle suivit des yeux les larges épaules de Cam, notant au passage que son pantalon kaki moulait ses hanches.

— Hmm…

Angus s'éclaircissait la gorge, se rappelant à son attention.

— Alors, quelle est la suite des événements ? demanda-t-elle. Est-ce que je peux sortir d'ici dès ce matin ?

— Avez-vous un endroit où aller ?

— Oui.

Ils avaient bien des taxis à Blenheim, non ?

Le chirurgien secoua la tête.

— Vous allez devoir être un peu plus précise. Sur votre feuille d'admission, vous avez indiqué un numéro de boîte aux lettres à Dunedin.

Coincée…

— Je suis au motel.

— Lequel ?

Mince… Quel était le nom de celui où elle avait réglé sa note la veille ? Le Grape Castle ? Le Vineyard Retreat ?

Elle réprima un soupir.

— Je vais réserver avant de partir d'ici.

— Ce sera demain au plus tôt. Si vous aviez quelqu'un pour s'occuper de vous, je vous libérerais dès aujourd'hui, mais ce n'est pas le cas et, de plus, vous ne maîtrisez pas encore les béquilles. De toute façon, vous ne devez pas marcher du tout, même pas pour traverser votre chambre, tant que l'œdème ne sera pas résorbé. Et je crains que, dans un motel, vous ne vous retrouviez à faire un peu trop de mouvements.

— Bien reçu, répliqua-t-elle. Vous allez pouvoir vous rendre à votre partie de golf. Quant à moi, je vais rester tranquillement ici. Pour l'instant.

Il lui lança un regard dubitatif, comme s'il n'était pas certain qu'elle tiendrait parole. Elle non plus, d'ailleurs. Mais, une fois qu'Angus l'eut examinée et lui eut prescrit des analgésiques, elle n'eut plus assez d'énergie pour sortir du lit. Un point pour le chirurgien.

Dès qu'ils furent de retour à la maison, Cam se rendit dans la troisième chambre à coucher qui était peu utilisée. Il avait pris sa décision. C'était probablement la chose la plus stupide de toutes les choses stupides qu'il eût jamais faites, mais il était déterminé.

— Les garçons, venez me donner un coup de main.

Marcus et Andrew arrivèrent en un éclair.

— Qu'est-ce que tu fais, papa ?

— Je veux que vous enleviez tous ces livres et ces jouets et que vous les rangiez dans votre chambre. Au fond de la penderie, si nécessaire.

— Pourquoi ? demandèrent-ils d'une seule voix.

Parce que c'était bien du désespoir qu'il avait vu dans les yeux de Jenny Bostock. Il lui faudrait sûrement du temps pour s'habituer aux béquilles, et il l'avait sentie triste et seule — des sentiments qu'il pouvait comprendre — avec ce regard hanté qu'elle avait parfois.

Cette expression, il l'avait vue trop souvent dans les yeux de Margaret durant les mois qui avaient précédé son départ.

Mais son ex-femme avait plutôt ressemblé à une lionne en cage pressée de partir à la conquête du monde, alors que Jenny avait l'air perdu. Quelques jours à Havelock ne lui feraient pas de mal. Pourquoi ne pas l'aider ?

Il poussa un soupir. Du moment qu'il ne souffrait pas, lui.

Il y avait quelque chose d'indéfinissable qui le touchait chez Jenny — en dehors de ses qualités physiques. Malgré sa fragilité apparente, il sentait en elle beaucoup d'altruisme, et le désir de bien agir. Une femme comme elle serait-elle capable de quitter son conjoint après avoir fait le vœu de l'aimer pour toujours ?

— Papa, pourquoi tu nettoies cette chambre ?

— Parce que je vais demander à Jenny si elle veut rester chez nous quelque temps.

— Ouais, génial ! s'exclamèrent les garçons en se tapant dans la main. Tous les deux, on l'aime bien. Elle ne nous a pas hurlé dessus quand on l'a fait tomber.

C'était aussi pour cette raison qu'il comptait l'inviter. Ce serait à la fois une façon de la remercier et de s'excuser.

— Vous avez eu de la chance qu'elle se soit montrée aussi compréhensive.

Il se demandait pourquoi elle ne lui avait pas dit tout de suite qu'elle était médecin.

Avec enthousiasme, Marcus et Andrew soulevèrent chacun une pile de livres et quittèrent la chambre, titubant sous la charge.

Une bouffée d'affection balaya Cam. C'étaient de super gamins. Ce qu'il n'aurait pas tendance à oublier s'il n'était pas aussi occupé et fatigué.

En un rien de temps, ils effectuèrent plusieurs allers et retours et la chambre fut bientôt habitable pour Jenny. En faisant le lit, il fut assailli par le doute.

Et s'il se couvrait de ridicule ? Jenny allait peut-être le soupçonner d'avoir des vues sur elle, ou bien elle écarterait sa proposition en riant et l'assurerait qu'elle s'en sortirait très bien toute seule.

Avait-il raison de l'inviter alors qu'il avait déjà tant de choses à gérer ? Mais s'il ne le faisait pas, il serait plus que jamais envahi par la culpabilité. Donc, il lui proposerait de séjourner à Havelock, et ce serait à elle de décider.

« N.B. : Demander à Mme Warner de faire les courses plus tôt cette semaine, au cas où on aurait une bouche de plus à nourrir. »

— Où allez-vous comme ça ?

Cam mit les mains dans ses poches et s'appuya contre l'encadrement de la porte de Jenny. Elle sursauta en s'accrochant au bord du lit — si mince, et en même temps si forte. La fragilité était dans son regard, pas dans son corps.

Elle lui jeta un coup d'œil à la fois irrité et coupable.

— Vous auriez pu frapper avant d'entrer.

— Vous étiez tellement occupée à jongler en douce avec vos béquilles que vous ne m'avez pas entendu arriver, répondit-il, amusé.

En fait, il l'avait surprise en train d'essayer de prendre son sac de voyage posé sur la chaise.

— Pas du tout, répondit-elle avec un sourire contraint.

— N'essayez pas de discuter avec moi, dit-il en s'emparant du bagage. Vous oubliez que je vis avec deux experts.

Le sourire de Jenny disparut.

— Qu'est-ce que vous faites, Cam ? Où emportez-vous mon sac ?

— Chez moi.

Pour ce qui était d'une approche tout en finesse, c'était raté.

— Nous avons une chambre disponible, poursuivit-il. Vous pourrez y rester aussi longtemps que vous voudrez. Lorsque vous serez en mesure d'utiliser vos béquilles avec un peu plus d'habileté, vous pourrez vous balader autour de la maison. Dans le village nous avons des cafés, une boulangerie, une bijouterie et diverses boutiques.

— Je ne suis pas fana de shopping, mais les cafés sont plus intéressants.

Elle avait l'air stupéfait, et en même temps, il crut voir une lueur d'espoir dans ses yeux.

— Y a-t-il un motel à Havelock ?

S'était-il vraiment attendu à ce qu'elle saute sur son offre ?

— Seulement pour les randonneurs, répondit-il.

— Ah…

Le regard de Jenny alla de son sac aux béquilles. Elle semblait peser le pour et le contre.

Il devait l'aider à se décider.

— Les garçons vous ont préparé votre chambre. Ils sont très excités à l'idée de vous avoir comme visiteur, même si vous n'êtes pas encore capable de jouer au cricket sur la pelouse.

— Ce n'est pas très loyal…

Peut-être pas, mais il ne pouvait pas s'en aller en la laissant seule avec ses béquilles. Elle n'était pas en état de se débrouiller par elle-même pendant plusieurs jours.

— J'essaie de faire en sorte que vous acceptiez plus facilement. Vous pourrez partir quand vous voudrez, même juste après le dîner si cela vous chante.

Les doigts de Jenny tapotèrent nerveusement les poignées des béquilles.

— Qu'en est-il de votre femme ? Est-ce qu'elle est d'accord ?

— Je suis divorcé.

Il la vit prendre une profonde inspiration.

— Désolée, mais il fallait que je sache. Je n'ai pas envie de déranger qui que ce soit.

— Vous ne dérangez personne, Jenny. C'est parce que vous avez entendu les garçons parler de leur mère ?

— Oui.

— En fait, ils ne l'ont pas vue. D'après ce que je sais, elle vit à Auckland.

C'était tout ce que Jenny avait besoin de savoir, se dit-il.

— Ce doit être difficile pour vous tous, murmura-t-elle. Est-ce qu'il leur est déjà arrivé de croire qu'ils avaient vu leur mère là où elle n'était pas ?

— Hélas, oui. Margaret — mon ex — est partie brusquement il y a deux ans.

Cette fois, il n'en dirait pas davantage.

— Jenny, vous vous retrouvez immobilisée, en partie à cause des bêtises de mes fils. J'ignore pourquoi vous ne voulez pas retourner chez vous — où que cela soit —, mais je serais vraiment heureux de pouvoir vous aider jusqu'à ce que vous soyez en mesure de gambader de nouveau. C'est tout ce que je vous propose. Maintenant, il faut que vous sachiez que la vie à la maison n'est pas de tout repos, mais au moins, pendant la journée, vous serez tranquille parce que les garçons seront à l'école. C'est à prendre ou à laisser.

Il jeta un coup d'œil à son bagage. Elle voyageait vraiment léger, d'après ce qu'il avait vu dans sa voiture.

Jenny fit deux pas mal assurés appuyée sur ses béquilles. Elle leva les yeux et pencha la tête de côté, comme si elle le jaugeait.

Le sac à la main, il se dirigea vers la porte.

— Vous venez ?

Il y eut un silence assourdissant. Il se remit à marcher plus lentement pour lui laisser la possibilité de le rejoindre, et entendit le bruit des béquilles sur le sol. Clop, clop… Elle se dirigeait vers lui.

Cam réprima un soupir de soulagement et ralentit encore sa marche, envahi par une douce chaleur.

Jenny venait avec lui. Jusque-là, il ne s'était pas rendu compte à quel point il en avait envie. Il avait bien fait de la bousculer un peu.

— Je suppose que l'on vit aussi bien à Havelock qu'à Blenheim, dit-elle en le rejoignant.

— Mieux, à mon avis. Il y règne un esprit plus communautaire.

C'était quelque chose qu'il avait fini par apprécier. Pourtant, il lui avait fallu du temps pour s'habituer à vivre dans un lieu aussi petit, après avoir passé dix ans de sa vie à Wellington. A présent, il doutait d'être encore capable de supporter le stress de la grande ville, avec deux jeunes garçons qu'il devait éduquer d'une main ferme.

— Ce sera juste le temps que j'arrive à maîtriser ces fichus engins.

Les béquilles heurtèrent bruyamment le sol.

— Un ou deux jours, tout au plus, ajouta-t-elle.

— Certainement.

La sensation de chaleur augmenta en lui. « Du calme, du calme. »

Les jumeaux les attendaient à l'accueil, sous la surveillance de la réceptionniste.

— La voilà !

— Bonjour, Jenny. Alors, tu viens habiter à la maison ?

D'un même élan, tous les deux se précipitèrent sur elle, menaçant son fragile équilibre.

Mais avant que Cam ait pu intervenir, Jenny éclata de rire.

— Comment refuser quand on reçoit un accueil aussi chaleureux ?

Il n'avait pas eu droit à son rire, ni même à un merci. Peut-être devrait-il demander des conseils à ses fils pour savoir comment s'y prendre avec une jolie femme ?

— Les garçons, attendez ici avec Jenny le temps que j'aille chercher la voiture. Et faites attention aux béquilles !

Au moment où il sortait, il reconnut la voix de Marcus derrière lui.

— Est-ce qu'on pourra essayer les béquilles tout à l'heure ? Elles ont l'air super !

Malheureusement, les portes automatiques se refermèrent avant qu'il ait pu percevoir la réponse de Jenny, mais quelque chose lui disait qu'elle avait accepté : elle s'entendait très bien avec ses fils. Tant qu'elle ne devenait pas trop proche… Il ne voulait pas qu'ils soient affectés quand elle s'en irait…

Il ne savait que trop bien l'effet dévastateur qu'avait eu sur eux le départ de leur mère. Mais il était prévu que Jenny reste une nuit, deux tout au plus. Marcus et Andrew n'auraient pas le temps de s'attacher à elle.

Et lui ? Allait-il s'attacher ? Il n'était pas prêt à risquer son cœur de nouveau, et ne le serait probablement plus.

« Tout ça, c'est ta faute, Margaret. »

Combien de temps fallait-il pour que des enfants

comprennent ce que cela signifiait d'être abandonnés par leur mère ? Ou bien en avaient-ils déjà conscience ? Mais le fait de la voir où elle n'était pas faisait-il partie du processus d'acceptation ?

« N.B. : Aller voir un psy, pour qu'il remette de l'ordre dans ma tête afin que je comprenne mes fils et que je ne commette pas de stupides erreurs en me noyant dans les magnifiques yeux verts d'une femme. »

4.

— C'est la première fois que l'on me traite comme une reine.

Jenny sourit aux jumeaux qui posaient un verre d'eau fraîche sur la petite table, près du fauteuil dans lequel on l'avait installée. Au moins, le séjour, la salle à manger et la cuisine formaient une grande pièce, si bien qu'elle ne se sentait pas à l'écart de ce qu'il se passait.

— Je pourrais facilement m'y habituer, ajouta-t-elle.

— Papa a dit qu'on devait tout faire pour que tu te sentes bien…

— Et t'apporter tout ce que tu voudrais.

La voix de Cam résonna derrière le comptoir de la cuisine.

— Cela signifie aussi que vous ne devez pas importuner Jenny tout le temps.

Elle prit la parole avant qu'une dispute s'ensuive.

— Et si on faisait un jeu sur l'ordinateur, tout à l'heure, les garçons ? proposa-t-elle.

Deux « oui » enthousiastes lui répondirent.

— En attendant, vous pouvez aller jouer dehors, dit Cam.

Dans leur hâte de sortir, ils se bousculèrent.

— Est-ce qu'il leur arrive de ralentir ? demanda-t-elle en les suivant des yeux.

Cam esquissa un demi-sourire.

— On est fatigué rien qu'en les regardant. A propos, vous avez l'air d'avoir sommeil. Voulez-vous aller au lit un moment ?

Voilà une proposition à double sens. Comment réagirait-elle si Cam, de sa voix grave et un peu rocailleuse parfois, lui proposait de la rejoindre dans son lit ? Mais pourquoi se posait-elle la question ? Se secouant mentalement, elle vit une lueur amusée dans les yeux de Cam. Avait-il deviné son trouble ?

— Jenny ? Vous rêvez, on dirait.

— Si cela ne vous ennuie pas, je vais rester où je suis. Et si je m'endors, n'insistez pas pour que les garçons ne fassent pas de bruit. Cela me mettrait mal à l'aise.

Elle avait déjà suffisamment dérangé cette famille.

— Nous allons faire un barbecue. Est-ce que vous aimez les steaks ?

— C'est parfait. Je peux faire la salade ?

Il sourit en la regardant de la tête aux pieds.

— Je ne crois pas que ce soit une bonne idée.

En fait, elle était soulagée qu'il refuse. Le maniement des béquilles se révélait plus difficile qu'elle l'avait cru, et il serait plus tranquille si elle n'était pas en train de clopiner autour de lui.

— Y a-t-il des aliments que vous n'aimez pas ? lui demanda-t-il.

— Les tripes, les choux de Bruxelles et les gros haricots secs, répondit-elle.

— Ici, vous ne craignez rien.

Il lui tourna le dos pour chercher parmi les bouteilles de sauces et elle constata que, même sans l'effet des drogues de l'hôpital, elle le trouvait toujours aussi sexy. C'était sûrement dû à l'excitation de se retrouver sans transition chez un homme qu'elle connaissait à peine : elle réagissait de façon excessive.

A cet instant, il se retourna et surprit son regard.

— Oui ? dit-il en haussant les sourcils, un léger sourire aux lèvres.

Mmm… Vraiment craquant. Elle avait l'impression d'être une collégienne surprise en train de lorgner le professeur pendant qu'il écrivait au tableau.

— Rien. Vous avez une charmante maison… Spacieuse, lumineuse et confortable. Et chaleureuse.

Voilà maintenant qu'elle jouait à la journaliste travaillant pour une revue de décoration.

— Vous êtes là depuis longtemps ?

— Deux ans et demi. J'avais un cabinet à Willington, et je cherchais à lever un peu le pied sur le plan professionnel. Alors que l'on prenait des vacances à la ferme dans le détroit, quelqu'un m'a dit qu'on avait besoin d'un généraliste à Havelock. Voilà comme nous sommes là.

— Est-ce qu'un médecin a de quoi s'occuper à plein temps ? Il n'y a pas beaucoup d'habitants, par ici.

— Je travaille au centre médical quatre matinées par semaine et, le reste du temps, je suis à Blenheim.

— Comment faites-vous ? La vie d'un médecin généraliste n'est décidément pas de tout repos. Et puis, il y a les enfants.

— Quand on est une famille monoparentale, il y a un équilibre à trouver, mais je ne changerais pour rien au monde.

Il versa de l'huile sur les steaks et les saupoudra de poivre moulu.

En regardant s'activer ses mains aux longs doigts puissants, elle ressentit une étrange sensation dans le bas-ventre. Elle n'avait pas à se forcer beaucoup pour les imaginer en train de se promener sur sa peau.

Instantanément, elle se sentit rougir. C'était comme si son corps tout entier venait de se réveiller.

— Est-ce que je me suis cogné la tête hier, en tombant ? demanda-t-elle.

Cam s'essuya aussitôt les mains pour se précipiter vers elle.

— Vous avez la migraine ? demanda-t-il, les yeux remplis de sollicitude.

Cherchait-il des signes de commotion ? Elle détourna vivement les yeux de crainte qu'il ne lise dans ses pensées, qui étaient à mille lieues de là.

— Désolée. Non, je n'ai pas mal, marmonna-t-elle.

C'était juste un problème d'hormones…

Il lui jeta un coup d'œil dubitatif avant de rejoindre son comptoir.

— A l'examen, je n'ai remarqué aucun signe de choc sur le crâne.

— C'est ce que je pensais.

Elle avala quelques gorgées d'eau fraîche. Quand s'était-elle retrouvée dans les bras d'un homme pour la dernière fois ? Depuis quand n'avait-elle pas été embrassée ? Cela faisait des mois. Depuis que Colby et elle avaient rompu.

Colby… Un homme marqué par son passé de pauvreté qui ne savait pas s'arrêter pour jouir de ce qu'il avait accompli, voulant toujours davantage, attendant d'elle la même chose. Quand elle lui avait dit un jour qu'elle espérait fonder une famille, il l'avait regardée comme si elle était une inconnue. Peut-être n'avait-il pas remarqué qu'elle avait changé. Elle-même avait parfois du mal à se reconnaître.

Son désir d'enfant datait de la perte d'Alison. Mais en tout premier lieu, elle devait trouver un homme avec les mêmes idées et les mêmes objectifs qu'elle. L'image de hanches moulées dans un pantalon lui traversa l'esprit.

Il n'y avait pas eu un seul homme dans sa vie depuis Colby. Elle n'en avait pas éprouvé le besoin. Le grand voyage qu'elle avait entrepris pour revisiter les endroits où elle et Alison s'étaient rendues ensemble avait laissé peu de place à l'amour et au sexe.

De toute façon, avoir une aventure ne la tentait pas, et elle ne s'était jamais arrêtée assez longtemps quelque part pour connaître quelqu'un. Jusqu'à maintenant. De nouveau, l'image de Cam s'imposa.

Elle releva brusquement la tête, sentant quelque chose de froid contre son estomac. Le verre qu'elle avait à la main était vide.

— Est-ce que je me suis assoupie ?

— En effet. Voulez-vous que je vous le remplisse de nouveau ? demanda Cam d'un ton amusé.

— Non, merci.

— Papa, on a faim !

Les garçons étaient de retour.

— Oh ! vraiment ? Quelle surprise… Allez vous laver les mains, puis vous mettrez la table.

— Est-ce que Jenny vient dehors avec nous ?

Il haussa un sourcil.

— Je peux vous apporter votre dîner ici, si vous préférez.

— Pas question.

Elle fit un mouvement pour sortir du fauteuil et une main secourable la tint par le coude.

— Je peux très bien vous rejoindre là-bas et…

— Allez-y doucement, dit-il en lui tendant ses maudites béquilles.

— J'aurais pu sauter à cloche-pied, marmonna-t-elle.

— Vous auriez pu, et vous vous seriez fait mal, dit-il d'un ton professionnel.

— Vous avez réponse à tout, n'est-ce pas ?

Elle aurait voulu lui lancer un regard irrité, mais ne put que lui sourire. Comment lui en vouloir quand il était si gentil… et si séduisant ?

— C'est exact, répondit-il en souriant à son tour.

Par bonheur, cette fois, les hormones restèrent sages, mais une vague de chaleur se répandit en elle. Lorsque Cam souriait, c'était comme une lumière surgissant dans le noir total. Elle avait alors l'impression d'être quelqu'un de très spécial pour lui. Ce qui n'était naturellement pas le cas.

Elle se dirigea vers la terrasse à pas hésitants, en contournant les meubles. Elle n'allait tout de même pas se retrouver par terre et lui donner encore plus de travail.

— Bonne nuit, les enfants. On ne parle pas une fois la lumière éteinte…

Comme s'ils allaient tenir compte de ses paroles… Cam avait essayé de prendre l'air sérieux, mais Marcus et Andrew étaient tellement adorables quand ils essayaient de donner l'impression d'être prêts à s'endormir. Il savait qu'à peine la porte de leur chambre refermée, ils tourneraient la tête l'un vers l'autre et se mettraient à jacasser tant qu'il ferait semblant de ne rien remarquer.

— Bonne nuit, papa, répondirent ses fils, riant sous cape.

Comment Margaret avait-elle pu les laisser ? Il ne parvenait toujours pas à comprendre. Le quitter, lui, pourquoi pas ? Sa peine s'était dissipée peu à peu, mais les garçons méritaient beaucoup mieux de la part de leur mère. L'amertume lui noua la gorge.

C'était comme si le fameux instinct maternel avait toujours fait défaut à Margaret. Certes, la grossesse n'avait pas été planifiée. Il aurait dû tenir compte des signes avant-coureurs. Alors qu'il avait été aux anges en apprenant qu'elle était enceinte, elle s'était montrée contrariée. Il s'était dit que cela passerait et qu'elle tomberait amoureuse de ses bébés dès qu'elle les tiendrait dans ses bras, mais en lieu et place, elle s'était concentrée de plus en plus sur sa carrière qui avait fini par l'attirer davantage que ses enfants ou son mari.

— Papa ? appela Andrew, qui semblait inquiet.

En trois enjambées, il fut de nouveau près des lits et serra ses enfants dans ses bras, l'un après l'autre. Leur odeur chaude de petits garçons lui fit fondre le cœur.

— Je vous aime tant, murmura-t-il, la gorge serrée.

Depuis quand n'avait-il pas prononcé ces quelques mots ? Ces derniers temps, il les grondait bien plus souvent qu'il ne leur disait des paroles affectueuses. Il allait devoir remédier à cela.

Les garçons se tortillèrent joyeusement dans leur lit.

— On t'aime aussi.

— Tu crois que Jenny a quelqu'un qui l'aime ? demanda Andrew.

Il se rappela le désespoir qu'il avait lu dans ses yeux et préféra mentir.

— J'en suis sûr… Mais ce n'est pas quelque chose que vous pouvez lui demander.

— Pourquoi ?

Comment répondre sans les perturber ?

— Quand on ne connaît pas bien quelqu'un, on ne lui pose pas des questions trop personnelles. C'est indiscret.

« Cela vaut pour toi aussi, Cam. »

— Vous ne voulez pas que Jenny soit malheureuse, et en la questionnant, vous risquez de la rendre très triste si jamais elle n'avait personne en particulier.

— Elle est heureuse, avec nous. Elle rit tout le temps.

— C'est vrai. Elle rit beaucoup quand elle est avec vous.

Moins quand elle était avec lui. Ce qui finalement n'était pas plus mal car il valait mieux qu'ils ne soient pas trop proches l'un de l'autre. Il avait sa vie toute tracée : son but était d'amener sans encombre ses deux garçons jusqu'à l'âge adulte et il devait se focaliser sur leurs besoins, non sur les siens.

« De toute façon, quels sont mes besoins ? J'ai à manger, un toit, de la chaleur, grâce à un travail qui contribue également à mon équilibre. Je suis le père des deux enfants les plus charmants et les plus drôles du monde. Vouloir davantage, ce serait de la gourmandise. »

Pourtant, quand il retourna dans le salon et vit Jenny dans le vieux fauteuil à bascule que sa grand-mère lui avait laissé, il se posa de nouveau la question.

« Est-ce que j'ai d'autres besoins ? »

Soudain, il éprouva un sentiment de solitude. Etrange, car il était entouré de monde. Mais quand avait-il confié ses rêves à quelqu'un ? Quand avait-il fait des projets de vacances, avec le désir de tout partager avec une autre personne ?

Certains lui disaient qu'il avait de la chance de pouvoir décider seul de ce qu'il allait acheter à ses enfants pour Noël. Il n'y avait personne pour discuter son avis.

En regardant Jenny endormie, il se demanda ce qui, chez elle, suscitait autant d'émotions en lui. Elle était l'image même de l'abandon : les yeux fermés, la tête contre le dossier du fauteuil et les mains reposant sur ses genoux. Elle avait fini par succomber à la fatigue contre laquelle elle avait lutté toute la soirée.

Un léger ronflement lui parvint aux oreilles et il sourit, attendri.

Cependant, il ne devait pas oublier que Jenny serait partie dans quelques jours, tout au plus. Il était évident qu'elle était du genre à ne pas rester en place. Ce qui n'était pas plus mal. Il lui avait fallu du temps pour se remettre de l'abandon de Margaret. Alors, il n'était pas question qu'il engage de nouveau ses sentiments.

Jenny devait néanmoins dormir dans son lit, et non pas recroquevillée dans un fauteuil. Rapidement, il alla dans sa chambre, écarta les couvertures, alluma la lumière et ferma les rideaux. Puis il retourna dans le séjour et, prenant une profonde inspiration, il la souleva dans ses bras pour gagner la chambre en essayant de ne pas la réveiller.

Mais, dormant toujours, elle se contenta de se blottir contre lui, ce qui eut pour conséquence de lui faire contracter tous ses muscles et de faire réagir son sexe. Donc il fonctionnait toujours, s'étonna-t-il. Même quand il n'aurait pas dû.

Qu'y avait-il chez Jenny pour qu'il se soit réveillé ainsi, alors qu'il n'avait pas eu le moindre intérêt pour le sexe depuis que Margaret était partie ?

Après avoir déposé Jenny sur le lit, il remonta les couvertures sur elle sans se préoccuper de lui ôter ses vêtements — il n'allait tout de même pas tenter le diable. Puis il sortit de la pièce le plus vite qu'il put et, après avoir fermé la porte, resta appuyé contre le mur pendant cinq bonnes minutes en jurant silencieusement.

« N.B. : Dire à mes hormones de rester tranquilles. Jenny est intouchable. »

Le lendemain matin, Cam surveilla les garçons tandis qu'ils déposaient une assiette de toasts et une tasse de thé sur la petite table avec la délicatesse d'un troupeau de bovins batifolant dans la boue.

— Maintenant, vous dites au revoir et vous prenez vos sacs, ordonna-t-il.

Jenny gratifia chacun des garçons d'un large sourire.

— Le petit déjeuner au lit ? Quel luxe... Merci beaucoup, Andrew. Merci beaucoup, Marcus.

Elle n'incluait jamais les deux garçons dans le même compliment, prenant bien soin de toujours les singulariser, observa-t-il. Habituellement, tout le monde s'adressait aux jumeaux comme s'ils ne formaient qu'une seule personne. Tout le monde, sauf Jenny.

— Est-ce que vous êtes jumelle ? demanda-t-il sans réfléchir.

Instantanément, la lumière qui brillait dans les yeux

de Jenny s'éteignit. D'un mouvement convulsif, ses mains s'agrippèrent aux couvertures et il vit sa lèvre inférieure trembler.

Tous les jurons auxquels il pouvait penser lui traversèrent l'esprit. Qu'avait-il déclenché là ? Sa question lui avait pourtant paru anodine.

Les yeux de Marcus s'écarquillèrent.

— Est-ce que tu es comme nous ? Où est ta sœur ? Elle ne veut pas être avec toi ?

L'atmosphère de la pièce devint glaciale, au point que Cam eut des frissons. S'il avait cru voir du désespoir dans les yeux de Jenny, la veille, il n'y avait pas de mots pour décrire le choc, la douleur et le désarroi qui assombrissaient maintenant son regard.

— Dehors, les enfants. Prenez vos sacs et attendez-moi devant la maison.

Puis il poussa les garçons vers la porte avant qu'ils disent quelque chose qui aggrave encore sa gaffe monumentale.

Car tout cela n'était pas leur faute, mais la sienne.

Sans doute avaient-ils senti quelque chose d'anormal car ils ne protestèrent pas et s'éloignèrent sur la pointe des pieds, l'air inquiet. Cam leur fit un petit signe rassurant avant de se retourner vers la femme qu'il venait de terrasser sans le vouloir en quelques mots.

— Je suis désolé de m'être mêlé de ce qui ne me regardait pas, mais vous savez si bien vous y prendre avec les garçons, en les considérant individuellement et non pas comme les deux moitiés d'un tout, que j'ai eu soudain l'impression que vous saviez ce que c'était qu'être jumeau. Je ne voulais surtout pas vous bouleverser, mais on dirait bien que c'est ce que j'ai réussi à faire.

Il fallait que la tension s'apaise, qu'il revoie un sourire sur ses lèvres pâles.

— Vous vous y prenez vraiment bien avec mes fils, insista-t-il. Cela vous vient naturellement.

Mais elle respirait trop fort, sa poitrine se soulevait trop vite.

— Prenez une profonde inspiration, dit-il.

Puis il cessa de parler. Au bout d'un moment, Jenny

parvint à contrôler son souffle. Mais pas son regard, qui était toujours éteint et refusait de croiser le sien.

Il se pencha et, lui prenant la main qu'il trouva froide et tremblante, l'enveloppa dans les siennes. Alors il s'assit sur le bord du lit et resta ainsi, lui massant doucement le dos de la main en faisant des cercles avec son pouce. Peu à peu, le tremblement diminua.

Puis Jenny retira sa main et se redressa contre les oreillers.

— Alison. C'était le prénom de ma sœur jumelle. Elle est morte.

Il avait craint ce genre de révélation étant donné la violence de sa réaction.

— Je suis sincèrement navré. Je ne peux même pas imaginer ce que l'on doit éprouver…

— Arrêtez de vous excuser.

— Pardon ?

— Vous n'avez pas cessé depuis que nous avons fait connaissance. Ce n'est pas nécessaire.

— Entendu. Plus d'excuses. A présent, buvez votre thé avant qu'il soit totalement froid.

— On ne vous a jamais dit que vous étiez autoritaire ?

— Les ju… Marcus et Andrew me le disent tout le temps.

Il lui tendit sa tasse qu'elle prit à deux mains, et il s'efforça de ne pas remarquer à quel point elle tremblait.

— Dépêchez-vous de les rejoindre, dit Jenny. Ils vont se demander pourquoi vous êtes si long.

Son visage reprenait peu à peu des couleurs.

« N.B. : Ne plus jamais mentionner sa sœur jumelle. »

5.

Jenny avait envie de vomir. Durant tous les mois qu'elle avait passés sur la route, personne ne lui avait demandé si elle avait une famille, encore moins si elle avait une jumelle.

Elle avala quelques gorgées de thé tiédi et mordit dans le toast recouvert d'une épaisse couche de beurre que les garçons lui avaient préparé. Peut-être qu'ainsi la nausée passerait plus vite.

Si son pied n'avait pas été aussi douloureux et difficile à bouger, elle aurait été tentée de prendre un bus qui l'aurait emmenée loin d'ici, des questions indiscrètes et des regards inquisiteurs. Rien n'échappait à Cam. Il avait repéré la moindre de ses émotions quand il lui avait posé *la* question et avait tout de suite compris qu'il avait commis une erreur.

« Oui, je suis une jumelle, qui a failli à son autre moitié. Oui, je sais exactement ce que cela fait quand on nous met toutes les deux dans le même panier. Nous étions nées identiques, avions la même date de naissance et les mêmes parents, partagions la même passion pour les randonnées dans la brousse, mais les similitudes s'arrêtaient là. »

Comme pour Marcus et Andrew. Elle pouvait déjà voir des différences entre eux. Par exemple, ils aimaient tous les deux jouer au cricket, mais pas au même poste. L'un était plus concentré, l'autre plus dans le mouvement.

Quant à leur père… Il l'intriguait. Il adorait manifestement ses enfants, pourtant il se mettait souvent en colère contre eux pour un rien. Il avait vraiment besoin de se détendre.

Elle pouvait parler ! En ayant maintenant du temps devant

elle, elle était forcée d'affronter des choses qu'elle n'avait pas l'intention de regarder en face. Il y avait eu de bons moments durant le voyage — comme sur cette plage de Whangamata où elle et Alison s'étaient essayées au surf. Aucune des deux n'avait réussi à rester assez longtemps debout sur la planche pour chevaucher une vague. Cette fois, Jenny avait pris une leçon, mais elle avait encore échoué. Nul doute qu'Alison devait bien rire, de là où elle était.

Rejetant les couvertures, Jenny posa le pied par terre avec précaution et se leva en retenant un cri. Au bout de quelques secondes d'immobilité, la douleur s'apaisa.

Décidée à rapporter tasse et assiette dans la cuisine, elle y renonça à cause de la complexité de la tâche avec les béquilles et se dirigea vers la salle de bains.

Avec son habituelle prévenance, Cam lui avait préparé un grand sac-poubelle et un rouleau de Scotch pour protéger son pied de l'eau. Un tabouret avait été posé près de la douche, avec une serviette pliée dessus et sa trousse de toilette.

Elle aurait pu s'habituer facilement à un tel traitement. Cam était si attentionné. Elle se demanda ce qui n'avait pas marché dans son mariage.

Une fois sa jambe bien enveloppée, elle prit sa douche et se lava les cheveux avec délectation. A présent, elle se sentait de nouveau presque humaine. Si seulement il avait suffi d'un peu d'eau et de shampooing pour régler tous ses problèmes…

Qui aurait pu croire que se laver, s'habiller et faire son lit pouvait prendre autant de temps ? Il était presque l'heure de déjeuner lorsque Jenny se retrouva dans la cuisine avec une tasse de thé. Elle fit la grimace en voyant la terrasse inondée de soleil : elle aurait nettement préféré lézarder dehors plutôt que se retrouver là, incapable de bouger sans ses béquilles.

Elle jeta un coup d'œil au tableau en liège accroché près du réfrigérateur. Il était recouvert de photos, de notes scolaires, d'invitations à des fêtes et d'emplois du temps sportifs. Cela lui donnait une idée de la vie quotidienne de la famille Roberts. C'était une vie bien remplie. Et heureuse. Sur chaque photo figuraient un ou plusieurs membres du trio qui habitait cette maison. Tous souriaient à la vie.

Son cœur se serra. Cam était un super papa, et ses compétences professionnelles n'étaient pas négligeables non plus. Il s'était montré gentil et attentif quand elle s'était cassé la cheville, lui avait posé les bonnes questions. De plus, il était séduisant et, à en croire son grand corps mince, entretenait une bonne forme physique.

Cerise sur le gâteau, il avait cet esprit acéré qui saisissait vite — un peu trop ? — les moindres vibrations de l'air. Rien ne lui échappait. Le tout formait un ensemble très intrigant.

« Attention, terrain dangereux », lui rappela une petite voix familière quelque part dans sa tête.

Après avoir fini son thé, elle se dirigea lentement vers la terrasse et se laissa tomber sur une chaise, goûtant la chaleur et la quiétude de l'endroit.

— Déjà en pleine action ? dit une voix espiègle.

Cam se tenait dans l'encadrement de la porte du séjour, deux petits sacs en papier à la main.

— Voilà notre déjeuner, avec les compliments de la boulangerie.

— Mmm… Je suis passée devant leur vitrine samedi et tout avait l'air très alléchant.

— Vos cheveux sont magnifiques, commenta-t-il avant de disparaître dans la cuisine.

Ainsi, il avait été frappé par sa chevelure rousse dont le soleil devait encore exacerber la couleur.

— Il est certain que je suis repérable dans une foule, répondit-elle en élevant la voix pour être sûre d'être entendue.

La tête de Cam apparut à la fenêtre de la cuisine.

— Vous n'aimez pas être rousse ? demanda-t-il, l'air surpris. Ou bien vous n'aimez pas être repérée ?

— Je me suis teinte en blond, à une époque. C'était beaucoup plus amusant.

Il esquissa un léger sourire.

— Les roux ne savent donc pas s'amuser ?

— Nous sommes des gens très sérieux.

Cam avait ce pouvoir magique de la faire sourire facilement.

Il la rejoignit en portant des assiettes, des verres de jus de fruits et les sacs de la boulangerie.

— Au menu, nous avons des petits pains au saumon fumé, avec de la salade assaisonnée à la canneberge.

— C'est ce que j'aurais commandé.

— Alors, comment va cette cheville ?

Elle le regarda mordre dans son sandwich et remarqua pour la première fois ses dents blanches et régulières.

« Et alors ? Tout le monde a des dents. »

Mais celles de Cam lui donnaient envie de les sentir la mordiller un peu partout...

— Jenny ? Certains hommes pourraient se sentir vexés, étant donné le nombre de fois où vous vous mettez à rêver quand je vous parle.

« Oh ! il n'y a vraiment pas de quoi être vexé, bien au contraire ! »

— Ma cheville va aussi bien que possible étant donné les circonstances, répondit-elle enfin. Autrement dit, je ne suis pas encore prête pour jouer au football ou danser le tango car en cas de mouvement brusque, mon corps ne manque pas de se rappeler à mon bon souvenir, mais cela ne nous empêche pas d'avancer.

Il secoua la tête en la regardant.

— Vous êtes quelqu'un, vous savez...

A son tour, elle entama son sandwich, préférant changer de sujet.

— Et vous, comment se passe votre journée ? Avez-vous beaucoup de patients ?

— Le lot habituel de prises de tension, prescriptions d'antihistaminiques et contrôles divers. On est rarement débordé, dans ce centre. Les jours où une urgence se présente, tout se bouscule un peu.

Avait-elle perçu une légère amertume dans sa voix ?

— Vous arrive-t-il de regretter votre cabinet bondé de Wellington ?

Pendant quelques secondes, il mâchonna pensivement son sandwich.

— Jusqu'à présent, j'ai été trop pris par les garçons — à veiller à ce qu'ils s'adaptent bien à leur nouvelle vie — pour prendre le temps d'y réfléchir. Nous étions trois amis pour ouvrir le cabinet de Wellington et avions fait nos études de médecine ensemble. Et puis, un jour, il y en a un qui est parti courir après le travail et a fait un infarctus sur le bord de la route.

— Est-ce qu'il s'en est sorti ?

— Oui, mais cela a été un signal d'avertissement et nous a ouvert les yeux. Parfois, il nous arrivait de travailler encore plus que lorsque nous étions internes aux urgences. Nous avons donc pris d'autres associés, mais ce n'était plus la même chose. Alors, pour répondre à votre question, non, je ne regrette pas ce cabinet.

Le rythme plus lent de Havelock avait-il déplu à sa femme ? Elle n'osa pas lui poser la question.

— Où vont vos enfants après l'école ? demanda-t-elle.

Elle pourrait peut-être s'occuper d'eux le temps que Cam revienne du travail ?

— La maman d'un de leurs amis, Amanda, les prend chez elle et, en prime, elle leur donne des leçons de natation.

La déception l'envahit. Elle aurait dû se douter qu'il avait tout organisé sans attendre qu'elle fasse irruption dans sa vie.

— Et pendant les vacances scolaires ?

— Ils vont à la ferme de mes parents. Ils s'y plaisent tant que j'ai toujours du mal à les ramener à la maison.

Jenny réprima un soupir. Son père et sa mère lui manquaient. Au moins, elle espérait qu'ils comprenaient pourquoi elle avait entrepris ce voyage.

Cam se leva.

— Il est temps que j'aille à Blenheim. Avez-vous besoin de quelque chose avant que je parte ?

— Euh… Pourriez-vous m'apporter ma tablette, si cela ne vous dérange pas trop ?

— Bien sûr. Où est-elle ?

— Au fond de mon sac.

En un rien de temps, il déposa sur la table une bouteille

d'eau fraîche, des fruits et la tablette. Il lui laissa également un petit bloc-notes avec son adresse e-mail.

— Au cas où il y aurait quoi que ce soit.

Elle l'aurait volontiers serré dans ses bras. Pourquoi ? Peut-être parce qu'elle se sentait un peu seule, immobilisée ainsi, au point d'envisager d'envoyer un e-mail à ses parents.

— J'espère que je n'aurai pas à vous déranger, dit-elle. Passez un bon après-midi.

Du bout du doigt, il lui souleva le menton et son regard plongea dans le sien.

— Croyez-moi, une heure à peine après notre retour, vous regretterez votre paix et votre tranquillité. L'école ne fatigue pas mes enfants. Au contraire, elle les stimule.

Le doigt de Cam glissa le long de son menton avant qu'il s'écarte. Elle avait eu l'impression d'une caresse, mais c'était sûrement son imagination.

— Cam ? J'apprécie vraiment tout ce que vous faites pour moi. Et ne me dites pas que c'est normal car vous n'y étiez pas obligé.

— Chut…, répondit-il en souriant, avant de s'éloigner.

Les lèvres de Cam. Qu'est-ce que cela ferait, de les sentir sur les siennes ? Avec un soupir, elle alluma sa tablette.

Bonjour, maman et papa. Contente que vous fassiez ce voyage à Sydney pour le nouvel an.

Normalement, elle se serait arrêtée là, à peu de chose près. Mais ses doigts continuèrent à taper sur les touches.

Je suis actuellement à Havelock, un joli village situé dans le fjord de Pelorus, célèbre pour ses moules qui sont élevées et conditionnées sur place.

Enfin, elle en vint à l'essentiel.

Maman, papa, il ne faut pas vous inquiéter, mais je me suis cassé la cheville. Un accident stupide qui m'immobilise pendant quelques jours. Le médecin du coin a gentiment proposé de m'héberger jusqu'à ce que j'aie retrouvé mon autonomie.

Elle rit toute seule. Cela donnait l'impression que Cam était vieux et chenu.

Il a deux fils qu'il élève seul et qui sont adorables. Je vous aime. Jenny.

Sans hésiter, elle appuya sur la touche « Envoi » et le plus long e-mail qu'elle ait écrit depuis un an partit dans le cyber espace.

— Jenny, où es-tu ?

— On est rentrés. Est-ce que tu vas mieux ?

Pas moyen de distinguer les jumeaux au son de leur voix.

— Je suis sur le canapé avec un chat, répondit-elle. Vous savez à qui il appartient ?

Le félin noir et blanc était confortablement installé sur ses genoux depuis une heure et elle n'avait pas eu le cœur à le repousser.

— C'est Socks. Elle habite la maison de Mme Warner, mais papa dit que c'est nous qui la nourrissons le plus souvent.

— Socks commence à être un peu lourde. Andrew, peux-tu l'enlever pour que je bouge mes jambes ?

— D'accord.

Elle ne s'était pas trompée de prénom.

— Cette chatte est bien trop grosse, commenta une voix grave. Comment s'est passé votre après-midi ? demanda Cam en les rejoignant.

— Très bien. C'est très calme, ici. Désolée, mais je n'ai rien préparé pour le dîner.

— Ce n'était pas prévu ainsi.

— On va faire un barbecue, intervint Marcus, qui venait d'entrer et se mit à fouiller dans la pièce jusqu'à ce qu'il trouve la télécommande.

— On fait toujours des barbecues, commenta Andrew d'un ton ennuyé.

Chaque fois qu'un garçon parlait, l'autre ajoutait son grain de sel. Le cœur de Jenny se serra. C'était comme elle et Alison. Elle n'avait pratiquement plus rien dit pendant les premiers mois qui avaient suivi sa mort, car chaque fois qu'elle avait parlé, elle avait fait une pause, attendant qu'Alison enchaîne derrière elle. Mais il ne s'était plus rien passé, et cela lui avait fait encore plus mal.

— Un barbecue, c'est facile à faire, grommela Cam. Surtout en été.

— J'adore les barbecues, dit-elle avec une mine gourmande.

— Eteins cette télé, Marcus. Tu n'as pas encore rentré le linge.

Cam ôta la télécommande des mains de son fils.

— Quant à toi, Andrew, tu dois vider le lave-vaisselle. Maintenant…, dit-il en élevant la voix. Et rapportez vos boîtes de déjeuner dans la cuisine.

Jenny fit la grimace.

— Je ne peux vraiment pas vous aider ? Préparer une salade ou peler des pommes de terre, que sais-je ?

Rester assise pendant que tout le monde s'agitait autour d'elle la mettait mal à l'aise. Elle n'avait même pas remarqué le linge qui avait été mis à sécher sur une corde.

— Ne vous inquiétez pas, répondit-il en regagnant la cuisine. Nous avons notre routine.

Mais demain, elle irait sûrement mieux et pourrait se rendre un peu utile. Elle avait remarqué l'aspect froissé qu'avaient parfois les vêtements que portaient les trois hommes de cette maison. Demain, appuyée sur son pied valide, elle repasserait quelques chemises.

Personne n'aimait repasser. Excepté Alison, qui était une maniaque dans ce domaine.

Jenny retint sa respiration, s'attendant à l'explosion de douleur qui suivait habituellement ce genre d'évocation. Mais rien ne vint. Une première…

Décidément, cette journée était de plus en plus étrange. D'abord, elle envoyait un e-mail à ses parents plus long que : « Bonjour, comment allez-vous ? » Puis elle avait pu se souvenir d'Alison sans que son cœur se mette à peser une tonne.

— Et si je faisais un peu de repassage, demain ? proposa-t-elle.

— Papa dit que c'est une perte de temps, répondit Marcus.

— Ton papa est un homme très occupé. Je suppose qu'il fait d'abord les choses les plus importantes, et qu'il ne lui reste plus de temps pour ça.

Malgré sa résolution de ne pas regarder du côté de Cam, ses yeux se tournèrent irrésistiblement vers lui. Une assiette de côtelettes dans une main, une bouteille d'huile dans l'autre, il la fixait d'un air surpris.

Elle lui adressa un clin d'œil en catimini et son étonnement augmenta quand il cligna de l'œil en retour.

Alors — allez savoir pourquoi — elle fut prise d'une envie de rire comme elle n'en avait pas connu depuis un an.

« Attention, Jenny. Deux jours à peine après ta rencontre avec Cam, tu commences à voir le monde en couleurs au lieu du gris monotone habituel. Sois très prudente. »

— Tu as un message, annonça Marcus en rentrant de la terrasse. Veux-tu que je t'apporte ta tablette ?

— Oui, merci.

Sa mère lui avait répondu. Rien d'étonnant. Elle devait s'inquiéter à cause de l'accident et avait peut-être même réservé une place sur le prochain avion afin de se rendre compte par elle-même de l'état de sa fille.

« Je n'aurais rien dû leur dire. »

Jenny chérie, désolée d'apprendre que tu as la cheville cassée. Cela peut être très handicapant. Le médecin est sûrement quelqu'un de bien pour t'avoir invitée chez lui alors qu'il doit être très occupé. Je suppose que tu fais tout ton possible pour l'aider. Nous t'aimons très fort. Maman.

C'était tout ? Où étaient les demandes de détails ? Ses exhortations à la prudence ? L'annonce de l'heure de son arrivée ? Sa mère cherchait-elle à lui faire comprendre qu'il était temps qu'elle arrête de bouger pour se fixer quelque part ?

— Qui t'a envoyé un e-mail ? demanda Marcus.

— Ma mère.

— Tu as de la chance, dit-il d'une voix triste.

— C'est vrai. Mais toi, tu as ton papa et Andrew.

Ni l'un ni l'autre ne remplaçaient sa mère, bien sûr. Cela, elle le comprenait très bien : ses parents ne remplissaient pas le vide laissé par Alison.

— Ils t'aiment beaucoup.

Elle ne pouvait pas dire à Marcus que son père et son frère seraient toujours là pour lui car nul ne pouvait en être sûr. Il n'y avait qu'à voir ce qui lui était arrivé alors qu'elle avait cru qu'Alison ferait partie de sa vie pour toujours.

— J'aime beaucoup ma maman, murmura Marcus en baissant la tête, ses cheveux lui tombant dans les yeux.

Elle tendit la main et le fit asseoir près d'elle.

— Bien sûr que tu l'aimes. Les mamans sont spéciales.

— Notre maman est spéciale.

— Et aussi les papas et les frères.

Il hocha la tête, les yeux fixés au sol.

— Les miens sont les meilleurs du monde.

— Tu vois ? Tu as beaucoup de chance. Je suis certaine que, pour eux aussi, tu es le meilleur.

Marcus releva la tête et la regarda.

— Tu es vraiment une jumelle ?

6.

Cam retint sa respiration, attendant la réaction de Jenny. Il aurait dû intervenir, dire à Marcus d'arrêter de poser des questions et d'aller plutôt faire ses devoirs, mais il se retint en voyant que, cette fois, elle ne semblait pas s'effondrer. Et puis, pour être honnête, il avait envie de connaître la réponse.

— Oui, répondit-elle. Je… Mes parents ont eu deux filles. Je suis la plus âgée des jumelles, mais Alison était la plus autoritaire et me disait toujours ce que je devais faire.

— Moi, je suis le plus autoritaire *et* le plus âgé, dit Marcus.

Exact, se dit Cam.

— Et qui est le plus intelligent ? demanda Jenny.

Marcus bomba le torse.

— C'est encore moi.

— Non, c'est faux, protesta Andrew depuis la cuisine, où il était en train de ranger la vaisselle propre avec une lenteur impressionnante — un couvert à la fois. J'ai de meilleures notes que toi en maths.

Il y avait de la dispute dans l'air.

— Vous êtes tous les deux intelligents dans des domaines différents, intervint Cam. A présent, Marcus, mets la table pour le dîner. Et toi, Andrew, dépêche-toi de vider ce lave-vaisselle. Avant Noël, si possible.

Jenny se leva.

— Je vais commencer à me diriger vers la terrasse pour être sûre d'être arrivée à l'heure du dîner.

Le sourire qu'elle lui adressa était plein de chaleur, de gratitude et de compréhension. Elle avait dévié la conversation sur les garçons pour les empêcher de la questionner davantage, et il était entré dans son jeu en continuant de les distraire.

C'était ainsi que des parents devaient être — chacun couvrant l'autre de manière subtile. Jenny n'était pas la mère des garçons, pourtant, elle y arrivait. Margaret ne l'avait jamais fait, aggravant plutôt les disputes. Peut-être n'avait-il pas choisi la femme qu'il fallait ? Il l'avait aimée, profondément, mais avait-il trop attendu de cet amour ?

La prochaine fois qu'une femme l'intéresserait sérieusement, il ferait bien de réfléchir à tout cela. D'ailleurs, pourquoi ne pas commencer tout de suite ? se dit-il, le sourire aux lèvres, tout en découpant le concombre.

A une époque, il souriait presque tout le temps. C'était avant que les choses se gâtent.

— Ça sent la viande brûlée par ici, dit Jenny en arrivant près du barbecue. Rien de tel qu'une côtelette un peu croustillante.

Elle retourna la viande sur le feu pour qu'elle cuise de l'autre côté.

« Bravo, Cam. » C'était la faute de Jenny, s'il avait été distrait.

« N.B. : Rester concentré sur autre chose que Jenny Bostock, ou bien il n'y a pas que les côtelettes qui vont brûler. Et prendre rendez-vous chez le coiffeur pour les garçons. »

— Avez-vous parlé de votre fracture à vos parents ? demanda Cam après avoir envoyé les enfants au lit.

— Oui, répondit Jenny. Ils ne semblent pas très inquiets, ce qui est plutôt un soulagement.

Elle referma la page Web qui était ouverte sur la compagnie de cars locale. Les solutions ne manquaient pas pour aller de Havelock à Blenheim si elle décidait de partir et de trouver un motel. Peut-être pas demain, mais le jour suivant, quand elle saurait mieux se déplacer avec ses béquilles.

— Vous préparez les repas pour l'école ? demanda-t-elle.

Il n'avait pas arrêté de toute la soirée.

— Oui, répondit-il en étalant de la margarine sur des tranches de pain. Je fais ça tous les jours, excepté le vendredi car je laisse les enfants acheter leur déjeuner à la boulangerie.

— Combien de choses devez-vous encore faire avant de pouvoir vous arrêter ?

A cette heure-là, Cam aurait dû être assis en train de regarder la télévision ou de lire un livre, ou encore de bavarder avec elle en buvant un café. Rien d'étonnant s'il avait tout le temps l'air épuisé. Demain, elle tâcherait de faire un peu de rangement pour lui.

Il haussa les épaules.

— Je crois que j'ai bientôt fini. Vous ai-je dit que je vous avais pris un rendez-vous avec Angus pour demain ? Il m'a appelé en cherchant à vous joindre et n'a pas dû prendre la peine de consulter votre dossier pour avoir votre téléphone. J'imagine que je suis plus ou moins considéré comme votre généraliste et j'espère que cela ne vous dérange pas. J'ai choisi l'après-midi de façon à pouvoir vous conduire à Blenheim, et je vous ramènerai à la fin de la journée. Il faudra trouver à vous occuper pendant les quelques heures qui suivront le rendez-vous.

— Cela ne devrait pas être trop difficile.

Il y avait sûrement des cafés à Blenheim. Ou bien elle pourrait en profiter pour chercher un motel.

— Merci. Une fois de plus, vous vous êtes montré très obligeant. J'apprécie vraiment votre aide.

— A propos, où est votre généraliste ? Dans quelle ville ? demanda-t-il d'un ton hésitant, comme s'il craignait de se montrer trop indiscret.

En temps normal, elle lui aurait dit de se mêler de ses affaires. Mais après tout... Ce n'était tout de même pas une information ultraconfidentielle.

— A Dunedin, dans le Sud. C'est là où j'ai grandi, et où j'ai fait mes études de médecine.

— Vos parents vivent-ils toujours là-bas ?

— Oui. Ils n'en partiront jamais car ils prétendent que c'est un endroit unique au monde. Il y fait trop froid pour moi, il y a souvent de la neige et de la glace.

— Où préféreriez-vous vivre ? demanda Cam.

— Je n'en ai aucune idée. Mon dernier poste était à Auckland, mais cette ville ne m'a pas vraiment plu. Trop grande et trop agitée pour moi… A une époque, j'étais très attirée par la montagne, mais je n'y vivrais pas.

— Qu'est-ce qui vous a fait changer d'avis ?

Elle aurait mieux fait de se taire.

— J'ai fait beaucoup de randonnée, et découvert l'arrière-pays, mais j'ai envie de m'intéresser à autre chose.

« De préférence, quelque chose de moins dangereux. Papa et maman n'ont pas besoin de perdre leur autre fille. »

Elle put lire dans son regard compréhensif et à son léger sourire que Cam savait que sa réponse était incomplète. Mais il n'insista pas.

— Un café ? proposa-t-il.

— Je préférerais un thé, sinon je risque de rester éveillée la moitié de la nuit.

— Mmm… Je doute que quoi que ce soit vous empêche de dormir une fois que vous serez au lit, à en juger par les valises que vous avez sous les yeux.

Elle sourit.

— Charmant…

Chaque fois qu'il parlait de lit, elle éprouvait une drôle de sensation au creux du ventre. Certes, Cam était terriblement sexy. Mais ce n'était pas une raison pour se mettre dans tous ses états.

D'un autre côté, n'avait-elle pas le droit de se réveiller et de recommencer à regarder les hommes ? Il n'était pas question d'une véritable relation avec Cam. Dans le meilleur des cas, il ne s'agirait que d'une très brève aventure puisqu'elle ne comptait pas rester au-delà de mercredi. Mais y était-elle vraiment prête ?

— Moi aussi, j'ai fait mes études à l'école de médecine de Dunedin, dit-il. Ce devait être avant que vous arriviez car nous ne nous sommes jamais croisés.

Elle avait commencé à dix-huit ans et en avait trente et un. Il devait en avoir cinq ou six de plus.

— Du lait dans votre thé ? demanda-t-il.

— Oui, merci. Et vous, pourquoi aviez-vous installé votre cabinet à Wellington ?

— J'ai été là-bas en pension. Mes parents ont une ferme dans les fjords depuis une quarantaine d'années. Maman nous avait fait la classe à la maison jusqu'à ce qu'on ait l'âge d'aller au collège. J'ai adoré ça là-bas, je trouvais la ville très excitante. Aviez-vous une raison particulière de vouloir vous rendre à Blenheim samedi ? ajouta-t-il après un bref silence.

Il était temps de finir son thé et d'aller se coucher.

— Non, pas vraiment.

Il eut l'air d'attendre la suite, mais, après tout, elle ne lui devait pas d'explications.

Le silence se prolongea. Ces derniers mois, les rares personnes dont elle avait croisé le chemin n'avaient même pas su qu'elle était médecin.

— Cela fait quelque temps que je ne travaille pas. J'ai entrepris un voyage.

Elle n'en dirait pas plus.

— Un long voyage ?

— Je suis presque au bout.

Il y avait un problème : elle se demandait comment elle pourrait aller jusqu'à Kahurangi, avec son pied qui ne lui permettait pas de conduire. Quelques rares bus faisaient le trajet, mais ils vous déposaient au milieu de nulle part, sans possibilité de se loger ni de se nourrir. Quant à monter sur le lieu de l'accident, ce n'était tout simplement pas envisageable.

— Jenny ? reprit Cam d'une voix douce. S'il y a quoi que ce soit d'autre que je puisse faire, vous me le direz, n'est-ce pas ?

— Vous avez déjà fait énormément. Je m'en irai dès que possible, cela vous soulagera.

Elle se rendit compte qu'elle n'avait pas du tout envie de partir. Pas tout de suite. Pas avant d'en avoir appris davantage sur Cam. Mais elle ne pouvait pas rester plus longtemps : il avait bien assez de problèmes à gérer sans qu'elle s'ajoute à sa liste.

— Pensez-vous retourner aux urgences, ou bien envisagez-vous de changer de spécialité ? demanda-t-il.

— La médecine des urgences a toujours été ma passion, et je me vois difficilement l'abandonner.

Assez de questions, songea-t-elle en se redressant pour saisir ses béquilles.

— Je crois que je vais aller me coucher.

— Il y a une demande constante d'urgentistes à Wairau, dit-il comme s'il n'avait pas entendu.

Pour le coup, elle se laissa retomber sur sa chaise et sa cheville ne manqua pas de protester violemment.

— C'était juste pour que vous soyez au courant, au cas où vous envisageriez de rester dans les parages, ajouta-t-il.

Non, merci. C'était une chose d'avoir du mal à partir, et une autre d'envisager de rester.

— Je le garde à l'esprit, répondit-elle poliment.

Cam s'approcha d'elle.

— Laissez-moi vous aider, vous avez dû vous faire mal. On dirait que je vous ai encore contrariée, ajouta-t-il d'un air contrit.

Il lui prit la main pour l'aider à se relever et, instantanément, une vague de chaleur la submergea. Leurs regards s'accrochèrent l'un à l'autre, et elle vit dans ses yeux un mélange de solitude, de compréhension et… — était-ce du désir ? — qui lui coupa le souffle.

Soudain, elle eut envie d'intimité, d'amitié, et de cette aventure à laquelle elle avait déjà pensé. Elle était là, à portée de main. Pas de doute : c'était bien du désir qu'il y avait dans les yeux de Cam. Il était palpable dans l'air, devenu soudain plus dense.

C'était comme si sa vie recommençait — comme une chrysalide sortant enfin de son cocon pour donner naissance à un papillon. Elle sentit son corps se pencher naturellement vers le sien…

Mais elle ne méritait pas une seconde chance, se dit-elle avec un mouvement de recul.

Cam la regardait toujours. Il lui suffisait de se redresser un peu pour que leurs lèvres se rejoignent, et elle saurait enfin ce que cela faisait d'être embrassée par Cam, elle connaîtrait le goût de ses lèvres.

Son regard se détourna et se posa sur un tas de jouets divers — avion, camion, hélicoptère — entassés dans un coin. Il y avait des enfants qui vivaient ici, avec cet homme. Ils avaient la priorité, elle ne devait pas l'oublier. Décidément, elle agissait de façon étrange depuis sa chute.

Libérant sa main, elle s'écarta de Cam en clopinant.

— Désolée, il faut que je dorme.

Cela lui permettrait peut-être de se calmer. Silencieusement, il lui tendit ses béquilles d'un air impénétrable. Tout désir semblait avoir disparu. Tant mieux.

— Bonne nuit, Jenny.

— Bonne nuit, répondit-elle d'un ton sec avant de s'éloigner appuyée sur ses béquilles.

Il fallait vraiment qu'elle trouve un autre endroit où séjourner, en attendant qu'elle soit plus mobile. Ce n'était pas bon de rester plus longtemps ici — ni pour Cam ni pour elle.

« Demain, tu vas aller à Blenheim avec Cam pour voir le chirurgien. Pendant le temps qu'il te restera, tu en profiteras pour appeler les motels du coin. »

C'était la meilleure solution. Mais alors, pourquoi manquait-elle à ce point d'enthousiasme ? Parce qu'elle aimait être ici, et appréciait la compagnie des enfants presque autant que celle de leur père. Elle se sentait bien, détendue, au point d'avoir envie de communiquer davantage avec ses propres parents.

Raison de plus pour s'en aller. La question n'était pas de savoir si elle le voulait ou non. Cam Roberts n'avait certainement pas besoin d'elle pour lui compliquer la vie.

Entendant frapper, elle se retourna et, dans sa hâte, fit glisser les béquilles qui lui heurtèrent les jambes, la projetant sur le lit. La douleur dans sa cheville fut si forte qu'elle poussa un cri.

— Hé, doucement.

Instantanément, Cam fut près d'elle et mit les béquilles de côté.

— Je croyais que vous m'aviez entendu arriver dans le couloir.

Elle respira profondément à plusieurs reprises et, peu à peu, la douleur diminua, la laissant épuisée.

— C'est la preuve que je ne progresse pas aussi vite que je le croyais…

Il s'agenouilla près d'elle et lui étendit doucement la jambe.

— Aussi vite que vous le voudriez, vous voulez dire. Etes-vous toujours aussi impatiente ?

Se redressant, il la releva et la laissa en appui sur son pied valide le temps d'écarter les couvertures puis il l'aida à s'asseoir sur le lit.

— Moi ? Impatiente ? Seulement quand j'ai besoin que quelque chose soit fait.

Génial… A présent, elle se retrouvait au lit tout habillée. Mais elle n'allait pas se mettre en tenue de nuit tant que Cam serait dans la pièce. Pas après le moment qu'ils venaient de vivre dans le séjour.

A l'évidence, il ne pensait pas comme elle car il lui tendit le maxi T-shirt dans lequel elle dormait qui était rangé sous l'oreiller.

— Avez-vous quelque chose de très urgent à faire ? Un endroit où vous devez vous rendre ? Ou bien êtes-vous pressée de nous quitter ?

— Un peu tout à la fois, répondit-elle.

Il alla fermer les rideaux.

— Qu'y a-t-il de si important pour que vous ne puissiez pas accorder quelques jours de tranquillité à votre cheville, le temps qu'elle commence à guérir ?

— Je déteste être une gêne. Ma cheville guérira aussi bien dans un motel que sur votre terrasse.

Il se tourna vers elle, l'air un peu déçu, presque blessé.

— Vous serez bien seule. Mais je suppose que se retrouver coincée avec deux gamins débordant d'énergie et leur ronchon de père doit être pire pour quelqu'un qui, de toute évidence, préfère sa propre compagnie.

— Vous n'êtes pas ronchon, et je ne suis pas coincée, protesta-t-elle. Enfin, pas trop.

Peut-être que, demain, Angus lui mettrait un plâtre à la fois plus léger et plus solide qui lui permettrait de se déplacer plus facilement afin de pouvoir découvrir Havelock le jour suivant. Mais que ferait-elle le reste de son temps, une fois qu'elle connaîtrait par cœur les quelques boutiques existantes ?

— Apparemment, vous n'aimez pas vous éterniser quelque part, n'est-ce pas ? Surtout dans un endroit aussi petit que Havelock ?

Décidément, cet homme était capable de lire en elle comme dans un livre ouvert. Comment était-ce possible ?

— Tout dépend de la raison pour laquelle je m'arrête, répondit-elle.

De nouveau, il eut l'air déçu.

— Dormez bien, Jenny. Vous semblez épuisée.

Il esquissa un sourire un peu contraint puis referma la porte derrière lui.

Elle fut réveillée par les voix des garçons qui couraient en se disputant dans le couloir. Un rayon de soleil filtrait entre les rideaux que Cam n'avait pas complètement fermés la veille.

Elle avait beaucoup dormi, mais rien ne valait la peine qu'elle se précipite hors du lit, sauf peut-être la vue du corps d'athlète de Cam pour bien commencer la journée.

Décidément, il fallait qu'elle parte d'ici. Demain ferait l'affaire.

Se redressant dans le lit, elle étira les bras au-dessus de sa tête. Elle se sentait bien. Même son pied avait l'air d'aller mieux. Peut-être avait-il dégonflé un peu.

Mais à peine fut-elle debout que la douleur se ranima. S'était-elle réjouie trop tôt ?

On frappa doucement à la porte.

— Jenny, vous êtes réveillée ? demanda Cam.

— Bien sûr.

La porte s'ouvrit en grand et il apparut, remplissant toute la pièce de sa présence.

— Comment allez-vous, ce matin ? Vous n'avez plus les yeux aussi fatigués.

Il la regarda de la tête aux pieds. Elle se tenait debout devant lui, habillée d'un mince T-shirt lui couvrant à peine les fesses.

— Je vais bien, très bien, répondit-elle d'une voix éraillée. Vous aviez quelque chose à me demander ?

— Euh… Non, rien.

— On se verra pour le déjeuner ?

— Oui. Vous devrez vous occuper seule de votre petit déjeuner. Je suis passé il y a environ une heure vous demander ce qu'il vous plairait de manger, mais vous étiez dans un état semi-comateux, et maintenant, je suis en retard.

— Pas de problème.

Le regard de Cam était toujours attiré par le bas de son T-shirt. Elle se rassit sur le lit en se couvrant les jambes.

— Vous devriez vous dépêcher.

Il lui sembla qu'il avait rougi.

— Allez, les garçons. Vite, vite.

— Vite, vite, répétèrent les jumeaux en riant dans le couloir.

Jenny ne put se retenir de sourire.

— Je me rappelle qu'Alison et moi répétions tout ce que maman disait. Il lui arrivait d'être à cran à cause de nous, surtout si elle était pressée ou de mauvaise humeur.

— Je ne suis pas de mauvaise humeur, marmonna Cam.

— Bien sûr que non, répondit-elle avec une moue ironique.

Il fronça les sourcils.

— Finalement, je me demande si je ne préfère pas quand vous dormez.

Cette fois, elle se mit à rire. Alison et elle avaient bien aimé taquiner leur mère, de temps en temps. Cette dernière avait-elle eu l'air aussi fatigué que Cam ? Elle se rappelait qu'une fois, leur père les avait confiées à la garde d'une voisine pour emmener leur mère dans un restaurant chic afin qu'elle puisse faire une pause.

Maman et papa. Ils avaient été les meilleurs parents que des jumelles pouvaient souhaiter. Elle les avait bien mal traités ces derniers mois, les ignorant presque. Pourtant, ils étaient toujours patients avec elle, attendant que son chagrin s'apaise peu à peu, tout en faisant face à leur propre peine.

Où était sa tablette ?

Elle la trouva dans le salon et, après s'être préparé une tasse de thé accompagnée d'une tranche de pain, elle commença son e-mail.

Chers maman et papa,

C'est plutôt amusant pour moi de me retrouver dans cette maison. Marcus et Andrew me rappellent les bêtises que nous faisions, Alison et moi. Cam, leur père, a tout le temps l'air épuisé. Je suppose que nous vous faisions le même effet.

Aujourd'hui, je vais chez le chirurgien pour un check-up et attendrai à Blenheim que Cam vienne me chercher pour me ramener à la maison.

Elle appelait cet endroit « la maison », à présent ? Qu'est-ce que Cam en penserait ?

Je ne sais pas encore quand je serai en mesure de partir d'ici. Ma voiture est dans le garage de Cam, qui dit que je peux la laisser là aussi longtemps que je veux. Je vous tiendrai au courant de mes prochains déplacements.

Je vous embrasse très fort : Jenny.

Tout en appuyant sur « Envoi », elle dut reconnaître que c'était bien agréable d'avoir des choses à raconter, sans se demander si elle devait ou non mentionner le prénom d'Alison de crainte de leur faire de la peine.

Marcus et son skate-board avaient une grande part de responsabilité dans cette situation, mais dans le cas présent, c'était plutôt positif.

Il était temps de prendre une douche sans plus se poser de questions. Dans la salle de bains, Cam avait de nouveau tout préparé, constata-t-elle en souriant. Etait-il aussi attentionné avec tout le monde, ou juste avec elle ?

Se sentait-il attiré par elle, comme elle par lui ? Elle ne pouvait le nier : elle le trouvait très attirant physiquement. Mais il y avait plus encore : sa prévenance, sa tendresse et son désir d'être le meilleur père possible pour ses enfants.

En fait, tout lui plaisait chez lui. C'était inquiétant et excitant à la fois.

7.

— Qu'est-ce que ça sent ? marmonna Cam en fronçant le nez.

Il y avait une forte odeur de brûlé qui venait de la maison.

La journée avait été particulièrement exténuante. Le manque de sommeil des nuits précédentes, avec la pensée de Jenny qui ne l'avait pas quitté, n'avait fait qu'ajouter à la difficulté de convaincre Roy Frank de se faire opérer à cœur ouvert, comme cela était prévu pour la semaine suivante.

Mais son patient s'obstinait dans son refus. A l'évidence, il était terrifié. Qui ne l'aurait pas été à sa place ? Hélas, il n'y avait pas d'alternative.

Dans la cuisine, Jenny se tenait devant l'évier, visiblement embarrassée.

— Ce n'est pourtant pas difficile de faire cuire du riz, marmonna-t-elle. Des millions de gens le font chaque jour sans brûler le fond de la casserole !

— Pourquoi du riz ? s'étonna-t-il. J'ai prévu des pommes de terre nouvelles préparées avec de la menthe fraîche du jardin de Mme Warner. Les côtelettes d'agneau attendent dans une assiette au réfrigérateur, prêtes pour le barbecue. Il n'y a plus qu'à remuer la salade.

Jenny lui jeta un regard sombre.

— J'avais l'intention de préparer le dîner pour vous. Parce que vous avez toujours été si gentil avec moi, je voulais que vous vous accordiez une pause.

Sur le comptoir, il y avait un livre de recettes asiatiques. Elle en avait besoin pour faire cuire du riz ?

— Je suppose que la cuisine n'est pas votre point fort ?
— Pas vraiment.

Il ne put s'empêcher de sourire en voyant une casserole au fond noirci qui trempait dans l'évier.

— Et ça, qu'est-ce que c'est ? demanda-t-il en désignant une bouillie non identifiable dressée sur un plat.

— Du poulet chasseur. Bon, d'accord, je ne suis pas un grand chef étoilé. Mais j'avais envie de vous aider, au lieu de rester assise à ne rien faire. J'ai quand même réussi à vider le lave-vaisselle et à rentrer le linge sans incident.

— Merci. J'apprécie ce que vous faites.

Comme elle se détournait, il la rattrapa avant de lui soulever le menton du bout du doigt. Des larmes brillaient dans ses yeux.

— Je vous assure, je suis sincère.

Il aurait dû s'écarter, mais il en fut incapable. Ses magnifiques yeux verts étaient encore plus beaux, légèrement humides. Il aurait voulu s'y noyer.

— Ne le prenez pas mal, mais je m'occuperai de la salade, ajouta-t-il, souriant de nouveau. Si on prenait d'abord un verre de vin sur la terrasse ?

A présent, il pouvait lui en proposer puisqu'elle venait d'arrêter les calmants. Son nouveau plâtre, plus léger, y était sans doute pour quelque chose.

— C'est pour me consoler ?
— C'est pour le plaisir.

Depuis que Jenny était chez lui, toutes sortes de choses auxquelles il n'avait pas pensé depuis bien longtemps lui traversaient l'esprit.

— Cabernet sauvignon ou sauvignon blanc ? proposa-t-il.
— Le blanc, merci. Voulez-vous du fromage et des crackers avec ? Il y a du Havarti au réfrigérateur.

La lumière était revenue dans les yeux de Jenny. Il remplit deux verres : le blanc pour elle, le rouge pour lui.

— Vous avez choisi l'un de mes fromages préférés.
— C'est la femme de la boutique qui me l'a dit.

Il fut touché qu'elle ait pris la peine de demander.

— Alors, que pensez-vous de notre petite ville, Jenny ?

— Disons qu'elle a un charme un peu… désuet.

— Delia, mon infirmière, a dit qu'elle vous avait vue ce matin marcher avec vos béquilles.

— Je suppose qu'il n'y a pas beaucoup de monde à Havelock qui se promène avec un pied dans le plâtre.

Elle s'assit sur une chaise et s'appuya contre le dossier avant de poser les béquilles sous la table, hors du passage.

— On dirait que vous avez pris le coup de main.

Il la regarda ensuite siroter son vin, les lèvres délicatement appuyées contre le verre, et suivit, fasciné, les mouvements de sa gorge, sentant une tension dans le bas-ventre qu'il n'avait pas éprouvée depuis longtemps.

— Qu'y a-t-il ? demanda-t-elle d'un air surpris.

— Rien. J'aime ce que je vois, c'est tout.

C'était beaucoup. Depuis le départ de Margaret, les femmes n'avaient tenu aucun rôle dans sa vie. Et voilà qu'en quelques jours, il revenait à la vie avec l'arrivée de Jenny. Jusqu'à cette semaine, il ne s'était pas rendu compte qu'il était comme mort dans certains domaines.

— Vous faites des progrès côté compliments, commenta-t-elle en le gratifiant d'un sourire qui le chamboula complètement.

Bon sang… Il se sentait sens dessus dessous.

— Je vais allumer le barbecue, dit-il en se levant si brusquement qu'il renversa la moitié de son verre sur son pantalon.

Génial ! A présent, il avait une cuisine et un pantalon à nettoyer.

— Allez vous changer et donnez-le-moi, ordonna Jenny. Je suis experte en nettoyage de taches de vin.

Il se détourna aussitôt pour éviter qu'elle ne remarque un renflement suspect, juste sous la tache — sinon elle risquait d'appeler la police des mœurs. Avait-il été frustré à ce point par son absence de relation sexuelle, ou bien était-ce Jenny qui avait tout déclenché parce qu'elle était belle et sexy et qu'il était bouleversé par ses grands yeux ?

« N.B. : Se tenir à distance de son sourire enjôleur, et

de ces yeux. Trop dangereux. Une bonne fois pour toutes, prendre ce satané rendez-vous chez le coiffeur. »

Jenny frotta la tache, rinça le pantalon et alla l'étendre sur le fil en clopinant. Comme il faisait chaud, avec un peu de chance, il serait sec au matin.

Son regard fit le tour du jardin. Cam ne devait pas avoir le temps de s'en occuper, ou bien il n'avait pas de goût pour cette activité. Il y avait une chose que sa mère lui avait enseignée : faire pousser des fleurs. Quoi de plus gratifiant que de voir des massifs se couvrir des couleurs chatoyantes des freesias, marguerites, roses et autres pivoines pendant les mois d'été ? Cueillir quelques fleurs pour les disposer dans un vase au centre de la table l'avait toujours ravie.

Les compétences de Cam au jardin semblaient se limiter à tondre la pelouse. Tout au fond, il y avait une balançoire accrochée à un arbre qui semblait à l'abandon. S'asseyant sur la planche, Jenny prit son élan à l'aide de son pied valide. Quand s'était-elle balancée pour la dernière fois ? C'était lors de vacances à Surfers Paradise, avec Alison, quand elles étaient adolescentes. Elles avaient tenté d'impressionner des garçons qui se trouvaient aussi dans le parc. Echec total.

De nouveau, elle pouvait évoquer Alison sans trembler de désespoir. Il devait y avoir quelque chose de relaxant dans l'air de Havelock. Parviendrait-elle un jour à venir à bout de son chagrin ? C'était sans doute trop demander pour l'instant.

Elle devait procéder étape par étape.

— Tu as perdu brutalement ton mojo. Ne te précipite pas pour le retrouver.

— Qu'est-ce que c'est, un mojo ? demanda un des jumeaux.

— On peut t'aider à le trouver ? demanda l'autre.

Instantanément, elle cessa de se balancer et se retourna. Elle n'avait pas entendu les garçons arriver et ne s'était pas rendu compte qu'elle avait parlé tout haut.

— Pour certains, c'est une sorte de porte-bonheur, répondit-elle. En fait, c'est une partie de moi, de ce que je suis et de ce que je deviendrai… C'est le moteur qui m'aide à avancer, ma raison de vivre.

Pour une fois, Marcus et Andrew restèrent muets, se contentant de la regarder.

— J'ai perdu mon mojo il y a un an, et je voudrais le retrouver pour pouvoir de nouveau être heureuse.

Comprendraient-ils mieux avec cette explication ?

— On peut t'aider, si tu veux.

Ils le faisaient déjà. Tous les deux, avec Cam, l'avaient traitée avec tant de naturel qu'elle avait commencé à revivre.

— Merci, murmura-t-elle.

— Si on t'aide…

— Est-ce que tu nous aideras à trouver quelque chose ? demanda Andrew, achevant la question de son frère.

Elle avait entendu parler d'une chaussure de sport qui avait disparu, et Cam faisait la guerre à ses enfants pour qu'ils la cherchent partout.

— Bien sûr. Qu'avez-vous perdu ?

— Notre maman. On la trouve nulle part.

Oh ! non ! Elle ne s'était pas méfiée. Les pauvres enfants avaient l'air désespéré. Son cœur se serra.

— Je…

Que dire ? Tout ce qui lui venait à l'esprit n'aurait fait que les peiner davantage. Elle ne connaissait pas les circonstances du départ de leur mère et, de toute façon, ce n'était pas à elle de leur parler.

Mais ils restaient là, à la fixer d'un air suppliant.

— On voudrait juste la voir et lui faire un câlin, dit Andrew, prêt à fondre en larmes.

Abandonnant la balançoire, Jenny prit les deux garçons dans ses bras et les serra contre elle. Ce n'était pas l'étreinte qu'ils auraient souhaitée, mais elle ne pouvait pas les laisser ainsi. Ils s'accrochèrent à elle, tremblants.

— Je sais ce que c'est, murmura-t-elle. J'aimerais tant pouvoir prendre ma sœur dans mes bras.

Mais c'était différent. Alison était morte alors que la maman de ces garçons se trouvait quelque part. Comment une mère pouvait-elle ainsi quitter ses enfants ? C'était tout simplement inconcevable. Aucune excuse ne pouvait trouver grâce à ses yeux.

Elle sentit la présence de Cam juste avant qu'il les entoure de ses bras. La main qu'il avait posée sur son épaule était chaude et lui donna le courage de lever la tête.

« Merci », mima-t-il silencieusement avec les lèvres.

Il avait donc entendu les paroles des garçons. Cam se trouvait-il souvent confronté à ce genre de demande de la part de ses fils, et comment réagissait-il ?

Il déposa un baiser sur la tête de chaque garçon et recula doucement, les entraînant avec lui.

« Et moi ? Je ne peux pas avoir un baiser, moi aussi ? »

Elle en avait oublié sa cheville qui se rappela soudain à son souvenir, mais Cam lui tendit la main pour l'aider à regagner la terrasse.

— Où est ta jumelle ? demanda un des garçons en les rejoignant.

Elle réprima un soupir. Que répondre ? Penseraient-ils que leur mère était morte aussi, si elle leur disait la vérité ? Mais elle ne pouvait pas leur mentir, cela n'aiderait personne.

Cam lui adressa un signe discret de la tête, comme pour l'encourager. Après avoir avalé une gorgée de vin, elle leur parla le plus simplement possible.

— Ma sœur a eu un accident. On était parties en randonnée en montagne quand le sentier le long d'une falaise sur lequel on se trouvait s'est effondré et nous sommes tombées. Un gros rocher s'est détaché et a heurté la tête d'Alison.

Ses mains se mirent à trembler.

— Elle est morte là-bas. Elle me manque terriblement.

Sans rien dire, Andrew vint s'asseoir sur le banc à sa droite tandis que Marcus s'asseyait à sa gauche. Cam les regardait.

— C'est triste, commenta enfin Marcus en se blottissant contre elle. Andrew me manquerait aussi s'il lui arrivait quelque chose. En plus d'être mon frère, il est aussi mon meilleur ami.

— Oui, c'est comme ça chez les jumeaux, ajouta Andrew en se blottissant de l'autre côté.

Jenny renifla avant d'avaler une autre gorgée de vin.

— Vous savez, on a plus de chance que les autres quand on est jumeaux. Personne d'autre n'a quelqu'un d'aussi spécial et qui soit aussi proche.

Marcus s'écarta d'elle pour mieux la regarder.

— Alison était aussi jolie que toi ?

— Tu es un vrai petit charmeur, tu sais ça ? Alison était tout à fait comme moi, ajouta-t-elle, son sourire s'effaçant.

— Comment faisaient les gens…

— Pour vous distinguer ?

Cela devenait difficile.

— Alison était très drôle et faisait rire tout le monde. Moi, j'étais plus sérieuse — sauf quand j'étais avec ma sœur.

Cam lui versa de nouveau du vin alors qu'elle avait à peine touché à son verre.

— Marcus, Andrew, laissez un peu Jenny respirer. Le dîner sera bientôt prêt, alors vous feriez bien de vider vos cartables et de poser vos boîtes de déjeuner dans la cuisine.

— Merci, dit-elle en regardant les garçons s'éloigner. Je ne suis pas sûre qu'ils puissent poser grand-chose dans la cuisine car je me suis un peu étalée tout à l'heure.

Cam fit mine de s'étrangler en buvant.

— Un peu ? Je dirais plutôt qu'une véritable tornade est passée par là.

Elle lui tapota énergiquement le dos.

— C'est un peu exagéré, répliqua-t-elle en retirant sa main à regret, la promenant au passage sur l'épaule et le haut du bras de Cam.

Elle avait l'impression que la chaleur de Cam irradiait jusqu'à son propre corps. Quand il les avait tenus serrés contre lui, elle s'était rendu compte qu'elle n'avait pas été enlacée par quelqu'un depuis bien longtemps.

— Moi, j'exagère ?

Il avait un curieux sourire et sa respiration s'était accélérée. Ce n'était tout de même pas parce qu'elle l'avait touché ? Oh ! non ! Donc, elle lui plaisait ? Et elle, avait-elle envie de lui plaire ? La confusion la plus totale régnait dans sa tête.

Cam lui souleva le menton pour croiser son regard.

— Merci d'avoir raconté votre histoire aux garçons.

Certes, ce n'est pas la même chose d'avoir perdu leur mère, mais j'ai l'impression qu'ils ont compris quelque chose avec vous, et que cela les aidait d'être des jumeaux.

— Ce doit être difficile pour vous chaque fois qu'ils croient voir leur mère. Je suppose que c'est ce qu'il s'est passé samedi dernier ?

— En effet. Il y a des jours où je lui en veux terriblement de les faire souffrir ainsi. Tout ce que Marcus et Andrew ont jamais demandé, c'est d'être aimés. Qu'y a-t-il de mal à ça ?

Son regard se perdit dans le vague.

— Depuis combien de temps est-elle partie ?

— Un peu plus de deux ans.

La tristesse qu'elle sentait dans sa voix lui serra le cœur. Elle eut soudain envie de le serrer dans ses bras à son tour, de prendre sur elle toute cette tristesse, mais elle fut incapable de bouger. Ils se connaissaient à peine, même si elle avait parlé brièvement d'Alison par l'intermédiaire des jumeaux, ce qu'elle n'avait fait avec personne.

Aimait-il toujours sa femme ? La cherchait-il dans les magasins, lui aussi ? Peut-être, à en croire son regard perdu. En tout cas, elle n'avait pas le droit de ressentir autre chose que de la sympathie pour lui parce qu'il s'était montré gentil avec elle.

Il était vraiment temps de partir avant qu'elle éprouve quelque chose de plus intense. Elle en parlerait aux garçons après le repas, quand ils seraient couchés. Dès demain, elle irait dans un motel, à Blenheim.

Le dîner se déroula sans anicroche. Une fois la table débarrassée et la vaisselle rangée dans la machine, Jenny se sentit prête à regagner sa chambre.

Cam s'était assis devant son ordinateur portable.

— Je dois contrôler les besoins mensuels du service de santé, marmonna-t-il.

— Il vaut mieux que vous veniez prendre votre thé dans la cuisine. J'ai fini de nettoyer mes bêtises, ajouta-t-elle en posant une assiette de cookies aux copeaux de chocolat près de son mug.

— Mmm, ce sont les meilleurs de la boulangerie.

— On dirait que vous êtes un peu gourmand ?

— Qui ne l'est pas ?

Il lui sourit en la rejoignant — un vrai, large sourire, qui aurait pu facilement la faire craquer.

— Je crois que je vais repartir bientôt, annonça-t-elle. Peut-être samedi.

Où était passée sa résolution de s'en aller dès le lendemain ? Samedi lui était venu tout seul. Décidément, il lui devenait de plus en plus difficile de quitter cet endroit où Cam l'avait accueillie avec tant de gentillesse, lui faisant voir le monde d'une autre façon. Elle était presque devenue accro.

Il se pencha vers elle, les sourcils froncés.

— Repartir ? Pour où ? Et comment ? Je vous rappelle que vous ne pouvez pas encore conduire.

— J'ai suffisamment abusé de votre hospitalité.

— Lorsque ce sera le cas, je vous le ferai savoir.

— Franchement, Cam, vous avez déjà tant fait pour moi. Des liens se créent entre les jumeaux et moi, alors ne vaut-il pas mieux que je m'en aille maintenant, avant que cela devienne un problème ? Je ne voudrais en aucun cas perturber Andrew et Marcus.

— Ça, c'est un coup bas, Jenny Bostock, marmonna-t-il.

— Ce n'était pas mon intention.

Elle n'avait aucune envie de partir. Pas déjà. Mais plus elle s'attarderait, plus ce serait dur pour elle, et pour les garçons. Déjà elle rêvait de Cam de jour et de nuit. Le simple fait de le regarder allumait le feu en elle. C'était difficilement compréhensible, d'autant que le sexe n'avait jamais eu beaucoup d'importance dans sa vie, même quand tout allait bien. Etait-ce parce qu'elle n'avait encore jamais rencontré d'homme aussi sexy que Cam ? Elle ne se reconnaissait plus.

— Que faites-vous pour Noël ? demanda-t-il, étendant ses longues jambes sous la table.

— Pour Noël ?

Quel rapport ? s'interrogea-t-elle, méfiante.

— Vous savez, cette fête pendant laquelle le Père Noël descend par la cheminée avec des cadeaux pour tout le monde.

En fait, si elle partait cette nuit ? Elle ne pouvait pas

imaginer manger de la dinde rôtie ou défaire des paquets sans Alison. L'année précédente, la difficulté avait été contournée : ses parents les avaient rejoints, elle et Colby, dans un restaurant d'Auckland.

— Ce n'est plus très loin, maintenant, ajouta Cam. Avez-vous des projets ?

— Oui, justement.

« Je vais trouver un hôtel dans lequel je ne suis jamais allée et passer la journée à découvrir les environs. »

Cam était de toute évidence déçu. Un silence embarrassé s'ensuivit, qu'elle finit par rompre.

— Et vous, que faites-vous, ce jour-là ?

Détourner l'attention de l'interlocuteur : la tactique s'avérait généralement payante.

— Nous allons retrouver le clan Roberts au grand complet dans la maison familiale de Kenepuru.

— Vous avez des frères et des sœurs ?

— Trois sœurs, trois beaux-frères, six neveux et nièces, et mes parents. Nous passons toujours un très bon moment ensemble.

Cela lui donna envie de se replier complètement à l'intérieur d'elle-même. La famille. Maman et papa. Retourner à Dunedin. Noël serait aussi solitaire pour eux qu'il le serait pour elle, dans un hôtel.

Soudain, elle prit sa décision.

— Je vais dans le Sud voir mes parents.

— C'est une bonne idée.

Mais il y avait encore de la déception dans les yeux de Cam quand il retourna s'asseoir à son clavier.

— Bonne nuit, dit-elle en clopinant vers le couloir.

— Jenny, dit-il d'une voix douce. Ne prenez pas de décision hâtive pour votre départ. Restez pendant le week-end, et vous verrez comment vous vous sentez la semaine prochaine. Les garçons seraient ravis que vous soyez là samedi, pour leur compétition de natation organisée par leur école.

Et Cam ? Serait-il ravi qu'elle soit près de lui pour encourager Marcus et Andrew ?

8.

Cam se sentait plus libre qu'il ne l'avait été depuis des mois. Manifestement, les garçons n'avaient jamais été aussi heureux depuis leur arrivée à Havelock, et ils appréciaient de vivre dans cet endroit où tout le monde connaissait tout le monde — parfois un peu trop bien. C'était pour eux qu'il s'accrochait à ce coin au lieu de se laisser reprendre par l'envie de se perdre de nouveau dans une grande ville pleine de monde, d'activités et de travail.

Aujourd'hui, il se sentait le cœur léger. Cela n'avait rien à voir avec Havelock, mais beaucoup avec la femme qui marchait près de lui.

— Bonjour, Cam !

Braden lui sourit tout en accrochant le panneau « OUVERT » devant son bureau de tourisme.

— Vous avez l'air en forme, ce matin, ajouta-t-il.

— Noël ne va pas tarder, le soleil brille, et mes garçons participent à la compétition de natation qui va les opposer à l'école de Rai Valley, ce week-end. Cela ne pourrait pas aller mieux, répondit-il gaiement.

— On dirait que vous avez pris des pilules euphorisantes, marmonna Jenny près de lui.

Spontanément, il éclata de rire. Que lui arrivait-il ?

— Je ferais bien de vérifier le contenu du flacon de vitamines. Qui sait ce qu'il contient ?

Jenny secoua la tête en souriant.

— Vous feriez mieux de consulter un médecin. Braden

est en train de vous regarder en se grattant la tête, comme s'il ne vous reconnaissait pas.

— Et si ce médecin était responsable de mon état ?

Les grands yeux verts s'écarquillèrent, et elle se mit à rire à son tour.

— Vous voulez dire que c'est ma faute si vous êtes dans un état d'excitation anormal ?

— Bien sûr.

Pas seulement cela. Elle était responsable de ses nuits blanches, passées à l'imaginer nue dans son lit, les jambes nouées autour de ses reins, tandis qu'il caressait ses seins magnifiques qu'il devinait sous le petit haut…

— Je n'y crois pas…

— Les garçons, faites attention où vous allez, dit-il machinalement avant de prendre Jenny par le coude pour l'aider à traverser.

Elle n'avait pas vraiment besoin d'une main secourable puisqu'elle avait laissé ses béquilles à la maison le matin même. Mais il aimait la toucher, sentir sa peau douce sous ses doigts.

Jenny se libéra de son contact et s'écarta de lui, mettant un espace entre eux. Cependant, elle n'avait pas du tout l'air offusqué. Avait-elle ressenti la même bouffée de chaleur que lui ?

Les garçons avaient couru devant eux pour rejoindre d'autres enfants sur le chemin de l'école.

Aujourd'hui, Cam se surprenait à regarder autour de lui, à sourire aux gens tout en regardant Jenny boitiller à son côté, et à se réjouir de l'enthousiasme de ses fils pour l'école.

Oui, aujourd'hui, il aimait Havelock. Il aimait vivre ici et était heureux d'y construire une vie, pour lui et ses enfants. Et il aimait marcher à côté de Jenny.

Une famille. Voilà à quoi ils ressemblaient. Ce qu'ils auraient dû être avec Margaret qui trouvait cet endroit ridiculement petit. Or, la femme qui lui avait fait éprouver ce sentiment, qui lui avait mis de la chaleur au cœur, n'était qu'une étrangère pour lui. Jenny avait l'habitude des grands hôpitaux et d'une vie professionnelle trépidante. Il y avait peu de chances qu'elle se sente bien à Havelock. Cela, il ne devait pas l'oublier la prochaine fois que ses hormones le titilleraient.

— A tout à l'heure, papa ! cria Andrew en agitant la main dans sa direction.

Ah, oui. C'était là qu'il devait tourner.

— Le centre médical est au bout de cette rue, Jenny, dit-il. Merci de vous être proposée. C'est une des choses qui m'ennuient le plus : que Marcus et Andrew ne puissent pas rentrer directement après l'école et qu'ils doivent aller chez Amanda. Mais il n'y a pas d'autre solution.

— C'est avec plaisir, répondit-elle.

Elle avait l'air si sincère qu'il sentit son cœur fondre un peu plus.

« N.B. : Apprécier le temps que Jenny passe avec nous, et éviter de me sentir mal quand elle décidera de s'en aller. »

Jenny arriva en clopinant devant le portail de l'école quelques minutes avant 3 heures. On était jeudi et elle n'était pas du tout prête à partir. En fait, elle se sentait beaucoup trop bien dans la famille Roberts. Comme si elle était chez elle. Peut-être que lundi elle aurait changé d'avis après le week-end de folie qui s'annonçait.

Elle attendait la sortie des enfants, un peu à l'écart des autres parents, quand une femme aux cheveux noirs entremêlés de mèches orange s'avança vers elle en souriant.

— Bonjour, je suis Amanda. C'est chez moi que vont habituellement les jumeaux après l'école. Je suppose que vous êtes Jenny ?

— Bonjour, Amanda. J'imagine que je suis facilement repérable avec mon plâtre.

— Les jumeaux n'arrêtent pas de parler de vous, dit Amanda. Je dois savoir à peu près tout à votre sujet.

Fantastique… Toute la ville devait donc être au courant de la mort de sa sœur.

Le sourire d'Amanda s'élargit encore.

— Ne vous inquiétez pas, je plaisante. Les jumeaux vous

trouvent jolie, ils apprécient que vous leur fassiez la lecture, mais trouvent que vous cuisinez très mal.

Le son aigu d'une cloche retentit dans la cour de l'école. Sauvée par le gong ! Elle n'avait plus qu'à ramener Marcus et Andrew à la maison, où elle pourrait encore amuser la galerie en faisant d'autres bêtises.

— Et si vous veniez prendre le café chez moi, demain matin ? reprit Amanda.

Jenny était sur le point de refuser, mais le regard de cette femme, qui s'était montrée charmante avec elle, était si amical qu'elle se détendit.

— Avec plaisir, répondit-elle.

Elle se rendit compte que cela faisait bien longtemps qu'elle ne s'était pas retrouvée autour d'un café avec une amie — même si Amanda et elle n'étaient pas intimes à proprement parler ! Un autre point fort de Havelock : ce village avait commencé à ébranler l'armure dont elle s'était entourée qui maintenait le reste du monde dehors et sa peine à l'intérieur. Et cela, aucun autre endroit n'avait réussi à le faire.

Tous les enfants arrivèrent pendant qu'Amanda lui donnait son adresse et, soudain, ce fut un véritable brouhaha.

— Jenny, on a faim ! s'écrièrent les garçons en la rejoignant.

— On n'aura qu'à s'arrêter à la boulangerie… Il vaut mieux ça plutôt que ce soit moi qui vous fasse des biscuits, n'est-ce pas ?

Ils approuvèrent avec enthousiasme.

Qu'était-il arrivé à la Jenny qui détestait échouer dans quoi que ce soit ? Celle qui n'aurait jamais cuisiné, de crainte que l'on se moque d'elle ? Elle était venue à Havelock, voilà l'explication.

Les garçons n'arrêtèrent pas de parler jusqu'à la boulangerie, et là, ils n'arrivèrent pas à choisir ce qu'ils allaient prendre.

— Je vous laisse vous décider le temps que la dame me donne mon gâteau à la crème, sinon vous ressortirez sans rien, dit-elle d'un ton ferme.

En deux secondes, ils avaient tous les deux opté pour un brownie et la remercièrent en chœur.

— Aujourd'hui, c'est jeudi, il y aura des saucisses pour le dîner, dit Marcus quand ils arrivèrent à la maison.

Jenny arrondit les yeux d'étonnement.

— Vous voulez dire que vous avez un plat pour chaque jour de la semaine, toujours le même ?

— Bien sûr.

C'était sans doute la seule façon pour Cam de s'en sortir, lui qui était si organisé.

A l'heure du repas, il lui adressa un sourire d'excuse.

— Vous savez, il m'arrive de varier les menus, notamment d'une saison à l'autre. Pendant les mois d'hiver, je prépare surtout des ragoûts qui présentent l'avantage de pouvoir mijoter à feu doux dans la cocotte pendant la journée. Mais vous, vous n'avez *jamais* cuisiné ? ajouta-t-il, comme s'il avait du mal à croire une chose pareille.

— Parce que pour vous, toutes les femmes doivent être des déesses aux fourneaux ? Eh bien, pas moi. A quoi bon se fatiguer, alors que les supermarchés regorgent de plats tout préparés ? Ce n'est peut-être pas de la cuisine très fine, mais c'est délicieux comparé à ce que je fais.

Cam haussa les épaules.

— Vous savez, pour moi, il ne s'agit pas de faire une différence entre les hommes et les femmes dans ce domaine. Mais c'est très agréable de concocter un repas que l'on va partager avec sa famille ou des amis. Cela procure un plaisir spécial et, pour moi, c'est une façon de leur montrer que je les aime. Même si je ne fais que griller quelques saucisses.

Elle n'avait jamais vu les choses de cette façon. Le partage. De son côté, elle offrait les fleurs de son jardin. Cela lui avait toujours fait plaisir et elle espérait qu'il en avait été de même pour les personnes qui les avaient reçues.

— Je comprends ce que vous voulez dire. Si ce n'est que dans mon cas, je risquerais de perdre tous mes amis…

Elle pensa à son dernier plat qui avait fini à la poubelle.

— Vous imaginez, si je leur servais le poulet chasseur de la dernière fois ?

— Règle numéro un en cuisine : ne pas oublier que les

gens mangent d'abord avec les yeux avant de saisir leur couteau et leur fourchette.

Le lendemain, dans la grande cuisine d'Amanda, Jenny s'arrêta devant l'étagère couverte de livres de recettes.

— Vous devez en avoir des centaines…

— Il faudrait que je fasse le tri, mais je n'en ai jamais le temps, répondit Amanda. A vrai dire, j'ai été chef avant d'avoir quatre enfants et de donner des leçons de natation.

— Et vous n'avez pas envie de recommencer ici, à Havelock ?

Un délicieux arôme de bon café flotta dans la cuisine, tandis qu'Amanda sortait des tasses du placard.

— Cela me prendrait trop de temps, dit-elle. Je préfère nettement me consacrer à mes enfants. Ils grandissent si vite ! Avant que je m'en aperçoive, ils seront partis à la découverte du vaste monde.

Jenny, elle, n'avait à se soucier que d'elle-même. Pourtant, quelques jours auparavant, elle avait repris contact avec ses parents en leur envoyant des e-mails quotidiens dans lesquels elle parlait beaucoup de la famille Roberts… Et cela lui faisait du bien.

— Amanda ? Est-ce que vous accepteriez de me montrer comment cuisiner un ou deux plats simples que je pourrais faire pour Cam et les garçons ? Je paierai pour les cours, bien sûr. Si vous avez le temps…

Amanda n'hésita pas une seconde.

— Cela pourrait être amusant. Quand voulez-vous commencer ?

— Pourquoi pas aujourd'hui ?

De nouveau, elle accepta tout de suite.

— Buvez votre café, et nous déciderons de ce que nous allons faire pour le dîner. Je prépare des plats qui plaisent autant aux enfants qu'à Ross. On pourrait doubler les quantités, et vous emporterez ce qu'il vous faut pour Cam et les garçons.

Jenny n'arrivait pas à croire qu'elle s'était embarquée dans une leçon de cuisine.

— Très bonne idée, Amanda. Ce café est absolument délicieux.

Amanda sourit.

— Vous aimez le bœuf Stroganov ?

— J'adore ça.

— Mes enfants aussi, et je suis sûre que cela plaira aux jumeaux.

— Mais il va falloir faire cuire du riz ? s'inquiéta-t-elle.

— Il vous faut un récipient spécial. Je dois en avoir un quelque part que je vous prêterai pour commencer.

Le riz était blanc et gonflé. Quant au bœuf, il fondait dans la bouche. Cam et les garçons en reprirent tous, et Jenny était aux anges.

— C'était succulent, dit Cam avec un soupir de satisfaction. Vous avez donc trouvé un livre de recettes écrit en anglais ? ajouta-t-il avec un sourire taquin qui la chavira.

— Pas du tout. Ce matin, j'ai pris un cours avec un ex-chef.

Oui, elle avait été capable de cuisiner, se dit-elle avec fierté. Même si Amanda avait été omniprésente à son côté. Par ailleurs, elle n'ignorait pas qu'un seul repas ne faisait pas d'elle une cuisinière confirmée.

— Vous avez vu Amanda, dit Cam.

— Entre autres choses, elle m'a appris à trancher la viande dans le bon sens et à ne pas trop remuer la sauce. J'ai passé une excellente journée, mais malheureusement pour Amanda, elle s'est tailladé trois doigts en voulant me montrer comment couper des oignons. Comme elle a refusé les points de suture, je lui ai confectionné des sortes de poupées en puisant dans sa pharmacie personnelle.

Il ne s'était pas agi d'un accident grave, mais elle avait été heureuse de pouvoir aider Amanda sur le plan médical. Le médecin qui était en elle s'était également réveillé ici, à Havelock.

— Amanda ne pourra pas beaucoup se servir de sa main gauche pendant quelques jours, conclut-elle.

— Telle que je la connais, cela m'étonnerait. Mais je suis content que vous ayez été là pour elle.

En voyant les sourires de plaisir de Cam et des enfants après avoir fait honneur au repas, elle avait été emplie d'une chaleur bienfaisante comme elle n'en avait jamais ressenti, pas même avant la mort d'Alison. Elle se sentait touchée en profondeur, et avait le sentiment d'être là où il fallait. Avait-elle retrouvé son mojo ?

« Et si je ne partais pas ? Si je restais ici, et que je fasse passer le nombre d'habitants de cinq cents à cinq cent un ? Mais je ferais quoi, exactement ? Je vendrais du bœuf Stroganov devant ma porte ? »

Sa joie avait disparu. Elle *devait* partir. Bientôt.

Cam se leva pour débarrasser la table alors que les enfants avaient eu la permission exceptionnelle d'aller jouer.

— C'est le plat le plus savoureux que nous ayons jamais mangé dans cette maison, déclara-t-il en disposant les couverts et les assiettes dans le lave-vaisselle. A propos, les garçons ont adoré que vous les rameniez après l'école. C'est beaucoup mieux pour eux, cela les stabilise un peu dans leur vie qui a été plutôt perturbée jusqu'ici.

Elle en eut le souffle coupé, stupéfaite par ce qu'il venait de lui confier. Elle avait été désireuse d'aider Cam, mais à ce point ? Plus ils s'attachaient à elle, plus les garçons risquaient d'avoir le cœur brisé quand elle partirait.

— Je ferais peut-être mieux de ne pas continuer, dit-elle. Avez-vous pensé à leur réaction quand je repartirai ?

Elle-même se sentirait mal de devoir quitter les garçons — quant à laisser Cam, elle ne parvenait même pas à imaginer ce qu'elle éprouverait.

— J'y ai pensé, effectivement, répondit Cam. Mais je compte sur les vacances d'été pour les consoler.

— Excepté que je ne resterai pas jusque-là. Il y a un endroit où je dois absolument aller, ajouta-t-elle, comme pour s'en convaincre.

— Je vois.

A son expression, elle sut qu'il ne voyait rien du tout. Comment l'aurait-il pu ? Il ignorait pourquoi elle était venue jusqu'ici.

— Je vais nettoyer la cuisine, ajouta-t-elle. Si vous avez autre chose à faire…

Elle se leva et frotta le bas de son dos qui était douloureux depuis un moment.

Cam suivit les mouvements de ses doigts, de toute évidence troublé. Mais elle ne devait pas prêter attention à sa réaction. A cause des enfants. Parce qu'elle n'était pas prête. Parce qu'elle allait partir, et qu'une aventure — même très brève — ne faisait pas partie de ses plans.

Cela ne l'empêchait pas d'apprécier qu'il soit attiré par elle. Elle se sentait plus vivante, redevenait une femme, et pas seulement quelqu'un qui parcourait le pays, cherchant à la fois le pardon et la motivation pour retourner à la médecine.

« La seule personne qui ait à te pardonner, c'est toi-même. »

La salière et le poivrier qu'elle était en train de ranger lui échappèrent. C'était faux. Son père et sa mère la tenaient certainement pour responsable de la mort d'Alison, même s'ils ne le lui avaient jamais dit. Elle avait été la seule personne présente au moment de l'accident, et n'avait pas pu sauver sa jumelle.

— Jenny ? Que se passe-t-il ?

Aussitôt près d'elle, Cam l'aida à s'asseoir sur une chaise. Pas question qu'elle lui raconte quelle terrible sœur elle avait été, doublée d'un médecin inefficace. Il la trouverait sans doute beaucoup moins attirante, et cela, elle ne le voulait pas. Pas tant qu'elle serait là.

— Tout va bien, dit-elle faiblement. J'ai fait un faux mouvement et me suis fait mal à la cheville.

A son habitude, Cam lui souleva le menton pour mieux plonger son regard dans le sien.

— Essayez autre chose, je ne vous crois pas.

Son regard était plein de compassion, mais elle refusa de s'y abandonner. Elle devait être forte. Il ne connaissait aucun des détails de l'accident et elle ne lui dévoilerait rien. C'était son cauchemar à elle, à personne d'autre. Et encore moins à cet homme qui n'avait fait que lui manifester de la bonté.

Elle lui écarta la main et ramassa le sel et le poivre qu'elle rangea dans le placard.

« Allez-vous-en, pria-t-elle en silence. Laissez-moi recouvrer mes esprits toute seule. »

Mais quand elle se retourna, Cam se trouvait tout près d'elle. Quelque chose dans son expression avait changé.

— Jenny…

Tout doucement, il lui prit le visage entre ses mains.

— Tu es si belle…

Ses yeux étaient rivés aux siens, pleins de désir et d'attente. Alors elle tendit le cou et frôla ces lèvres dont elle rêvait depuis des jours. Mais ce ne fut pas assez pour Cam qui se mit à l'embrasser, à la fois avec ardeur et délicatesse. Nouant les bras autour de son cou, elle lui répondit avec le même enthousiasme et sentit ses genoux flageoler. Les lèvres de Cam étaient brûlantes, les mains sur sa taille aussi, et il plaquait son torse contre ses seins. Elle sentit quelque chose de dur contre son ventre. Comment le contact de deux bouches pouvait-il entraîner de telles réactions ? Un feu s'était allumé en elle, embrasant tout son corps.

— Oh ! Ils s'embrassent !

— Ne regarde pas, ce n'est pas poli.

Cam s'écarta d'elle si vite qu'elle faillit perdre l'équilibre.

Oh ! non ! Marcus et Andrew. Qu'allaient-ils penser ? Le visage de leur père s'était durci. Soudain, il n'était plus question d'embrasement. Elle allait monter faire ses bagages, en espérant que Cam patienterait jusqu'au lendemain matin avant de la mettre dehors.

— Marcus, Andrew, où en êtes-vous de vos devoirs ? demanda Cam d'une voix ferme.

Manifestement, il avait repris le contrôle de ses émotions, comme si ce baiser ne l'avait pas affecté le moins du monde. Pourtant, quelques secondes auparavant, il lui avait montré qu'il la désirait.

— Il faut vraiment les faire ? demanda l'un.

— Demain, il y a compétition de natation, enchaîna l'autre.

— Au travail. Maintenant…, ordonna Cam d'un ton sans réplique.

Jenny décida de passer la serpillière. Plus tôt la cuisine serait propre, plus vite elle pourrait se réfugier dans sa chambre et fermer la porte sur l'énorme erreur qu'elle et Cam venaient de commettre.

Du coin de l'œil, Cameron observait Jenny tout en supervisant les devoirs de classe des garçons. Elle avait les épaules tendues en nettoyant le sol, mais, soudain, il remarqua un léger sourire qui se dessinait sur ses lèvres. Elle avait aimé leur baiser volé.

Dommage que les garçons les aient interrompus. En même temps, si cela n'avait pas été le cas, jusqu'où serait-il allé avec Jenny ? Sans doute jusqu'à sa chambre. Et après ? Ses deux garçons étaient justement la raison pour laquelle il fallait arrêter. Encore une fois, dommage…

« N.B. : Trouver un moment et un endroit sans les jumeaux, où je pourrai de nouveau embrasser la femme la plus sexy que j'aie jamais connue. Le plus tôt possible. »

9.

La compétition de natation fut très amusante à suivre. Les garçons et les filles en présence avaient l'air à la fois excités et terrifiés, tout en semblant décidés à donner le meilleur d'eux-mêmes.

Jenny adressa un signe de main aux garçons.

— Bonne chance, Marcus. Bonne chance, Andrew.

Cam leva les pouces pour les encourager.

— Faites de votre mieux, les enfants. J'aurais préféré qu'ils ne participent pas à la même course, dit-il. Ils vont discuter des résultats pendant des jours. Marcus nage comme un poisson, alors qu'Andrew ressemble davantage à un bloc de béton.

Curieusement, la tension de la veille avait disparu. Tous les deux s'étaient levés de bonne humeur, songeant avant tout à encourager les garçons en vue de la compétition qui les attendait. Ils avaient tous pris le chemin de l'école à pied, comme si de rien n'était.

Mais Jenny était sûre que Cam était fier de ses fils car elle l'avait vu gonfler la poitrine. Un torse musclé sur lequel elle aurait adoré promener ses doigts…

Décidément, il fallait qu'elle prenne le bus de 11 heures pour Blenheim dès lundi. A moins qu'elle retourne à Nelson et qu'elle y reste jusqu'à ce qu'elle puisse se rendre à Kahurangi ?

— A vos marques…

Il y eut un coup de sifflet strident et tous les enfants se retrouvèrent dans l'eau.

Cam et elle s'égosillèrent à encourager les deux enfants, l'un après l'autre.

— Allez, Marcus, tu vas gagner ! Plus que quelques mètres !

Le style d'Andrew était plus discutable — d'ailleurs, il était distancé.

— Courage, Andrew, encore un effort !

Marcus arriva le premier de son groupe et, curieusement, Jenny sentit *sa* poitrine se gonfler de fierté.

Cam continuait à encourager Andrew.

— Vas-y, mon fils ! Un bras après l'autre.

Elle le prit par la main.

— On devrait les attendre à l'arrivée… Les garçons seront contents de voir leur père les accueillir.

Cam entrelaça ses doigts avec les siens.

— Tu as raison.

Ils arrivèrent au moment où Marcus sortait de l'eau.

— Tu as vu, papa ? J'ai gagné !

— Bravo, mon fils ! Tu as très bien nagé.

Puis Marcus se tourna vers elle.

— Tu m'as vu, Jenny ?

— Oh ! oui ! Tu es un vrai marsouin.

Elle l'embrassa sur le front, et l'odeur de chlore lui rappela les nombreuses heures qu'elle et Alison avaient passées à la piscine durant les vacances d'été.

La main de Cam se posa sur son épaule, et ses lèvres s'approchèrent de son oreille.

— Tu fais merveille avec les enfants. Es-tu sûre que tu n'en as pas à toi, que tu cacherais quelque part ?

Son souffle eut un effet incroyable sur sa peau, et une vague de chaleur se déclencha en elle, semblable à un tsunami. Cette fois, il n'avait même pas eu besoin de l'embrasser.

— Papa ?

Andrew était arrivé à son tour. Cam la lâcha pour embrasser son fils, mais il resta près d'elle.

Qu'est-ce qu'il leur avait pris de se rapprocher ainsi,

alors qu'ils étaient entourés d'enfants, de parents et de professeurs ? Et devant Marcus et Andrew ? C'était pire que la veille, dans la cuisine.

— Il faut que j'y aille, dit Cam. On se voit ce soir, d'accord ?

Il devait être à Blenheim pour les consultations de l'après-midi.

— Est-ce que Jenny va rester encore nous regarder ? demandèrent les jumeaux.

— Je serai là tout l'après-midi, dit-elle.

— Super !

— Et je ne vous quitterai pas des yeux.

Le sourire de Cam était curieusement détendu, comme s'il se moquait bien que la moitié de Havelock les ait vus sur le point de s'embrasser.

— Que diriez-vous si je rapportais du poisson et des frites ce soir, et que l'on emmène Jenny à la marina pour les déguster ?

Les cris d'enthousiasme des garçons furent assourdissants. Cette fois, Jenny sentit une douce chaleur la gagner. Cette famille avait l'air d'apprécier sa présence. Quant à elle, elle adorait être avec eux — surtout avec l'homme qui avait éveillé des endroits de son corps dont elle avait tout juste soupçonné l'existence auparavant. Comment les sensations qu'elle éprouvait avec lui pouvaient-elles être aussi différentes de celles qu'elle avait éprouvées lors de ses expériences précédentes ?

— A en croire les jumeaux, on dirait que votre dîner d'hier a eu un effet étrange sur vous deux, dit Amanda avec un sourire espiègle en la rejoignant après le départ de Cam.

— J'avais espéré pouvoir tirer un trait là-dessus, répliqua Jenny avec un soupir.

— Aucune chance. Je doute qu'il y ait un seul individu dans les environs qui ne soit pas au courant que vous vous êtes embrassés hier soir.

— Je suppose qu'il n'y a rien à y faire. Comment vont vos doigts ?

— Ils sont très douloureux, mais l'avantage, c'est que je suis dispensée de vaisselle.

— Je me demande ce que nous allons préparer, la prochaine fois.

— Et si on faisait des lasagnes lundi ? proposa Amanda.

— Ce n'est pas trop difficile ?

— Pas du tout. Vous vous en sortirez très bien. Venez faire la connaissance de quelques autres mamans. Elles sont très curieuses à votre sujet, surtout après le rapprochement que vous avez eu avec Cam tout à l'heure.

— Génial…, marmonna-t-elle. Je ferais peut-être mieux de rentrer à la maison.

« Ce n'est pas ta maison, et tu dois surveiller les garçons. »

D'autre part, elle avait accepté de se rendre chez Amanda lundi alors qu'elle était censée partir ce jour-là. Mais il devait aussi y avoir des bus le mardi ?

— On se relaie pour surveiller les enfants à l'ombre depuis l'autre côté de la piscine, expliqua Amanda en l'entraînant pour faire les présentations.

Les autres mères étaient si amicales que Jenny se détendit aussitôt.

— Shelley, Karen, Jocelyn, voici Jenny. Elle habite chez Cam et les jumeaux jusqu'à ce que sa cheville aille mieux.

Jenny s'assit avec précaution sur la pelouse, à côté de Shelley. Celle dernière lui demanda comment allait sa cheville puis si elle avait des enfants.

— Vous avez l'air de savoir vous y prendre avec les fils de Cam.

— Non, je n'ai pas encore d'enfants, dit Jenny. Il faut d'abord que je trouve le père.

Malgré elle, l'image de Cam s'imposa aussitôt à son esprit.

— On dirait que vous l'avez déjà trouvé, intervint Jocelyn avec un charmant sourire.

— Vous savez, je serai repartie au plus tard dans quelques jours, répondit-elle.

Combien de fois n'avait-elle pas dit la même chose durant la dernière semaine ? Chaque fois, elle avait repoussé le moment de faire ses bagages. Mais, bientôt, elle ne pourrait plus reculer son rendez-vous avec le passé.

Shelley parut surprise.

— Vous ne restez pas plus longtemps ? Je suis certaine que Cam pourrait avoir besoin de votre aide au centre médical.

— Je pense qu'il se débrouille très bien ainsi, et d'autre part, je suis urgentiste et non généraliste.

Elle se releva pour chercher les jumeaux du regard, soudain lassée de ce bavardage un peu trop centré sur sa personne. Les questions risquaient de se faire de plus en plus indiscrètes.

Soudain, des cris parvinrent de la piscine. Des enfants regardaient dans l'eau, et elle vit des parents courir tous dans la même direction.

Son cœur se mit à battre à tout rompre. Où étaient les garçons ? Tout en se hâtant en clopinant vers le bord de la piscine, elle regarda partout autour d'elle et aperçut Andrew. Et Marcus ? Il était un peu plus loin, près des vestiaires. Ouf !

— Lily ! cria Shelley.

Dépassant Jenny, elle s'agenouilla au bord de l'eau un peu rougie. Un homme venait de plonger pour récupérer l'enfant qui était au fond.

— Que s'est-il passé ? demanda Jenny à une femme qui se trouvait près d'elle. Je suis médecin.

— Je sais… Je crois que Lily courait au bord de la piscine et elle a glissé. Combien de fois faudra-t-il dire aux enfants de marcher autour du bassin ?

— Pouvez-vous appeler une ambulance ? Je vais faire mon possible, mais Lily va avoir besoin entre autres d'oxygène, et je n'ai aucun matériel.

— Tout de suite, dit la femme qui composait déjà le numéro d'appel d'urgence sur son téléphone portable. L'ambulance est juste à côté d'ici, mais l'appel doit transiter par Christchurch.

— Est-ce que quelqu'un aurait une clé pour aller chercher le matériel ? demanda Jenny.

— Moi, j'en ai une, intervint un homme. De quoi avez-vous besoin ?

Elle reconnut Brett qui faisait partie de l'équipe de volontaires.

— Il me faut une grande planche, de l'oxygène, une minerve et le défibrillateur, au cas où.

Elle s'accroupit près de Shelley pendant que l'enfant était remontée à la surface.

— C'est votre fille ?

— Oui. Est-ce qu'elle va s'en sortir ? ajouta Shelley d'un ton angoissé.

C'était la question à un million de dollars.

— Elle n'est pas restée sous l'eau plus de quelques secondes, répondit-elle sans s'engager davantage.

Mais qu'est-ce qui causait le saignement ?

Lily fut rapidement sortie de l'eau par son sauveteur qui l'avait soulevée en maintenant les mains sous ses aisselles, lui gardant ainsi le dos droit.

— Maman ! murmura Lily.

— Maman est là, ma chérie !

Grâce au ciel, elle respirait. Un problème de moins. Mais il fallait agir prudemment au cas où la colonne vertébrale serait endommagée.

Jenny organisa rapidement les secours.

— J'ai besoin de l'aide de trois personnes pour soulever Lily une fois que la planche sera là.

Elle n'eut que l'embarras du choix, de nombreuses mains s'étant levées. Brett était déjà de retour et Lily, en larmes, fut bientôt installée sur la planche. Jenny chargea Amanda de s'occuper de la maman, de plus en plus nerveuse.

Puis, de façon méthodique, elle palpa le corps de la fillette, mais ne trouva aucune blessure en dehors de celle au front, qu'elle avait dû cogner sur le rebord de la piscine en tombant. Le sang coulait toujours, mais seul un scanner pourrait dire si l'os du crâne avait été touché.

— Voulez-vous que j'applique un pansement compressif sur la blessure ? proposa Brett.

Elle acquiesça.

— Y a-t-il une attelle dans l'ambulance ? demanda-t-elle, ayant remarqué que le coude de Lily formait un angle anormal.

Une fois son examen achevé, elle se tourna vers la maman.

— Shelley, votre fille va devoir aller à l'hôpital. Elle a besoin de points de suture pour son front et d'un plâtre pour son bras. Il faut aussi lui faire des radios et un scanner, mais je suis plutôt optimiste. Cette petite fille a eu beaucoup de chance.

Des larmes coulèrent sur les joues de Shelley.

— Merci, Jenny. Je suis tellement contente que vous vous soyez trouvée là…

Brett était de retour et Jenny l'aida à appliquer le pansement. Puis, avec précaution, ils glissèrent l'attelle sous le bras et la nuque.

— Voilà, Lily, dit-elle à la petite fille, qui semblait un peu rassurée. Nous allons te transporter dans l'ambulance, et ta maman sera tout le temps avec toi.

Amanda proposa de s'occuper des autres enfants de Shelley et de prévenir son mari, Gavin, occupé à la récolte des moules.

— Comment faites-vous pour rester aussi calme, Jenny ? demanda-t-elle une fois que l'ambulance se fut éloignée.

— Je suppose que c'est l'entraînement.

Pourtant, elle avait toujours été calme durant les situations d'urgence. Si elle donnait libre cours à ses émotions, c'était après le coup de feu, jamais pendant.

— En tout cas, vous n'êtes peut-être pas une flèche en cuisine, mais vous savez soigner les gens, dit Amanda.

Et c'était vrai. A présent qu'elle était plus détendue, Jenny se sentait envahie d'une vague de chaleur mêlée d'excitation. Elle était venue en aide à Lily qui était maintenant en sécurité. Bon sang, elle se sentait vraiment bien.

Les garçons accoururent vers elle. Pendant l'urgence, elle les avait presque oubliés, mais elle savait qu'Amanda gardait un œil sur eux, ainsi que d'autres mamans.

— Jenny, c'est vrai que tu as sauvé Lily ?

— Non, je l'ai juste aidée.

— Il y a quelque chose à manger ? demanda Marcus. J'ai faim.

— Ça, c'est une surprise, commenta-t-elle en lui ébouriffant les cheveux. Vous avez besoin d'une bonne coupe, tous les deux.

— Papa oublie tout le temps de prendre rendez-vous avec Kaye, la coiffeuse.

— Si on s'occupait de ça tout à l'heure, après avoir fait un arrêt à la boulangerie ?

— Hé ! s'exclama Cam à son retour. Qui vous a coupé les cheveux ?

— Kaye, répondit Andrew en faisant la grimace car il détestait se faire couper les cheveux. Jenny nous a emmenés chez elle après la piscine.

— J'espère que vous vous êtes bien tenus.

— Oh ! oui, papa !

— Où est Jenny ?

— Je suis là, répondit une voix douce depuis la terrasse. Andrew, peux-tu rentrer le panier de linge, s'il te plaît ?

— D'accord, répondit Andrew en s'exécutant aussitôt.

Cam hocha la tête, admiratif.

— Il va falloir me révéler ton secret. Les cheveux, maintenant le linge, sans une protestation… Je n'arrive pas à le croire. Merci beaucoup pour le coiffeur, cela traînait depuis des semaines. Alors, comment fais-tu ?

— C'est la chance des débutants. Kaye a eu une annulation.

Il lui demanda de lui raconter en détail l'incident de la piscine.

— J'appellerai l'hôpital pour avoir des nouvelles de Lily puisque je suis son généraliste. Mais d'abord, allons pique-niquer.

— Ce poisson-frites sent divinement bon…, dit Jenny. J'ai rempli la glacière avec des sodas pour les garçons, du vin pour moi et de la bière pour toi, du ketchup et du papier essuie-tout. Vois-tu autre chose ?

— Rien du tout. J'emporte les chaises pliantes.

Un pique-nique. Il allait faire un pique-nique, avec les garçons et Jenny. Cam ne s'était pas senti le cœur aussi léger depuis des lustres. C'était du pur plaisir, le genre de chose qu'un père devait faire avec ses enfants, sauf qu'il n'y avait encore jamais pensé. A la fin de sa journée de travail, il était surtout pressé de mener à bien toutes les corvées qui l'attendaient chez lui pour pouvoir se détendre un peu. Mais avec Jenny, il voyait les choses différemment.

Ils partirent à pied et Jenny prit ses béquilles au cas où elle aurait besoin de soulager sa cheville.

— Est-ce que tu as un bateau ? demanda-t-elle quand ils furent arrivés au bord de l'eau.

— Seulement un quart. Je le partage avec mes trois beaux-frères. On ne l'utilise pas beaucoup, sauf pendant nos vacances en famille.

Au soleil, les cheveux de Jenny étaient encore plus flamboyants et il mourait d'envie d'y glisser les doigts. Plus le temps passait, plus il rêvait de faire l'amour avec elle, surtout depuis le baiser qu'ils avaient échangé. Il savait maintenant qu'il n'était pas le seul à éprouver du désir. Jenny y avait répondu avec la même force.

D'un autre côté, Jenny n'avait jamais caché qu'elle allait repartir bientôt. Au moins elle avait été honnête, et c'était bien ce qu'il recherchait, non ? Alors, devait-il faire des avances à Jenny, ou bien ignorer ses propres sentiments ?

« N.B. : Se décider rapidement. »

10.

— Je n'arrive pas à croire que je sois à Havelock depuis si longtemps, dit Jenny en riant.

De tous les endroits qu'elle avait visités, il avait fallu qu'elle s'arrête dans le plus minuscule. Au départ, bien sûr, elle avait été poussée à le faire. Mais à présent, elle ne pouvait nier qu'elle aimait vivre ici, partager la vie quotidienne de la famille Roberts, et rendre visite à Amanda presque tous les jours. Elles étaient en train de devenir de vraies amies.

— Peut-être que je n'aurai jamais envie de repartir…

— Tu n'as qu'à rester, répondit Amanda.

— Ce n'est pas si simple.

« Pourquoi pas ? Il faudra bien que tu t'arrêtes un jour, quelque part. Tu peux aller à Kahurangi et revenir ici après. »

Son téléphone portable se mit à vibrer sur la table alors qu'elle avait de la farine jusqu'aux coudes, occupée qu'elle était à se débattre avec la machine à faire des pâtes fraîches.

— Je vais répondre, si tu veux, dit Amanda.

Habituellement, lorsque le téléphone sonnait dans la journée, c'étaient les jumeaux qui voulaient savoir si elle venait bien les chercher après l'école, ou si elle avait retrouvé son mojo.

— C'est Cam, annonça Amanda. Il y a eu un accident.

Jenny ressentit un coup au cœur. Un accident ? Avec qui ? Cam ? Les garçons ? S'essuyant en hâte les mains, elle s'empara du téléphone.

— Cam ? Que s'est-il passé ? Est-ce que tu vas bien ?

— Moi, oui, mais l'un des matelots de Gavin qui effectuent

la récolte des moules s'est coincé le bras dans les cordages qui servent à relever les rangées de casiers et il risque de le perdre. Je me rends là-bas tout de suite car il n'y aura pas d'hélicoptère disponible avant une bonne demi-heure, et je voudrais que tu viennes avec moi. La médecine d'urgence, c'est ton domaine, et ce garçon mérite d'avoir toutes les chances de son côté.

— C'est que… Je suis un peu rouillée…

« Cesse d'hésiter. »

— Passe me prendre devant le portail d'Amanda, dit-elle.

— J'y suis presque.

— Si tu n'es pas revenue à l'heure de la sortie des classes, je ramènerai les jumeaux ici, intervint Amanda.

Dehors, il y eut un coup de Klaxon.

Elle rejoignit Cam le plus vite possible.

— J'espère que tu n'as pas le mal de mer, dit-il lorsqu'elle fut installée dans la voiture. C'est un peu agité, là-bas.

Elle n'allait pas tarder à le savoir.

Vingt minutes plus tard, la vedette sur laquelle ils avaient embarqué s'arrêtait près de la moulière, dans le fjord de Kenepuru. Des mains énergiques les firent monter sans ménagement sur le bateau qui récoltait les moules.

Le marin qu'elle suivait lui dit que le blessé s'appelait Haydon Tozer.

— Nous n'avons pas voulu couper le filin qui le retient, de peur qu'il fasse une hémorragie.

— Vous avez bien fait, dit-elle.

L'homme ouvrit à peine les yeux quand Jenny arriva près de lui.

— Haydon, je m'appelle Jenny, je suis médecin, et voici Cameron, un autre médecin. Nous allons vous faire sortir d'ici.

— Ma manche est restée coincée dans le cordage, marmonna-t-il.

Elle prit son poignet valide pour lui vérifier le pouls, l'autre avant-bras étant coincé avec force contre une barre d'acier.

Déjà, Cam ouvrait sa trousse de secours pour en retirer un masque à oxygène. Jenny était surprise que l'homme soit encore aussi lucide.

— Mon bras est fichu, pas vrai ? dit-il avec peine avant de fermer les yeux comme si ses nerfs se relâchaient enfin maintenant qu'il était secouru.

Après avoir procédé à tous les examens nécessaires, elle regarda Cam et enfila une paire de gants.

— Nous allons vous faire une injection anesthésiante afin que vous ne sentiez rien quand le cordage sera coupé, annonça-t-elle.

En fait, elle avait déjà décidé qu'il fallait l'amputer.

L'homme ouvrit brièvement les yeux puis hocha la tête. Il avait compris.

Ensuite, une fois le produit inoculé dans l'épaule de Haydon, ce fut la partie la plus difficile. Elle sentait la tension émanant de l'équipage qui les entourait, et dont les yeux étaient braqués sur eux.

— Tu te débrouilles très bien, murmura Cam en lui tendant les compresses pour nettoyer la peau au moment où elle sentait la nausée la gagner.

Encouragée par son calme, elle saisit un scalpel et le fit pénétrer profondément.

L'opération dura longtemps. Elle venait de terminer quand ils entendirent le bruit de l'hélicoptère qui largua un auxiliaire médical au-dessus du bateau. Haydon fut attaché à un brancard et soulevé par un câble pour être héliporté jusqu'à Wellington.

Quelques minutes plus tard, se retrouvant sur la vedette qui les avait amenés, Jenny se laissa tomber sur un siège dans la cabine.

— Ouf ! Je suis contente que ce soit fini.

Cam s'assit près d'elle et lui prit la main.

— Moi aussi. Merci d'être venue. Je n'aurais pas du tout aimé me retrouver seul à gérer le problème.

Elle posa la tête sur son épaule.

— Il y a des choses qui ne sont jamais faciles à faire en médecine. Quant à Haydon, ce n'est que le début des problèmes pour lui.

— C'est un garçon costaud. J'espère qu'il saura poursuivre sa vie en tirant le meilleur parti possible de sa situation.

— Merci de m'avoir soutenue, murmura-t-elle. Cela m'a fait du bien. Je me suis de nouveau sentie médecin, et j'ai pu agir efficacement.

A présent, elle était heureuse d'avoir eu cette opportunité. Pourrait-elle un jour être de nouveau le Dr Bostock ?

— Tu es un médecin, et un bon, insista Cam. C'est l'amputation la plus nette à laquelle il m'ait été donné d'assister, surtout dans ces circonstances. Tu peux être fière de toi.

Il exerça une pression sur sa main.

— J'ai envie d'un café bien fort.

— Moi aussi, dit-elle.

Cam regarda Jenny en lui tendant un verre de vin. Ils avaient pris l'habitude de s'accorder une demi-heure en fin de journée pendant laquelle il pouvait se détendre en parlant de tout et de rien.

— Aujourd'hui, lorsque je me suis occupée de Haydon, tout m'est venu naturellement, dit-elle en souriant. C'était comme si je n'avais jamais cessé de pratiquer. Après Haydon et le cas de Lily, j'ai l'impression de retrouver mon mojo. Havelock est bénéfique pour moi.

C'était aussi l'avis de Cam. Jenny semblait plus détendue, moins fatiguée que le premier jour où il l'avait emmenée chez lui.

— J'ai aimé travailler avec toi.

Et il souhaitait que l'occasion se représente.

— Qu'as-tu fait le reste de l'après-midi ? ajouta-t-il.

— J'ai pris un café avec Amanda et Shelley.

— Tu es en train de devenir amie avec tout le village.

Peut-être que Jenny pourrait s'installer ici, après tout. Elle n'était pas du genre à prendre des grands airs avec les gens parce qu'ils étaient pêcheurs ou ouvriers.

— Comment va Shelley ?

— Elle et Gavin sont assez secoués. Personne ne comprend ce qu'il s'est passé car ils ont toujours été très pointilleux sur la sécurité. Shelley va prendre l'avion pour Wellington demain matin afin de rendre visite à Haydon et de s'assurer qu'il ne manque de rien. Elle et son mari veulent lui proposer de venir s'installer chez eux à sa sortie de l'hôpital.

— Cela ne me surprend pas du tout. Les gens sont comme ça, ici.

Elle lui jeta un coup d'œil.

— J'en ai fait moi-même l'expérience personnellement...

Son sourire était ouvert et chaleureux. Puis elle hocha la tête, l'air pensif.

— Des moments comme celui d'aujourd'hui aident à relativiser les choses. Parfois, je ne me rends pas compte de ma chance, ajouta-t-elle.

— Est-ce pour cela que tu parais toujours tendue ? Et que tu parles constamment de partir, alors que rien ne t'y oblige ?

Son regard vert s'assombrit et ses lèvres se pincèrent tandis qu'elle fixait la pelouse sans répondre.

— Jenny ?

— Mon départ est fixé pour le 13, dit-elle d'une voix éteinte.

— Quoi ? Dans cinq jours ?

Alors qu'il avait commencé à croire qu'elle pourrait rester pour de bon ? Que s'était-il donc passé pour qu'elle se referme aussitôt dès qu'il lui parlait de son passé ? Etait-ce en rapport avec sa jumelle ?

Lui entourant les épaules de son bras, il l'attira contre lui.

— Parle-moi, Jenny. Raconte-moi ce qu'il s'est passé. Dis-moi pourquoi tu as cessé d'être médecin pour te retrouver sur les routes.

Elle s'écarta de lui et se leva.

— Il faut que je prépare le dîner. Les garçons vont mourir de faim quand ils vont rentrer de chez Amanda.

— Parle-moi, je t'en prie. Tu es ici depuis plus de deux semaines et nous sommes en train de devenir amis. Est-ce si mal, de vouloir te connaître mieux ?

Jenny le regarda fixement.

— Je ne peux pas en parler. Ma sœur est morte, ma vie s'est arrêtée. C'est tout ce que tu as besoin de savoir.

— Non. C'est une réponse pour les autres, pas pour moi.

La main qu'il prit dans la sienne était froide et tremblante.

Il voulait l'aider, faire ressortir l'humour et la gaieté qu'il avait vus en elle quand elle les avait parfois laissée échapper. Il voulait voir la vraie Jenny Bostock.

— Que s'est-il passé durant ce jour particulier ?

Elle retira sa main et s'éloigna.

— Je ne pourrai jamais en parler. A personne.

Il ne put s'empêcher de se sentir blessé et se retint de suivre Jenny dans la cuisine. En tout cas, cela avait un rapport avec sa sœur. L'anniversaire de sa mort, peut-être ? Il resta un moment seul sur la terrasse, à siroter son vin qu'il trouvait maintenant sans goût.

« N.B. : Essayer d'aider Jenny à surmonter ce qui a chamboulé sa vie. »

Jetant un coup d'œil dans la cuisine, il vit la femme la plus triste du monde derrière le comptoir. Cette femme avait de plus en plus d'importance pour lui. Aimait-il Jenny ? Assez pour vouloir s'impliquer dans le drame qui la déchirait ?

La réponse était oui. Il avait pourtant essayé de la maintenir à distance, mais elle avait réussi à toucher son cœur.

Plus d'hésitation : il la rejoignit et la prit dans ses bras.

— Sache que je suis là pour toi, murmura-t-il.

Sans lui laisser le temps de répondre, il se pencha sur sa bouche.

Jenny resta parfaitement immobile, sans lui rendre son baiser, mais sans le repousser, et elle devait sentir qu'il la désirait. Mais pour lui, ce baiser était aussi une façon de sceller l'engagement qu'il venait de prendre de veiller sur elle, et un moyen de lui montrer qu'il tenait à elle.

Peu à peu, elle s'abandonna, et ses mains se promenèrent sur lui.

— Cam…, murmura-t-elle, entrouvrant enfin les lèvres.

Avec un gémissement, elle pressa ses seins contre son torse, son ventre contre le sien, et Cam posa les mains sur les fesses rondes qui le tentaient depuis des jours. C'était si bon.

Ce maudit téléphone se mit à sonner. Etouffant un juron, il tendit le bras vers le comptoir pour répondre.

— Cam, c'est Amanda. Je quitte la maison avec les garçons, et nous serons là dans cinq minutes.

Puis elle raccrocha. Secouant la tête, il sentit le rire le gagner.

— C'était Amanda qui nous avertit qu'elle est en route avec les garçons.

Une lueur d'amusement brilla dans les yeux de Jenny.

— Décidément, elle est un peu effrontée. Mais je suppose que nous devrions lui être reconnaissants.

— Moi aussi.

Car ce baiser aurait pu se terminer dans la chambre.

11.

A 5 heures du matin, renonçant à essayer de s'endormir, Jenny enfila un pull sur son sweat-shirt et son short. A la cuisine, elle se prépara un mug de thé qu'elle emporta sur la terrasse pour contempler le lever de soleil derrière la colline, de l'autre côté de l'estuaire.

Lorsque le ciel s'éclaira, elle sentit qu'elle était prête : elle allait raconter à Cam ce qu'il s'était passé le jour de la mort d'Alison, sinon, leur relation ne pourrait pas avancer.

La veille, en effet, le baiser qu'ils avaient échangé lui avait fait comprendre qu'une relation s'offrait à elle si elle la voulait. Et c'était le cas… Si Cam était prêt à oublier ses erreurs, et si elle était prête à se pardonner à elle-même.

Aimait-elle Cam ? Le sentiment qu'elle éprouvait la possédait complètement, lui triturant le cœur, la faisant sourire, rire et parfois pleurer. Si ce n'était pas de l'amour, qu'était-ce ?

Elle entendit des tasses s'entrechoquer dans la cuisine. Cam aussi s'était levé. Il ne lui restait plus qu'à attendre qu'il vienne la rejoindre sur la terrasse.

Comme elle, avait-il tourné et viré toute la nuit ? Même dans la semi-obscurité, son visage montrait des signes d'insomnie. Il vint s'asseoir à côté d'elle, tenant son mug avec ces mêmes mains qui, la veille, s'étaient posées sur la chute de ses reins, affolant son corps.

Mais elle ne devait pas oublier le point important.

— Je dois me trouver au parc national de Kahurangi, le 13.

Il porta son mug à ses lèvres.

— Je t'y emmènerai, dit-il.

— Ah bon, juste comme ça ?

Sans poser de questions, il était prêt à faire tout ce chemin pour elle ?

— Oui.

— C'est un jour de travail, Cam.

— J'ai des journées à récupérer.

Les larmes qu'elle s'était efforcée de retenir toute la nuit coulèrent sur ses joues.

— Merci.

— C'est un plaisir.

Le dernier quart de soleil explosa au-dessus de l'horizon. Un nouveau jour était né. Jenny but son thé puis, posant son mug par terre, elle prit une profonde inspiration et commença à raconter.

— Alison et moi faisions une randonnée en marchant sur un sentier qui longeait la falaise.

Elle toussota, ayant du mal à continuer.

— J'ai insisté pour passer la première, ce qu'elle faisait habituellement. Nous en avons même plaisanté, en disant que, pour une fois, c'était moi la jumelle autoritaire.

Cam hocha la tête.

— Et tu t'en veux…

— Bien sûr. Lorsque je suis arrivée vers le milieu de la falaise, le sentier s'est effondré sous moi. J'ai lancé un avertissement, mais c'était trop tard. Elle est descendue après moi le long de l'éboulement, me criant tout le temps de tenir bon, qu'elle allait arriver. Un gros rocher s'est alors détaché et a roulé le long de la falaise, heurtant Alison à la tête.

Les mains de Cam enveloppèrent les siennes. Il restait calme et attentif comme s'il avait toute la journée pour l'écouter.

C'était si dur. Même après tout ce temps. Le silence d'Alison emplissait encore sa tête. Elle se rappelait sa propre terreur qui lui bloquait la gorge.

Le pouce de Cam lui caressa doucement le dos de la main. Elle chercha de l'air.

— Je lui criais de bouger, de se lever, mais elle ne remuait pas. Lorsque je suis arrivée près d'elle, elle avait perdu connaissance. Je n'ai pas pu la sauver, je n'avais rien avec moi pour l'aider. Mon téléphone portable était en bouillie, de même que le signal d'alarme qu'elle avait dans son sac.

Sa voix faiblit, mais elle poursuivit.

— Je n'ai pas pu me décider à l'abandonner pour aller chercher de l'aide sur la route. Tout au fond de moi, je savais qu'elle ne s'en sortirait pas.

— Et toi, tu n'étais pas blessée ?

— Ce n'était rien, en comparaison. Des contusions, des égratignures, des muscles déchirés.

— Tu es donc restée près d'elle ?

— Je ne pouvais pas la laisser, ma sœur, ma jumelle… Elle est morte dans mes bras, une heure plus tard. Sachant que je n'aurais jamais eu le temps d'aller chercher de l'aide, j'ai été contente de ne pas l'avoir abandonnée. Ce doit être terrible de mourir seule, dans cet endroit isolé…

Elle poussa un long soupir. Cam la prit un moment dans ses bras avant de l'asseoir sur ses genoux.

— Chut, Jenny, ma chérie, murmura-t-il en la berçant doucement, les lèvres sur son front.

Ils demeurèrent longtemps ainsi puis elle se redressa.

— Avec mon pied dans le plâtre, je ne peux pas marcher jusqu'au lieu de l'accident, mais je voulais m'en approcher le plus possible pour l'anniversaire de sa mort.

— Tu veux dire adieu à Alison ?

— Non. Je veux lui demander pardon.

Le balancement s'arrêta et Cam lui jeta un coup d'œil interrogateur.

— Pourquoi ?

— Parce que je n'ai pas été capable de la sauver.

Voilà, elle l'avait dit. Pourtant, il ne la regardait pas avec horreur ou dégoût, mais d'un air étonné.

Il ne saisissait donc pas ?

— Sur le plan rationnel, je connais la réalité de la situation, et je sais que personne n'aurait pu l'aider, expliqua-t-elle. Mais l'autre partie de moi — celle attachée à Alison — se refuse à comprendre.

— Oh ! ma chérie…

Cam la serra plus fort contre lui.

— Nous irons ensemble au parc, dit-il d'un ton résolu.

Pas un mot de condamnation sur la responsabilité qu'elle avait — juste la promesse qu'ils iraient là-bas tous les deux.

Etait-il possible qu'elle surmonte tout cela un jour ? Qu'elle se bâtisse de nouveau une vie ? Il était trop tôt pour connaître la réponse.

Le trajet jusqu'au parc, quelques jours plus tard, fut très silencieux.

Cam aurait tout donné — excepté ses garçons — pour rendre cette démarche plus facile pour Jenny. Mais il comprenait qu'elle ait besoin de la faire, et il pouvait la soutenir.

— Quelles sont tes intentions ? demanda-t-il lorsqu'ils furent arrivés sur le parking.

— Comme je ne peux pas marcher correctement, nous n'irons pas beaucoup plus loin car le sentier est inégal et étroit. L'équipe de secours avait utilisé le parking comme base pour leurs recherches. Quand ils ne nous ont pas vues revenir, ils se sont mis en action.

— Au bout de combien de temps ? questionna Cam.

— Vingt-quatre heures. J'ai attendu avec Alison, en la tenant contre moi.

Le tremblement de sa voix l'émut au-delà de tout et il prit sa main dans les siennes.

— Tu es si courageuse, murmura-t-il. N'oublie pas que je suis là.

Quand ils furent sortis de la voiture, Jenny regarda autour d'elle.

— Comment ai-je pu croire que j'arriverais à faire ça toute seule ? murmura-t-elle.

Il se glissa derrière elle et attira son corps mince contre lui, puis il posa le menton sur sa tête.

— Ta sœur et toi aimiez vous promener dans des régions éloignées ?

— Très tôt, notre père nous avait passé le virus. Plus

tard, lorsque nous avons été prises par notre métier, c'était devenu notre façon de nous retrouver entre jumelles.

— Et c'est ce qui te manque plus que tout…

Elle avait eu de la chance de vivre une telle relation avec sa sœur, se dit Cam. C'était ce qu'il souhaitait pour Andrew et Marcus : qu'ils soient l'un pour l'autre un ancrage leur permettant d'affronter le mieux possible les épreuves de la vie. Lui-même était proche de ses sœurs, ce qui s'était révélé très précieux lorsque Margaret était partie.

Jenny se tourna vers lui.

— C'est vrai que notre complicité me manque. J'ai l'impression d'avoir été coupée en deux, et qu'une moitié de moi a disparu.

Ses yeux se remplirent de larmes et, du bout du doigt, il en essuya une qui s'était égarée sur sa joue.

— Ton mojo, murmura-t-il.

Elle hocha la tête en esquissant un sourire.

— Je crois que j'ai vraiment intrigué les garçons avec ça.

— D'ailleurs, ils continuent à le chercher pour toi.

— Vraiment ?

Le sourire de Jenny s'élargit.

— Ils sont vraiment super. Si gentils et attentionnés… Ils tiennent ça de toi.

— Sans doute, dit-il, amusé. Cependant, Margaret n'était pas toujours égoïste.

— Personne n'est totalement mauvais. Est-ce qu'elle te manque encore ?

Les yeux verts le fixaient sans ciller.

— Pas du tout, et depuis longtemps. Mais je continue d'être irrité par la façon dont elle traite les garçons. Si on marchait un peu ? Voyons comment cette cheville se comporte sur le sentier…

— Tu resteras près de moi, n'est-ce pas ? demanda-t-elle comme pour se rassurer. Si je t'en demande trop, dis-le-moi.

— Pas du tout. Fais-moi confiance.

Il marcha derrière Jenny quand elle avança avec précaution sur le sentier, retenant son souffle chaque fois qu'elle trébuchait, poussant un soupir de soulagement quand elle poursuivait son chemin.

Elle portait un bouquet de pivoines roses et blanches qu'elle tenait contre sa poitrine. Sans doute les fleurs préférées d'Alison. Au bout d'une heure environ, ils atteignirent un monticule et s'assirent sur le tronc d'un grand arbre couché. La sueur perlait sur leurs fronts.

— Quelle chaleur…, marmonna-t-il. Mais c'était un parcours agréable. Comment va la cheville ?

— Un peu trop présente pour mon goût. Je ne pense pas pouvoir aller plus loin.

Jenny regarda autour d'elle.

— Je me rappelle qu'on s'était arrêtées ici pour boire et manger une barre chocolatée.

Quelle coïncidence… Il sortit de son sac deux mini-packs de jus de fruits et des muffins à la myrtille achetés à la boulangerie. Il sourit, se sentant comme l'un de ses fils quand il avait obtenu une bonne note.

Les yeux de Jenny s'arrondirent et il vit ses épaules se détendre pour la première fois de la matinée.

— Merci, murmura-t-elle en l'embrassant sur la joue.

Puis elle l'embrassa de nouveau et il respira son parfum légèrement citronné et sucré à la fois, ce qui eut pour effet de faire monter une vague de désir en lui. Ce n'était pourtant pas le moment approprié. Mais comment s'abstenir ? Il l'avait suivie jusqu'à cette montagne par amour.

A son tour, il l'embrassa sur la joue puis, doucement, effleura ses lèvres des siennes avant de se reculer.

— J'ai encore beaucoup de bonnes choses dans la glacière, dit-il.

— Tu veux dire que tu as emporté un pique-nique ?

— Oui. J'avais besoin de me rendre utile.

Ils restèrent un moment silencieux. Puis il entendit un reniflement et s'aperçut que le visage de Jenny était inondé de larmes.

— Viens ici, mon cœur, dit-il en l'entourant de ses bras.

— Elle me manque tellement. J'aurais tant voulu la sauver…

Il la prit par les épaules et contempla son visage torturé.

— Etre médecin ne fait pas de toi une superwoman. Tu ne pouvais rien faire.

Ses mains lui caressèrent le dos en un geste réconfortant.

— Au moins, tes parents ne vous ont pas perdues toutes les deux, ce jour-là, ajouta-t-il en posant les lèvres sur son front.

— Je n'y avais jamais pensé de cette façon, murmura-t-elle, pensive. J'étais trop occupée à m'en vouloir à moi-même. C'est moi qui avais suggéré de faire une randonnée dans le parc de Kahurangi, et d'emprunter ce sentier.

Elle resta un instant silencieuse.

— Alison n'est pas ici, dit-elle soudain. Je pensais que je pourrais sentir sa présence en refaisant le même itinéraire, mais non. Je me rappelle qu'en marchant, elle n'arrêtait pas de rire et de parler. Mais ce n'est plus qu'un souvenir, ni plus ni moins.

De nouveau, elle regarda autour d'elle.

— Pourtant, elle sera toujours là, avec moi. Dans mon cœur…

Jenny joignit le geste à la parole et croisa les mains sur sa poitrine. Quand elle se leva, il ne la suivit pas, lui laissant le temps de réfléchir à ce qu'elle venait tout juste de commencer à comprendre : elle n'avait pas perdu Alison. Et elle ne la perdrait jamais.

Reprenant le bouquet de pivoines, elle longea le monticule et atteignit une zone herbeuse devant laquelle elle s'arrêta. Lentement, elle s'accroupit et déposa le bouquet à côté d'une fougère.

— Au revoir, sœurette… Fais bien attention à toi.

Les larmes coulaient sur son visage, mais quand elle se tourna vers lui, Cam vit que la tension de la matinée avait disparu.

— Encore une fois, merci. Il y a quelques semaines, lorsque j'ai fait un vol plané devant ta maison, je ne me doutais pas que vous alliez changer ma vie, toi et tes fils.

— Peut-être que tu étais tout simplement prête à t'ouvrir à ce qui allait se passer. Si j'avais su les changements que *toi*, tu apporterais dans ma vie, j'aurais soudoyé Marcus pour qu'il te fasse tomber, ajouta-t-il sur le ton de la plaisanterie.

Il ressentait, dans tout son corps, un sentiment de légèreté qu'il n'avait pas éprouvé depuis très longtemps.

— Cam, fais-moi l'amour.

Avait-il bien entendu ? Debout devant lui, Jenny lui tendait les mains.

En quelques secondes, la légèreté se transforma en chaleur et en intensité, lui échauffant les sens. Elle avait un si joli sourire et ses yeux verts posés sur lui brillaient telles deux émeraudes.

— Cam, tu m'aides à aller de l'avant. Si nous faisons l'amour, j'avancerai encore plus loin. Cela fait des jours que je fantasme à ce propos.

Il écarquilla les yeux, surpris.

— Je suis content que tu me dises ça car, en ce qui me concerne, tu occupes mes pensées les plus intimes depuis des jours.

Lui prenant le visage entre les mains, il se pencha pour l'embrasser. Les lèvres de Jenny tremblaient contre sa bouche et il adoucit son baiser, ne voulant pas la brusquer. Mais de tout son être, il mourait d'envie de goûter sa peau, de la sentir, de découvrir ses courbes douces. Il rêvait du contact de ses mains et de sa langue sur lui.

Pour cela, il allait procéder avec lenteur, amener Jenny à se détendre et à oublier pendant un moment pourquoi elle était venue dans cet endroit perdu.

— Jenny, attends. Crois-moi si je te dis qu'en ce moment, j'ai envie de te faire l'amour plus que tout au monde. Mais je ne suis pas préparé. Je n'ai même pas de préservatif chez moi car je n'en ai plus utilisé depuis des années, longtemps avant que Margaret…

Jenny se serra contre lui.

— Tout va bien, Cam. Je prends la pilule, même si je n'en ai plus besoin depuis la fin de ma dernière relation. Maintenant, je suis contente d'avoir continué.

Elle appuya ses lèvres sur les siennes, et lorsque la langue de Cam se glissa dans sa bouche, elle frissonna de plaisir.

C'était délicieux. C'était l'homme qui avait volé son cœur alors qu'elle ne savait même pas si elle en avait encore un. Maintenant, elle voulait le connaître complètement.

La matinée avait été éprouvante. Pourtant, il avait été là pour elle, avec elle, et tout avait été plus simple.

Désormais, elle ne continuerait pas à revivre l'année précédente. Elle serait dans le futur.

Leurs deux corps étant enlacés, le désir de Cam pour elle était manifeste. Glissant une main entre eux, elle fit courir ses doigts sur le tissu de son short.

Cam laissa échapper une exclamation et accrocha son regard. Lorsqu'il insinua les mains sous sa chemise pour caresser sa peau, elle se crut au nirvana. Le désir embrasait son corps tout entier : oui, elle était prête pour Cam.

Ce fut elle qui prit l'initiative de le déshabiller, faisant coulisser son short et libérant son sexe dur et chaud.

Elle le voulait en elle, tout de suite.

— Déshabille-moi, chuchota-t-elle contre son oreille.

— Tu ne veux pas prendre ton temps ? demanda-t-il d'une voix rauque tout en exauçant sa demande.

— J'ai déjà perdu des semaines.

La prenant dans ses bras, il la déposa sur l'herbe.

L'enlaçant par le cou, elle l'attira contre elle.

— Cam, je… *t'aime.*

Les mots se perdirent dans la vague de désir et de chaleur qui les balayait. Glissant une main entre ses cuisses, il la caressa et elle poussa un gémissement de volupté, l'appelant en elle. Comme il cédait à sa prière, elle souleva les hanches pour l'accueillir et se mit à bouger sous lui de plus en plus vite. Tous deux succombèrent bientôt au plaisir qui les emportait.

Cam avait aidé Jenny à se retrouver tout entière. En étant avec elle pendant cette journée si spéciale, et en prenant possession de son corps. Il avait été Cam, tout simplement — gentil, prévenant, aimant et fort à la fois.

Elle le tenait encore serré dans ses bras quand il fit un mouvement pour s'écarter.

— J'aime te sentir en moi, murmura-t-elle. Je voudrais que tu restes toujours ainsi.

Il s'appuya sur les coudes pour la contempler. De nouveau, il avait ce regard à la fois trouble et intense qui l'avait souvent chamboulée.

— La prochaine fois, ce sera lent et long, répondit-il en lui caressant la joue.

Elle éclata de rire.

— Ah oui, vraiment ?

— Tu peux me croire. J'explorerai le moindre recoin de ton corps délectable avec ma langue, et tu me supplieras de conclure. Ce sera lent et long, répéta-t-il avec un sourire sexy qui la fit frissonner.

— Je suis déjà impatiente.

Cam l'embrassa sur les lèvres avant de se retirer lentement et de s'asseoir.

— Où est passée la Jenny si calme, si retenue ?

— Je la garde pour les jours de pluie. Et aujourd'hui, le soleil brille.

12.

Suivis par deux de leurs amis, Marcus et Andrew sortirent en courant de la maison d'Amanda au moment où la voiture de Cam s'engageait dans l'allée.

— Les voilà !

— Youpi ! On va rentrer à la maison.

Jenny sortit la première. Elle était exténuée alors qu'elle avait dormi pendant presque tout le trajet du retour.

Les garçons se précipitèrent sur elle avec enthousiasme.

— Jenny, tu es revenue !

— On croyait que tu étais partie pour toujours.

Elle sentit son cœur se serrer et, se sentant coupable de les avoir laissés, elle se tourna vers Cam qui regardait ses fils avec une expression tendue.

— Bien sûr qu'on est de retour, dit-il. C'était bien ce qui était prévu.

Amanda les rejoignit avec d'autres enfants.

— C'est aussi ce que je leur ai dit. Ça va, Jenny ? demanda-t-elle en lui jetant un coup d'œil inquiet.

Hochant la tête, Jenny chercha une réponse, mais ce que les jumeaux venaient de dire l'avait ébranlée alors qu'elle commençait à peine à trouver un équilibre. Marcus et Andrew avaient craint qu'elle ne revienne pas. C'était donc qu'ils avaient cru qu'elle resterait là quelque temps — voire plus.

— La journée a été longue, dit Cam. Merci beaucoup de t'être occupée des garçons, Amanda.

Il semblait préoccupé, et elle ne pouvait pas l'en blâmer.

Elle avait toujours su qu'avant toute chose, il ne voulait pas que ses enfants souffrent.

Marcus donna une bourrade dans l'épaule d'un de ses copains.

— Je t'avais dit qu'on allait avoir une nouvelle maman ! On a vu papa l'embrasser.

Il y eut un brusque silence. Ce fut Cam qui le rompit.

— Marcus, Andrew, montez dans la voiture. Tout de suite.

Amanda serra Jenny dans ses bras.

— Passe me voir demain, on prendra un café.

Demain. Un tout nouveau jour. Il lui faudrait décider de ce qu'elle ferait ensuite. Mais les jumeaux venaient de lui prouver que certaines choses étaient impossibles.

Elle devait s'en aller avant qu'ils s'attachent davantage à elle. Tout ce qu'elle pouvait espérer, c'était qu'elle n'ait pas causé de dommage permanent.

Un peu plus tard, une fois les garçons couchés, elle alla prendre une douche pour faire disparaître tous les miasmes de la journée — la sueur, le sexe, l'épuisement. Quand elle en ressortit, vêtue de son maxi T-shirt et de la robe de chambre de Cam, ce dernier avait préparé des mugs de thé.

— Cam, à propos des garçons…

— La journée a été longue et chargée en émotions. On en parlera demain.

Avait-il besoin de temps pour réfléchir à ce qu'il lui dirait, à la façon dont il lui expliquerait qu'elle devait partir pour le bien de ses fils ?

« Crois-moi, Cam, j'ai compris. Je m'en vais, et c'est pour de bon. »

Son regard se posa sur les mains de Cam qui levait sa tasse pour la porter à ses lèvres. Ces mains lui avaient fait l'amour. Elle avait tant voulu les sentir sur son corps, ne serait-ce qu'une fois. Et elle les avait senties à deux reprises à Kahurangi, mais ce n'était pas encore assez. Pourtant, c'était tout ce qu'elle aurait.

Elle ne pouvait plus rester. Elle n'était pas la mère des enfants, ne pourrait jamais la remplacer, ne saurait pas répondre à leurs besoins. Certes, elle les aimait, et elle aimait leur père. Mais un jour, elle ne correspondrait pas à leur attente et ils lui diraient : « Tu n'es pas notre mère. Tu n'as pas à nous dire ce qu'il faut faire. Ce n'est pas ton rôle. » Cam serait forcé de se ranger de leur côté, et elle aurait de nouveau le cœur brisé.

De toute façon, n'était-elle pas en train de brûler les étapes ? Cam n'avait probablement jamais compté qu'elle reste au-delà de la guérison de sa cheville. Il ne lui avait jamais déclaré son amour.

Prenant une profonde inspiration, elle chercha son regard.

— Aujourd'hui, j'ai pu voir la mort d'Alison sous un angle différent. J'ai compris que ce n'était pas ma faute. Et… mon séjour chez vous m'a apporté énormément, j'ai commencé à me retrouver. Mais à présent, je ne suis pas sûre de ce qui m'attend et j'ignore ce que je ferai une fois que j'y verrai plus clair. Je ne sais même pas si je veux retourner aux urgences, ou même reprendre la médecine.

Cam hocha la tête d'un air compréhensif.

— Pourtant, n'y a-t-il pas toujours un médecin en toi ? Rappelle-toi la petite fille à l'hôpital de Wairau, à qui tu as sauvé la vie. Ou encore Amanda, la petite Lily et Haydon. Tu as été très bien avec eux.

— Il ne s'agit plus de culpabilité, à présent, répondit-elle. Je ne sais plus très bien qui je suis et ce que je veux. Tant que je ne serai pas plus sûre de moi, je ne peux pas rester. Ce n'est pas juste envers toi, et encore moins envers les jumeaux. Et si je repartais au bout de quelques semaines, ou même de quelques mois ? Ils ont déjà connu ça avec leur mère.

Elle aurait voulu lui dire aussi qu'elle l'aimait, et qu'elle aimait les garçons. Comme elle devait encore lui annoncer son départ, il valait sans doute mieux qu'elle reste muette sur ce point.

Mais la douleur était bien là. Elle lui lacérait le cœur et lui tordait l'estomac au point qu'elle en avait la nausée. En quelques petites semaines, Cam avait fait davantage pour elle qu'elle-même en un an d'interrogations sur sa vie.

— Les garçons… Il faut que tu leur parles de leur mère, moi, je ne peux pas.

— Tu as raison, dit-il avec un sourire empreint d'une tristesse qui s'ajouta à la sienne.

Elle avait perdu Alison de façon soudaine. Se détacher de Cam serait lent et difficile, mais la douleur identique. C'était étrange si l'on considérait qu'elle avait aimé Alison depuis le jour de leur naissance alors qu'elle connaissait Cam depuis à peine plus de deux semaines.

Il se leva et étira les bras au-dessus de sa tête.

— Nous sommes tous les deux fatigués. Va te coucher, nous en reparlerons demain.

Cam avait raison : elle était épuisée, autant émotionnellement que physiquement. Il ne lui restait plus qu'à espérer qu'elle réussisse à trouver le sommeil.

Cam regarda Jenny se diriger vers la chambre qui était devenue la sienne. Une partie de lui aurait voulu la suivre, se glisser près d'elle dans le lit, et peut-être lui refaire l'amour. Ou même, simplement la serrer contre lui. Il caresserait sa peau satinée, respirerait son parfum…

Tout en rinçant les mugs dans l'évier, il regarda les photos de Marcus et Andrew épinglées sur le panneau en liège. Ils se tenaient de chaque côté de Jenny et souriaient à l'objectif, l'air heureux. C'était grâce à elle.

En repartant, elle risquait de briser leurs petits cœurs. Peut-être partirait-elle demain, ou dans un mois, ou une année. Même s'il avait envie de croire qu'il saurait la garder ici et qu'elle y serait heureuse, un élément de doute subsistait : apparemment, Jenny ne tenait pas en place. Cela, l'expédition de la journée ne l'avait pas changé et, d'ailleurs, elle ne l'avait pas caché. Alors, si elle devait s'en aller, le plus tôt serait le mieux pour les garçons.

Son cœur se serra. Non seulement elle avait aidé ses fils, mais elle avait changé le regard qu'il portait sur la vie. Il avait le pas plus léger et espérait de nouveau dans le futur. Avec elle, il avait presque goûté à ce qu'il avait toujours voulu : avoir une famille complète. Jenny était parfaite pour lui, il en était certain.

Mais il ne pouvait pas prendre le risque de voir ses enfants souffrir de nouveau. Il ne voulait pas augmenter leur angoisse en commettant une erreur avec Jenny, quelles que soient les conséquences pour lui-même. Dans leur petite famille, il passait en second.

Cette nuit, il savait déjà qu'il ne dormirait pas. Demain, il parlerait avec Jenny puis la regarderait s'en aller. C'était la meilleure solution pour les garçons.

Mais il avait encore une chose à lui demander avant qu'elle franchisse le seuil de sa maison pour la dernière fois.

— Tu ne peux pas partir sans dire au revoir à Andrew et Marcus, dit Cam en entrant dans la cuisine où Jenny buvait son thé.

Il n'avait jamais eu un ton aussi dur, nota-t-elle. Pas même quand il était exaspéré par les garçons.

— Les randonnées, c'est un prétexte. En fait, tu es dans une fuite perpétuelle, ajouta-t-il. Et lorsque mes questions te gênent, tu fais comme si tu ne m'avais pas entendu.

Pourquoi était-il soudain devenu aussi agressif ?

— Ces deux dernières semaines, j'ai répondu à davantage de questions que je ne l'ai fait en un an, répliqua-t-elle. Je t'ai raconté beaucoup plus de choses sur ma vie qu'à n'importe qui d'autre.

Elle aurait dû appeler un taxi et partir cette nuit. Elle avait préféré passer de longues heures sans sommeil dans l'obscurité pour pouvoir revoir Cam une dernière fois.

Mais il n'y aurait pas d'adieux polis et joyeux, comprit-elle en regardant le visage tendu et fatigué de Cam.

— Il faut que tu expliques aux jumeaux ce que tu vas faire et pourquoi, insista-t-il. Je ne veux pas qu'ils croient que tu pars parce qu'ils ont fait quelque chose de mal.

Il ne pensait qu'à protéger ses enfants, et elle ne l'en admira que plus.

— Je ferai en sorte qu'ils comprennent que cela n'a rien à voir avec eux, répondit-elle.

Mais lorsque les garçons déboulèrent dans la cuisine en

criant gaiement bonjour, elle ne fut plus sûre de rien. Elle n'avait fait que penser à l'homme qu'elle allait laisser et avait le cœur serré.

— Jenny, tu n'as pas oublié qu'il y aura des chants de Noël à la marina la semaine prochaine, hein ? dit Andrew en s'arrêtant devant elle.

Ce fut comme si elle avait reçu un coup au cœur.

— Et tu n'oublieras pas de porter le bonnet de Père Noël que j'ai fait exprès pour toi ? ajouta Marcus. Pourquoi il y a ton sac dans l'entrée ?

Andrew se retourna pour regarder dans le couloir.

— Où tu vas ? On peut venir avec toi ?

Une boule dure dans la gorge empêchait Jenny de parler.

Cam s'éclaircit la voix.

— Les garçons, Jenny doit rentrer chez elle aujourd'hui.

Elle le remercia mentalement pour son intervention, tout en notant au passage sa voix éraillée avec un sentiment de culpabilité.

— Je suis désolée, Andrew, Marcus. Il est temps que je rentre chez moi, dit-elle avec effort.

C'était un mensonge. Elle n'avait pas de « chez-moi ». Cette maison qu'elle allait quitter était ce qu'elle avait connu de plus proche d'un foyer, à tel point qu'aucun autre endroit ne trouvait grâce à ses yeux.

Comme les garçons ouvraient déjà la bouche, elle s'empressa de continuer.

— Je suis restée le temps que ma cheville aille mieux. Maintenant, il faut que je trouve un travail et que j'aille voir mes parents.

Finalement, c'était ce qu'elle avait de mieux à faire, se dit-elle. Elle allait retourner à Dunedin et renouer des liens avec sa mère et son père avant de décider de la suite.

— Mais on ne veut pas…

— Que tu t'en ailles.

Des larmes coulaient maintenant sur les petits visages consternés des enfants.

— Il le faut, répondit-elle, le cœur brisé.

Un jour, ils comprendraient qu'elle avait agi pour le

mieux. Elle tendit les bras pour les serrer contre elle, mais ils se réfugièrent près de leur père.

— Dis-lui, papa !

— Elle ne doit pas partir !

Il posa ses mains sur leurs épaules.

— Désolé, mais Jenny s'en va.

Le regard que Cam lui jeta la glaça jusqu'aux os.

D'un pas hésitant, elle alla chercher son sac et, sans savoir comment, se retrouva dans l'allée qui menait à l'arrêt du bus. Elle se retourna et regarda Cam une dernière fois, s'efforçant de graver dans sa mémoire chaque trait de son beau visage.

— Au revoir, Cam. Au revoir, Marcus. Au revoir, Andrew, murmura-t-elle, la gorge serrée.

Après avoir regardé le bus de Jenny s'éloigner, Cam avait vécu une des plus longues semaines de sa vie. Avec elle, il avait eu l'impression d'être complet. Après son départ, ses fils et lui redevenaient ce qu'ils avaient été auparavant : un trio.

Sortir Jenny de sa tête et de son mode de fonctionnement s'était révélé impossible. Elle lui manquait tant que c'était une véritable souffrance.

« Tu n'as qu'à l'appeler. Dis-lui exactement ces mots-là. »

Bien sûr. Cela marcherait peut-être… Jusqu'au jour où elle repartirait. Les garçons ne s'en sortaient guère mieux, errant comme des âmes en peine dans la maison. Tous semblaient avoir perdu leur ressort.

Même l'approche de Noël ne suffisait pas à les exciter.

— Papa…

— Oui ? dit-il en refermant les couvercles des boîtes de déjeuner des garçons.

Il avait oublié de les préparer la veille en rentrant du dîner chez Amanda, comme il le faisait habituellement. *Oublié…* Cela n'était encore jamais arrivé.

— Tu crois que Jenny va bien ? demanda Andrew.

— Elle nous manque, ajouta Marcus.

Il s'éclaircit la gorge.

— A moi aussi.

Bien plus qu'il ne l'aurait cru.

— Jenny a beaucoup de soucis en ce moment.

— Est-ce que tu lui as demandé de rester ? dit Andrew.

— Non.

« J'avais peur que vous souffriez un jour. »

Mais lui avait-il jamais fait part de ses sentiments pour elle ? Pas une fois.

— Les garçons, il faut que vous compreniez que l'on ne peut pas retenir quelqu'un s'il ne le veut pas.

— Comment tu peux savoir si elle le voulait, si tu ne lui as pas demandé ?

Depuis quand Marcus était-il aussi malin ?

— Je…

« Je ne sais pas. Jenny était résolue à partir et j'étais résolu à vous protéger, si bien que je n'ai jamais envisagé la possibilité de trouver une solution qui arrange tout le monde. »

— Mais elle sera où à Noël ? demanda Andrew.

— A l'école, on lui a fabriqué une boîte rien que pour elle.

— On peut la mettre dans du papier cadeau ?

Cam se laissa tomber sur le tabouret. Ils avaient fait une boîte pour Jenny. Ils n'avaient donc pas perdu l'espoir qu'elle revienne.

« Mais toi, si. Tu avais renoncé avant même qu'elle soit partie. Comme avec Margaret. Mais cette fois-ci, tu as l'impression d'avoir perdu plus que la mère de tes enfants. Il te semble… que c'est la moitié de toi qui a disparu. »

— C'est une très bonne idée, cette boîte, dit-il d'un ton faussement enjoué. Nous allons trouver un moyen de la lui faire parvenir.

« Je vais tout faire pour ça, et, en prime, je mettrai mon cœur à l'intérieur afin qu'elle sache combien elle compte pour moi. »

Une fois ses fils au lit, Cam s'assit dans le séjour avec son téléphone portable et composa le numéro de Jenny. Son cœur se serra quand il entendit sa voix sur le répondeur, avec son léger accent du Sud. Il laissa un message, lui demandant de rappeler.

Une heure plus tard, après avoir vérifié une douzaine de fois que son portable était bien chargé, il alluma son ordinateur et envoya un e-mail.

Comment vas-tu ? Le compte à rebours de Noël a commencé pour les garçons.

Tu nous manques.

Cam, Andrew et Marcus.

A 1 heure du matin, fatigué d'attendre, il alla se coucher.

Le matin au lever, il essaya de nouveau. Sans résultat.

A midi : toujours rien.

Alors, il prit une décision. Il voulait que Jenny revienne dans sa vie. Il était prêt à tout risquer — même un rejet de sa part — pour la reconquérir.

Ma très chère Jenny,

Je t'aime. Je crois que je n'ai jamais cessé de t'aimer, depuis le moment où je t'ai vue écroulée par terre, devant mon portail. Tu étais si belle, même lorsque tu grimaçais de douleur. J'avais envie de laisser courir mes doigts dans tes cheveux soyeux. Si j'avais pu te débarrasser instantanément de cette souffrance, crois-moi, je l'aurais fait.

En fait, dès cet instant, mon cœur s'est emballé. Tu avais déjà commencé à te frayer un chemin jusqu'à lui. J'ai eu envie de mieux te connaître, de passer du temps, de parler et rire avec toi.

Et maintenant, tu me manques tellement. C'est comme si j'avais été coupé en deux. Je ne suis pas complet. Tu es à la fois drôle, sérieuse, vraie, humaine. Tu t'es même mise à apprendre à cuisiner pour nous.

Il s'interrompit, le temps d'essuyer son front moite.

Il y a une place pour toi ici, à mon côté, dans ma vie et dans mon cœur, avec mes fils.

Il y a aussi une place pour toi à Havelock, à en juger par le nombre de fois où l'on m'arrête pour me demander de tes nouvelles. As-tu de la place pour nous dans ton cœur ? Pour nous rejoindre ? Pour *me* rejoindre ? Pour toujours ?

Je comprends que la vie est difficile pour toi depuis l'accident d'Alison, et je voudrais continuer à t'aider. J'espère que, bientôt, tu te rendras compte que tu as commis une erreur en nous quittant.

De nouveau, il s'essuya le front. Mettre ainsi son cœur à nu n'était pas chose facile. Mais au moins il avait essayé, et c'était tout de même moins dur que de s'exprimer à voix haute.

Jenny, je t'aime. Je t'en prie, reviens.

Il tapa sur « Envoi ».

Pendant un long moment, il resta assis, immobile, devant l'ordinateur. Il l'avait fait : il avait avoué ses sentiments à Jenny. Tout ce qu'il lui restait à faire, c'était attendre. Peut-être ne répondrait-elle jamais, mais il avait essayé et y avait mis tout son cœur.

— Papa, on s'ennuie…

— En voilà, un scoop !

Cam se leva de sa chaise. Il avait son après-midi libre et pouvait en profiter pour faire quelque chose avec les garçons. Cela ferait défiler les heures plus vite. Des heures qu'il allait passer à espérer une réponse de Jenny.

— Et si on allait choisir notre sapin de Noël dans la forêt de pins ?

— Ouais !

— Cool !

Au moins, ses fils étaient contents.

13.

Un petit sourire aux lèvres, Cam admirait l'arbre de Noël abondamment décoré qui se dressait dans un coin du salon. Les deux garçons avaient rivalisé d'esprit créatif, si bien qu'il n'y avait plus une aiguille de pin qui ne soit recouverte d'une babiole ou d'une guirlande.

Ils avaient déposé le seul cadeau déjà prêt : celui de Jenny. La boîte qu'ils avaient assemblée avec amour et peinte à l'école.

La gorge de Cam se serra de nouveau. Jenny avait kidnappé les trois cœurs de ce foyer.

D'ailleurs, s'il n'avait pas bientôt de ses nouvelles, il était décidé à contacter ses parents à Dunedin afin d'obtenir d'eux ses coordonnées. Cette fois, il n'abandonnerait pas sans rien faire.

— On peut avoir du poisson et des frites ce soir ? demanda Marcus. J'en ai assez des hamburgers.

— Pourquoi pas ? répondit-il. Je vais téléphoner à Diane pour passer commande.

— On peut aller les chercher ? demanda Andrew.

— Tout seuls ?

— Bien sûr.

La boutique n'était qu'à quatre cents mètres de là, et Havelock, où tous les commerçants connaissaient les enfants, n'était pas à proprement parler un repaire de brigands.

— Entendu.

Après leur départ, Cam entreprit de s'attaquer au désordre accumulé pendant la journée. Avec Jenny, tout se passait si facilement. Ses fils avaient-ils cherché à l'impressionner favorablement en rangeant pour qu'elle reste plus longtemps ?

Encore et toujours, des questions qui n'avaient pas de réponses.

« Où es-tu, Jenny ? A Dunedin ? Ou bien de nouveau sur la route, dans un autre bus ? »

Il faudrait bien qu'elle revienne chercher sa voiture, un jour, et il espérait être là.

Il alla prendre une bière glacée dans le réfrigérateur et s'installa sur la terrasse, d'où il jeta un coup d'œil sur le jardin qui se trouvait presque à l'abandon.

« Où est-elle ? »

La porte d'entrée s'ouvrit avec fracas.

— Papa, on a le poisson-frites !

Ils se ruèrent sur la terrasse.

— Et on a vu Jenny à la boulangerie !

Son cœur se mit à battre très fort. Voilà qu'ils recommençaient. Cette fois, ce n'était plus leur mère qu'ils voyaient, mais Jenny.

Il leur tendit les bras en secouant la tête.

— Non, non. Jenny est partie. Il faut que vous l'acceptiez.

— Non, papa, c'est vrai.

— On l'a vue.

— Ils n'ont rien inventé. Je suis ici.

Il étouffa une exclamation et tourna la tête, priant pour qu'il ne se mette pas à avoir des hallucinations, lui aussi.

— Jenny ? C'est vraiment toi ?

Qui d'autre avait les cheveux d'un roux si flamboyant qu'il égayait sa journée ? Qui d'autre avait ce sourire à lui faire fondre le cœur ? Et quelle autre femme pouvait être aussi belle sans même en être consciente ?

— Jenny…

— J'ai eu ton e-mail.

D'un seul coup, toute parole devint superflue. Il enlaça cette femme qui lui avait volé son cœur et prit sa bouche. Ils échangèrent un baiser bref mais intense — les garçons étaient là — puis il se recula pour plonger le regard dans ces yeux verts qui avaient hanté ses nuits.

— Tu es venue.

Pour lui ? Pour tous les trois ?... Ou bien pour sa voiture ? Mais elle portait toujours son plâtre, son sourire était éclatant, et ses yeux étaient brillants — d'amour ? Pour l'en convaincre, il y avait ce baiser...

— Oui, Cameron, je suis revenue. Ton e-mail m'a touchée. Tu ne m'en avais pas dit le dixième lorsque je t'ai annoncé que je partais.

— Je n'ai jamais été très bon pour les discours.

— Je sais, dit-elle, souriant plus que jamais. Un homme ne dit pas à une femme qu'il l'aime, il le lui montre. J'aurais dû relire le mode d'emploi avant de partir. Mais moi non plus, je ne t'avais pas dit combien je t'aimais.

Emu, il lui caressa la joue. Mais elle n'avait pas terminé.

— Tu m'as aussi dit des choses qui ne m'ont pas fait plaisir, mais sur lesquelles j'avais moi-même commencé à réfléchir. Tu avais raison, c'était une fuite. Je fuyais la meilleure chose qui me soit arrivée — toi et les garçons. Une famille. Un homme qui m'aime, sans se soucier de ce que j'ai été ou de ce que je serai. Un homme qui a eu la patience de m'accompagner au bout de mon voyage, et qui m'a ouvert les yeux.

Cam sourit à son tour. Il avait entendu ce qu'il voulait entendre : Jenny était de retour.

Alors qu'il se penchait de nouveau sur ses lèvres, les garçons se manifestèrent.

— Papa, Jenny va rester ?

— Jenny, tu voudras bien nous refaire la cuisine ? On est fatigués des hamburgers.

— Et des saucisses.

— Tu restes pour Noël ?

Le baiser devrait attendre.

Cam soupira.

— Ce sont les joies de la vie de famille... Pas d'intimité. Des tas d'interruptions. Crois-tu que tu pourras le supporter à plein temps ?

— Essaie de m'en empêcher.

— Bonne réponse, dit-il en souriant.

Marcus et Andrew poussèrent un cri de joie en se tapant dans la main.

— Elle reste ! Quel soir de la semaine allons-nous choisir pour le bœuf Stroganov ?

Jenny éclata de rire. Il ne restait plus qu'à souhaiter qu'Amanda l'aide à concocter d'autres plats pour qu'elle leur en fasse la surprise.

— Papa, le poisson-frites refroidit !

— Alors, allez manger, répondit-il.

Son regard était toujours accroché à celui de Jenny.

— Tu as faim ?

— Pas encore. Mais un verre de vin serait le bienvenu.

Cam sentit une vague d'émotion le gagner.

— Merci d'être revenue. J'avais décidé de te poursuivre sans trêve si tu ne l'avais pas fait.

— En partant d'ici, je suis rentrée chez mes parents et j'ai passé quelques jours avec eux, dit Jenny. Nous avons beaucoup parlé d'Alison et de l'accident. En fait, nous avons eu la conversation que nous aurions dû avoir il y a un an.

— A l'époque, cela aurait été beaucoup plus dur. Il vous a fallu du temps, à toi et à tes parents, pour vous remettre du choc de la perte d'Alison.

Le sourire de Jenny se fit tendre.

— Ils ont été fantastiques. Je leur ai parlé de toi et des garçons, et ils sont impatients de faire votre connaissance.

Il fronça les sourcils.

— Attends… Tu veux dire que tu avais l'intention de revenir nous voir, même si je ne t'avais pas envoyé d'e-mail ?

Elle se mit à rire de nouveau.

— En discutant avec maman et papa, j'ai réfléchi à nous deux. Puis j'ai repris l'avion hier et suis allée à l'hôpital de Blenheim voir Angus qui m'a présentée au chef du service des urgences.

Cam retint sa respiration.

— Je commence à travailler le 1er février, trois jours pleins par semaine, car le reste du temps, je tiens à faire vraiment partie de votre vie. J'ai encore besoin de leçons de cuisine, et il y aura une maison à tenir avec trois hommes à gérer. Je crois que je vais avoir un emploi du temps bien rempli.

Cette fois, il se laissa gagner par l'émotion et ses yeux se remplirent de larmes.

— Bienvenue à la maison, murmura-t-il.

La maison. Un simple mot qui emplit Jenny de chaleur et d'amour. Elle regarda le jardin et soupira. Un jour, il faudrait qu'elle commence à créer des plates-bandes et à planter ses fleurs préférées afin qu'il y ait de la couleur partout.

Qui aurait cru que ses voyages s'achèveraient à Havelock ? Alison aurait été heureuse pour elle, c'était certain. Chacune d'elles avait toujours souhaité pour l'autre tout le bonheur et tout l'amour possibles.

Cam lui tendit une coupe de champagne.

— Nous allons fêter ton retour comme il se doit, ma chérie.

Les jumeaux étaient revenus.

— Jenny, tu as vu notre arbre ?

— On l'a décoré aujourd'hui.

Cam lui prit la main et l'entraîna dans le salon où elle admira les décorations.

— Demain, on a encore du shopping à faire pour Noël. Tu viendras avec nous ?

— Avec plaisir.

Le cœur de Jenny débordait. Comment avait-elle pu penser qu'elle serait capable de partir ? Cette dernière semaine avait été un enfer, mais elle était de retour dans le lieu auquel elle savait maintenant appartenir.

— Papa, on va être en retard pour les chants de Noël !

Cam se frappa le front.

— C'est la faute de Jenny, elle m'a complètement perturbé. En route pour la marina ! Tu nous accompagnes ?

Son regard sur elle était intense.

— Je vous préviens, si je chante, je risque de faire fuir tout le monde…

Après, ils rentreraient, songea Cam, et une fois que les garçons seraient couchés…

La marina était bondée et les jumeaux avaient du mal à contenir leur excitation. Ils rejoignirent les enfants d'Amanda, et cette dernière la serra affectueusement dans ses bras.

— Heureuse que tu sois de retour chez toi.

— J'étais donc la seule à n'avoir pas compris où était ma place ? demanda Jenny, amusée. Je te préviens, tu vas avoir une élève en cuisine pour un certain temps.

Amanda se mit à rire.

— Si tu veux faire plaisir aux enfants, je peux t'apprendre une recette très simple pour Noël.

Cam tendit à chacun une bougie avant de les allumer.

— Les enfants, faites très attention. Je n'ai pas envie que quelqu'un se brûle.

— Oui, papa.

— Oui, papa.

— Oui, Cam, ajouta Jenny en riant.

Cam tendit à Jenny un dernier paquet à disposer sous l'arbre. Puis elle vida le carton rempli de cadeaux qu'elle avait achetés la veille à Blenheim pour les trois hommes les plus importants de sa vie.

— Cela me rappelle mon enfance et les moments passés autour du sapin, murmura-t-elle.

L'entendit-il soupirer ? Cam lui entoura les épaules de son bras et l'attira contre lui.

— Il n'est pas trop tard pour demander à tes parents de se joindre à ma famille pour le Noël à la ferme, dit-il.

Elle chercha son regard.

— Vraiment ? Que va penser ta mère ? Sa maison est déjà pleine.

— Elle sera ravie, et papa aussi. Au fait, ils ont vraiment hâte de te connaître.

Cam semblait avoir une très bonne relation avec sa famille. Et elle aussi, avec la sienne. Quand elle était arrivée chez son père et sa mère, ils lui avaient ouvert les bras et l'avaient longuement serrée contre leur cœur…

Elle s'empressa d'appeler chez eux puis rejoignit Cam dans le séjour.

— Papa va m'envoyer les détails de leur vol demain, par e-mail, annonça-t-elle en lui tendant la main pour l'aider à se relever. Qu'est-ce que tu fais assis ici ?

Il se leva et leurs lèvres se rejoignirent.

— Au lit. Vite, ajouta-t-elle.

Le lendemain matin, elle fut réveillée par les garçons qui lui apportaient une tasse de thé au lit.

— Merci, tous les deux, dit-elle en étirant les doigts de pied dans le grand lit de Cam.

— Tu as vu tous les cadeaux sous l'arbre ? demanda Andrew, l'air ravi.

— Il y en a des tas et des tas, renchérit Marcus.

— C'est très excitant, commenta-t-elle. Où est votre papa ?

— Il prépare le petit déjeuner.

Plus tard dans la matinée, la cuisine se transforma en véritable champ de bataille avec de la farine partout, Jenny, heureuse au-delà des mots, supervisant la fabrication par les jumeaux de cookies au chocolat selon la recette d'Amanda.

— Bienvenue dans le monde réel, dit Cam en les rejoignant.

Enfin, elle réussit à enfourner les gâteaux, et, après s'être lavé les mains, les garçons se précipitèrent vers le sapin et les cadeaux.

— Hé ! Laissez-les pour le jour de Noël, dit Cam.

— On doit donner notre cadeau à Jenny maintenant, dit Marcus.

— Elle en aura besoin le plus tôt possible, ajouta Andrew.

Intriguée, Jenny prit le paquet qu'ils lui tendaient.

— Merci, Andrew, merci, Marcus, dit-elle en déposant un baiser sur leur front.

Très soigneusement, elle défit l'emballage rouge et vert. Une jolie boîte de bois apparut, dotée d'une minuscule serrure en bronze avec une clé et peinte d'un vert vif.

— C'est vous qui l'avez faite ? Pour moi ? demanda-t-elle d'une voix étranglée par l'émotion. Elle est très belle.

— C'est pour mettre ton mojo dedans.

— On n'a pas envie que tu le perdes encore.

Elle sentit ses jambes flageoler et dut s'appuyer au comptoir.

— Merci, murmura-t-elle, les yeux noyés de larmes.

Délicatement, elle tourna la clé et souleva le couvercle.

— Merci, merci…

La main chaude de Cam se posa sur son épaule.

— Est-ce que ça va ? demanda-t-il.

— Très, très bien. Tu as les deux garçons les plus merveilleux du monde.

— Je te le confirme.

— On est contents de t'avoir trouvée dans la boutique, dit Marcus.

— Tu vas rester pour toujours ? demanda Andrew.

Levant les yeux vers Cam, elle esquissa un sourire tremblant.

— Je l'espère.

— Vous allez vous marier, comme les parents de Toby Sorenson ? Ce serait cool…

— C'est bien mon intention, les garçons, dit Cam en souriant.

Jenny en resta sans voix. Elle ouvrit la bouche, mais aucun son n'en sortit. Puis une vague de chaleur et d'amour la submergea, et elle inspira profondément.

— Oui, nous allons nous marier, murmura-t-elle.

— Super…

— Cool !

— Je t'aime, lui dit Cam.

— Et je vous aime tous les trois.

Alors qu'elle essuyait des larmes de bonheur, Cam l'embrassa avec tendresse.

— Je t'aime, murmura-t-il encore, avant de l'embrasser de nouveau.

Et pour une fois, les garçons se retinrent de parler.

Ce n'était qu'un bref répit, Jenny ne l'ignorait pas, mais c'était sa famille et elle l'aimait.

Cam sourit en s'écartant de Jenny. Il se sentait heureux comme il ne l'avait encore jamais été.

« N.B. : Ne pas laisser passer un seul jour sans te rappeler à quel point tu aimes cette femme. »

JOANNA NEIL

Un ennemi aux urgences

Traduction française de
BARBARA BRISTOL

BLANCHE

HARLEQUIN

Titre original :
SHELTERED BY HER TOP-NOTCH BOSS

Ce roman a déjà été publié en 2013.

1.

Ellie s'agitait sur son tabouret de bar, croisant et décroisant ses longues jambes fines.

Faisant tourner son cocktail entre ses doigts, elle observa les invités. Tout le monde semblait s'amuser follement, elle seule n'était pas dans l'ambiance.

Pourtant la réception battait son plein. De joyeux éclats de rire perçaient le tumulte de la musique et des conversations. Bavardant un verre en main ou se déchaînant sur la piste de danse, les invités étaient visiblement résolus à profiter de la soirée.

Mais comment partager leur insouciance ? Elle venait de vivre l'une des journées les plus terribles de son existence.

— Je suis content que tu sois venue malgré tout, lui dit Lewis en venant vers elle.

Il la fixait de ses chaleureux yeux noisette et lui souriait avec insistance, une boucle brune dansant sur son front.

Faire bonne figure demanda un sérieux effort à Ellie. Cela faisait plus d'une heure qu'elle feignait la décontraction alors qu'elle ne souhaitait qu'une chose. S'éclipser discrètement...

— Je n'ai pas voulu faire faux bond à Zoé, dit-elle. Elle tenait à avoir toute l'équipe autour d'elle pour fêter son départ.

Malgré sa fatigue, la vue de la reine de la fête qui passait avec entrain de groupe en groupe, bavardant gaiement avec ses futurs ex-collègues, lui arracha un sourire.

— Zoé me manquera. Je me réjouis qu'elle ait obtenu cette magnifique promotion. Mais quel dommage que ce soit loin de nous !

— Elle ne va que dans le comté voisin, répondit Lewis. Je suis prêt à parier qu'elle reviendra souvent dans le Cheshire pour nous voir.

— Je l'espère.

Finissant pensivement son cocktail, elle se tourna vers lui.

— Ta femme n'est pas venue ? demanda-t-elle. Un empêchement ? Rien de grave j'espère.

Elle avait posé la question sans arrière-pensée. L'air embarrassé de Lewis l'étonna.

— Euh…, répondit-il en bafouillant, elle avait autre chose à faire. Une obligation familiale.

Elle n'eut pas le temps de s'interroger car Zoé venait vers eux, mais ce ne fut pas l'air radieux de son amie qui retint son attention. A côté d'elle se tenait un homme superbe qu'Ellie ne put se retenir de fixer, les yeux écarquillés. En retour, le bel inconnu la dévisagea d'une façon si insistante qu'elle sentit un frisson courir sur sa peau.

Lui était-il d'ailleurs vraiment inconnu ? Il provoquait une vague impression de déjà-vu en elle. Impossible pourtant de rattacher cette sensation au moindre souvenir. Non, elle ne pouvait pas le connaître… Un homme pareil ne s'oubliait pas.

Il était grand, remarquablement beau, d'une allure folle dans son élégant costume sombre. Des boutons de manchette en or rehaussaient les manches impeccables qui dépassaient légèrement de sa veste. Interrogeant de nouveau sa mémoire, elle se sentit gagnée, sans comprendre pourquoi, par un insidieux malaise.

— Ellie, je te présente James, fit Zoé qui semblait déborder d'enthousiasme, ses cheveux blonds dansant autour de son visage. C'est lui qui va me succéder à l'hôpital. Je commence à regretter que mon nouveau poste me fasse changer d'établissement. Dire que je pars quand *lui* arrive !

Intriguée, Ellie constata que Zoé lui désignait James d'un regard en coin qui signifiait : « Cet homme n'est-il pas à tomber ? » Mais James ne répondit que par un rire grave et profond. Saluant Lewis d'un signe de tête indiquant qu'ils étaient de vieilles connaissances, il continuait de dévisager Ellie de ses yeux gris.

— Je suis particulièrement heureux de vous rencontrer, Ellie, dit-il d'une voix aussi sensuelle que son rire.

Ce fut comme si ce murmure courait le long de ses nerfs. Elle se sentit fondre, mais n'en montra rien.

— Enchantée, répondit-elle sobrement.

— Si j'ai bien compris, vous travaillez avec Lewis ?

— Pas dans le même service, mais au même hôpital. Je suis urgentiste.

A travers ses cils baissés, elle l'observait.

Zoé avait raison, il était à tomber ! De beaux yeux gris et d'épais cheveux noirs, des traits réguliers, une carrure athlétique et un corps mince et musclé dégageant une énergie rayonnante... Exactement le type d'homme qui faisait bondir les cœurs dans les poitrines. Elle se sentit envahie par une attirance irrésistible et une intense curiosité.

Mais James se tournait à présent vers Lewis.

— Tu viens toujours passer le week-end à la maison avec Jessica ?

— Plutôt deux fois qu'une !

— Tant mieux. Nous attendons votre visite avec impatience.

Comprenant sans doute qu'elle s'interrogeait sur ce bref échange, Lewis la regarda en souriant.

— James est mon cousin, dit-il. Il a toujours été très attentif envers moi. Tu sais, Ellie, j'ai eu le malheur de perdre mes parents quand j'avais une dizaine d'années. C'est le père de James qui m'a recueilli.

— J'ignorais pour tes parents, dit-elle, décontenancée. Je suis désolée, Lewis. Je suppose qu'il y a un lien très étroit entre ton cousin et toi. Comme entre deux frères ?

— C'est tout à fait ça ! fit Lewis avec chaleur.

— Je veille à ce qu'il reste dans le droit chemin, dit James avec un clin d'œil complice à son cousin. Mais j'ai quitté la région depuis quelque temps et je ne sais pas tout ! J'ignorais par exemple qu'il travaillait avec une aussi belle femme.

Elle se sentit rougir. Mais Zoé choisit ce moment pour entraîner Lewis — qui ne semblait pas le moins du monde avoir envie de s'éloigner — pour lui présenter des amis.

Perplexe, Ellie les regarda traverser la foule des invités.

Zoé semblait satisfaite, comme quelqu'un qui vient de réussir une mission délicate. Lui avait-elle tendu un piège en la laissant seule avec James ?

Posant son verre vide sur le bar, elle le regarda pensivement.

— Pourquoi ai-je l'impression de vous avoir déjà aperçu quelque part ? demanda-t-elle doucement.

— J'ai la même impression, répondit-il en souriant, avant d'ajouter sur le ton de la confidence : Pour vous avouer la vérité, depuis que je vous ai vue vous approcher du bar tout à l'heure, j'ai harcelé Zoé pour qu'elle fasse les présentations.

Troublée, elle se sentit déshabillée par son regard, qui descendait le long de sa robe moulante, de ses jambes croisées et gainées de soie. Puis il revint s'attarder sur les épaisses boucles châtaines qu'elle avait laissées retomber souplement sur ses épaules pour la soirée.

Sa peau s'embrasa sous l'effet d'un feu soudain. Jamais le regard d'un homme ne l'avait à ce point troublée. Elle maintint les yeux sur lui et, de nouveau, elle eut l'impression de se trouver face à un visage familier. Curieusement, cette impression évoquait quelque chose de pénible, mais quoi ? Etait-ce à l'hôpital qu'elle l'avait déjà vu ? Et si oui, dans quelles circonstances ?

— J'ai entendu dire que vous aviez déjà commencé votre travail au service des urgences, dit-elle pour tenter d'en savoir plus. Je ne crois pas que nous nous soyons déjà rencontrés. Pourtant, j'ai la curieuse impression…

Sentant revenir la sensation de malaise qu'elle ne comprenait pas, elle s'interrompit.

— Il y a un tel rythme aux urgences, fit-elle précipitamment, qu'on ne rencontre pas toujours les nouveaux venus dès leur arrivée.

— J'ai souhaité avoir un premier contact informel avec mes futurs collaborateurs, je me suis actuellement greffé à l'équipe de nuit. Mais je ne prends officiellement mon poste de chef de service que dans quelques jours.

Parvenant à ne pas broncher, elle se laissa dévisager.

— Mais moi, je sais comment je vous connais ! dit-il

d'un air amusé. Je regarde souvent l'émission de télévision que vous animez, *Votre santé m'intéresse.*

Il avait un petit sourire provocant au coin des lèvres et une lueur taquine dans les yeux.

— Puis-je vous faire un aveu ? Vous êtes la présentatrice que je préfère et je constate que vous êtes aussi éblouissante à la ville qu'à l'écran. Tout homme digne de ce nom brûle devant son poste d'être un peu malade pour que vous veniez le soigner, j'en suis certain !

— Je ne le crois pas, dit-elle en riant, mais merci quand même. J'aime beaucoup faire cette émission. Cela me change des urgences et j'espère aider tous ceux qui se soucient de leur santé.

— Je suis persuadé que vous leur êtes extrêmement utile… Mais votre verre est vide. Voulez-vous boire autre chose ?

— Je m'apprêtais à partir, répondit-elle en secouant la tête. La journée a été difficile pour moi, à tout point de vue. Je vais appeler un taxi.

— Vous ne vous amusez donc pas ? demanda-t-il, le sourcil levé. A vrai dire, dès que je vous ai vue, je me suis demandé ce qui n'allait pas. Je vous ai trouvé un air préoccupé, et même abattu. Parler vous ferait peut-être du bien.

— Pas vraiment, répondit-elle.

Se laissant glisser du tabouret, elle se hâta de tirer sur le bas de sa robe et de détendre la mince étoffe plaquée sur ses hanches.

— Je ne veux pas vous empêcher de profiter de la soirée à cause de mes problèmes, dit-elle brusquement en voyant qu'il suivait des yeux chaque mouvement de ses mains. Après la journée terrible que j'ai eue, je n'aurais jamais dû venir à cette fête. Mais je ne pouvais pas faire cela à Zoé.

— Peut-être pouvons-nous parler plus tranquillement ailleurs ? dit-il, le sourcil toujours levé. Ma voiture est dehors. Où habitez-vous ?

— A Ashley Meadows. Mais je ne veux pas vous obliger à partir. Tout ira bien, je vous assure. Restez, amusez-vous.

— Je n'avais pas l'intention de rester très longtemps, répondit-il en jetant un coup d'œil à la superbe montre en or qui ornait son poignet. Je suis de garde à l'hôpital dans une heure. Ashley Meadows est sur le chemin.

Hésitante, elle resta un moment silencieuse. Après tout, quel mal y aurait-il à accepter cette proposition ?

— Eh bien… dans ce cas, j'accepte, merci. Il faut d'abord que je trouve Zoé pour lui souhaiter bonne chance, dit-elle en parcourant du regard la foule joyeuse des invités.

— Je vais prendre congé moi aussi, dit-il en lui emboîtant le pas.

Il leur fallut peu de temps pour assurer Zoé de leurs vœux de succès et de leur impatience de la revoir. Quelques minutes plus tard, Ellie était confortablement installée sur le siège moelleux d'une luxueuse voiture.

L'air conditionné assurait une température idéale, un lecteur de CD diffusait de la musique en sourdine. Bercée par le doux ronronnement du moteur, elle se laissa aller sur son siège, essayant de se détendre. Peut-être la musique l'apaiserait-elle. Suivant ses indications, James bifurqua dans Ashley Road.

— Etes-vous sûre de ne pas vouloir parler de ce qui vous tracasse ? demanda-t-il soudain. A l'évidence, il vous est arrivé quelque chose qui vous a bouleversée. Etait-ce personnel ? Ou bien cela concerne-t-il le service des urgences ?

Elle se renfrogna, aussitôt sur la défensive. Pourquoi confier à un étranger le souci qu'elle se faisait pour son frère ?

Noah était aux prises avec des dettes monumentales. Il l'avait appelée aux premières heures de la matinée, affolé par l'état plus catastrophique que jamais de ses finances. Elle aimait tendrement son jeune frère et aurait fait n'importe quoi pour l'aider, mais pourrait-elle encore y parvenir ?

Quant à l'autre problème… après tout pourquoi le garder pour elle ?

Personne ne pourrait hélas arranger les choses. Mais en parler, de surcroît avec un médecin, l'aiderait peut-être à accepter plus sereinement ce qui était arrivé.

— Aujourd'hui, nous n'avons pas réussi à sauver la vie d'une de nos patientes, dit-elle sans pouvoir réprimer un frisson. En tant que médecins, c'est une chose que nous devons être capables d'affronter. Mais c'était quelqu'un que je connaissais. La tante d'une ancienne camarade de classe. Sa mort a été un terrible choc pour moi. Cela me bouleverse de n'avoir pu la sauver. Ai-je fait ce qu'il fallait ? Ai-je été à la hauteur de ma mission ?

— Je comprends, dit-il d'une voix empreinte de sympathie. Cela a dû être terrible pour vous.

La voiture quitta la route principale et ils restèrent silencieux un moment. A présent, ils étaient dans la campagne. Le chemin s'étirait devant eux comme un long ruban, éclairé par les phares de la voiture qui faisaient surgir des clôtures et des haies vives de l'obscurité.

— Cela a été bien pire pour Amelia, dit-elle enfin. Elle a été pratiquement élevée par sa tante. Sa mort l'a dévastée.

De nouveau, elle hésita, puis, la voix tremblante, se lança.

— Amelia m'accuse de la mort de sa tante.

— Ne prenez pas cela trop à cœur, répondit-il d'un ton résolu. C'est une réaction fréquente face à la disparition d'un être aimé. Sous le choc, beaucoup des gens disent des choses qu'ils regrettent ensuite. Je suis persuadé que vous avez fait le maximum pour la tante de votre amie.

— Ce n'est pas l'avis de Mel. Nous nous sommes malheureusement perdues de vue après notre sortie de l'école. Si nous étions restées en contact, elle saurait que je suis devenue une personne fiable et un médecin expérimenté.

Au souvenir de leur altercation, elle sentit la nervosité l'envahir.

— Mel pense que j'aurais dû envoyer immédiatement sa tante en salle d'opération. Sincèrement, je ne pense pas qu'une intervention aurait pu la sauver.

— De quoi souffrait sa tante ? demanda-t-il en ralentissant.

A présent, on approchait d'un groupe de maisons, des lumières brillaient dans la nuit, annonçant un village.

— Quand on nous l'a amenée aux urgences, elle était à demi inconsciente, avait des douleurs dans la poitrine et respirait difficilement. Je l'ai tout de suite fait mettre sous oxygène. Bien entendu, j'ai fait pratiquer tous les contrôles nécessaires, prélèvement sanguin, scanner, échographie cardiaque.

Elle soupira.

— Les examens ont révélé un épanchement péricardique dû à une infection bactérienne aiguë. J'ai prescrit de puissants antibiotiques, j'ai fait drainer le fluide péricardique infecté. Mais rien n'y a fait. Le cœur a cessé de fonctionner.

Sa voix s'étrangla.

— Son âge et la détérioration de son état général ont joué contre elle. Son cœur n'a pas supporté la pression à laquelle il était soumis.

— Avez-vous expliqué tout cela à votre amie ?

— Oui. Mais je ne sais pas si elle était en état de comprendre. Après lui avoir annoncé la nouvelle, je suis allée chercher du thé et suis restée longtemps auprès d'elle. Je ne suis pas sûre qu'elle m'ait écoutée. Elle paraissait bouleversée et révoltée à la fois.

— Cela se passe parfois comme cela.

— Sans doute, répondit-elle pensivement en regardant les cottages qui défilaient derrière la vitre. Tournez à gauche. J'habite la vieille ferme au bout du chemin.

Elle se sentit réconfortée à la vue de son chez-elle. La lanterne suspendue sous le porche d'ardoises répandait une lumière accueillante, éclairant la façade de brique couverte de lierre et le jardin situé devant la maison.

— Vous vivez dans un endroit idyllique, dit-il en garant la voiture dans l'allée de gravier.

— C'est vrai. Je guettais cette vieille ferme depuis longtemps. Quand elle a été mise en vente, j'ai sauté sur l'occasion. Elle était en si mauvais état qu'elle était dans mes moyens. J'aime sa situation isolée au bout du village.

Elle hésita un instant, mais son impulsion fut la plus forte.

— Avez-vous le temps de prendre un café avant le début de votre garde ? Cela vous permettra de jeter un coup d'œil à l'intérieur de la maison, si cela vous fait plaisir.

Certes, elle ne le connaissait que depuis une petite heure, mais il dégageait une telle impression de chaleur et de sympathie ! Et surtout, elle avait envie de le sentir encore auprès d'elle, ne serait-ce que quelques instants…

— Avec plaisir, merci, répondit-il. J'adore ces vieilles fermes transformées en cottages. Elles ont beaucoup de caractère.

— C'est aussi mon avis, dit-elle en se glissant hors de la voiture.

Après la douce tiédeur du véhicule, elle fut saisie par l'air frais du soir. C'était la fin de l'été. S'efforçant de dissimuler qu'elle frissonnait, elle le précéda jusqu'à la porte d'entrée.

— « Cottage » n'est peut-être pas le terme qui convient pour cette vieille ferme campagnarde, bien que je l'ai rendue aussi douillette que possible, dit-elle avec un sourire en le faisant pénétrer dans le vestibule.

L'ayant conduit dans la cuisine, elle le vit avec fierté admirer le mobilier et les poutres de chêne du plafond.

— C'est la première pièce que j'ai rénovée, dit-elle en commençant à préparer le café. J'ai eu un mal fou à décaper les poutres. Mais j'étais si contente du résultat que j'ai écumé les brocantes pour dénicher des buffets du même bois, avec le même genre de patine dorée.

A sa grande satisfaction, il semblait sincèrement apprécier le cadre.

— Quelle pièce chaleureuse ! dit-il. Cette vieille cuisinière est extraordinaire ! Elle doit suffire à chauffer toute la cuisine.

— J'ai mis tout mon cœur à la remettre en état, elle aussi. J'adore expérimenter de nouvelles recettes. La cuisine est plus qu'un hobby pour moi. Une thérapie pour me détendre !

Elle vit une lueur d'amusement dans ses yeux. De nouveau, il lui sembla étrangement familier, comme s'il émergeait d'un passé lointain. Pourtant, les circonstances lui échappaient encore.

— Donc, en plus, vous cuisinez…

Il avait toujours ce demi-sourire aux lèvres qui la déconcertait.

— Eh bien, fit-il de l'air de quelqu'un qui dresse un bilan

satisfaisant, aujourd'hui est mon jour de chance ! Je suis tombé sur la femme idéale !

— A votre place, je ne m'emballerais pas, dit-elle en riant. Je n'ai pas dit que j'étais bonne cuisinière.

Comme il joignait son rire au sien, elle continua la visite des lieux pendant que le café passait.

— J'ai fait abattre le mur de ce côté de la cuisine afin qu'elle ouvre directement sur la salle à manger et le salon. J'avoue que j'étais très inquiète du résultat.

— C'était injustifié, dit-il en la rejoignant dans le salon. Le résultat est parfait.

A présent, il se tenait tout près d'elle. Elle en oubliait son rôle de maîtresse de maison et n'était plus consciente que de la proximité de ce long corps souple auprès du sien, et de l'impression de force et d'assurance qui s'en dégageait.

Quand par inadvertance elle lui effleura le bras, elle sentit une onde de chaleur la parcourir et ne put s'empêcher de lever les yeux vers lui. Il avait soudain un air étrangement absent. Avait-il éprouvé la même sensation qu'elle ? Peut-être car il sembla faire un effort pour revenir à la conversation.

— L'agencement est parfait, dit-il enfin. Le coin salle à manger donne directement sur la cuisine et, grâce à la disposition en L de la maison, le living-room dispose de son propre espace. Bravo, c'est très réussi. Toutes les pièces sont bien disposées.

— C'est ce que j'espérais, dit-elle en essayant de reprendre le contrôle d'elle-même. J'ai beaucoup de chance d'avoir cette maison, mais sans mes cachets à la télévision je n'aurais pas eu les moyens de faire les travaux et de l'entretenir.

— En tant que fan inconditionnel de votre émission, répondit-il avec un sourire qu'elle trouva terriblement enjôleur, je peux certifier que vous valez largement chaque penny gagné. Vous avez l'art d'expliquer les choses les plus complexes d'une façon accessible à tous. Vous rendez votre programme extraordinairement vivant.

— Merci, c'est très gentil. Mais c'est un travail d'équipe, ce qui me permet de conjuguer mon rôle à la télévision et mon travail à l'hôpital.

Elle ne put se retenir de lui lancer un coup d'œil provocateur.

— Cela ne vous tente pas de faire un jour l'expérience de la télévision ?

— Oh non ! fit-il avec un sourire. Je n'ai pas le temps pour ce genre de choses. J'ai déjà trop à faire en dehors de l'exercice de la médecine. Je suis débordé. Quand je peux rajouter quelque chose à mon emploi du temps, ce sont des moments de détente. Je les passe en général sur mon bateau. Là, j'échappe à tout et à tout le monde.

Il s'interrompit. Le sourire qu'il lui adressait devint particulièrement charmeur.

— Pourquoi ne pas m'y rejoindre un de ces jours ? Cela nous permettrait de partager un long week-end de farniente.

— Cela mérite réflexion, James, répondit-elle prudemment, son instinct en alerte. Après tout, nous nous connaissons à peine.

— Il serait facile d'y remédier...

Préférant ne pas relever la remarque, elle amorça un retour vers la cuisine où l'arôme du café lui chatouilla agréablement les narines. En emplissant deux tasses, elle ne put empêcher un léger sourire de flotter sur ses lèvres. Finalement, malgré sa prévention contre lui, elle se sentait bien en compagnie de cet inconnu. Il avait presque réussi à la débarrasser de son cafard...

Elle lui tendit une tasse et le regarda y ajouter de la crème et du sucre qu'il remua d'un air de profonde réflexion.

— Racontez-moi comment vous êtes entrée dans le monde de la télé, demanda-t-il enfin. Avez-vous été repérée par un chasseur de talents ? Quelqu'un a-t-il écumé les services d'urgence à la recherche de l'oiseau rare ?

— Pas du tout ! s'exclama-t-elle en éclatant de rire. En fait, une productrice a pensé à moi parce qu'elle avait entendu parler des articles que j'avais écrits pour des revues et des vidéos que j'ai réalisées à l'usage des étudiants.

— Elle a bien fait.

— Je trouve aussi ! répondit-elle en allant fourrager dans le buffet. Vous n'avez pas envie de grignoter quelque chose ? Du fromage et des biscuits ? Ou une part de quiche ? On devrait se cotiser dans le service pour avoir toujours des petits gâteaux ou des crackers !

— Merci, pas pour moi, répondit-il en avalant une gorgée de café. Il est temps que j'y aille.

Avait-elle rêvé ? Y avait-il une nuance de regret dans sa voix ?

Ou devait-elle s'avouer honnêtement que c'était elle qui était déçue de le voir partir ?

— Vous m'avez dit que vous étiez débordé, dit-elle en le raccompagnant à la porte. Qu'est-ce qui vous occupe donc tant à côté de la médecine ?

— J'administre le domaine de mon père. Le régisseur a dû prendre un long congé pour régler un problème familial en Irlande. J'ai été obligé de prendre le relais.

Le domaine de son père.

Un coup de tonnerre retentit dans la tête d'Ellie. Revenant avec violence à sa mémoire, les souvenirs du passé l'assaillaient douloureusement. Réprimant avec peine un sentiment de nausée, elle essaya désespérément de contenir les pensées qui tournoyaient en désordre dans son esprit.

Il fallait qu'elle se calme !

Ce ne pouvait être cela…

Il n'était qu'un inconnu.

Pourquoi le domaine de son père aurait-il un rapport avec son histoire à elle ?

— Un domaine ? demanda-t-elle avec circonspection. Quelle sorte de propriété est-ce donc ?

— Un domaine agricole. On y fait principalement de l'élevage. Il y a aussi une ferme laitière, quelques hectares de verger pour la production de fruits et un lac pour la pêche.

Il ne cessait de la regarder en parlant, comme s'il guettait sa réaction.

— Mon père ne va pas très bien en ce moment, et il a du mal à gérer tout cela. Il n'a pas trouvé de régisseur pour faire l'intérim. C'est pourquoi je suis obligé de m'impliquer.

Elle sentit le sang se retirer de son visage.

— C'est du domaine de lord Birchenall que vous parlez,

n'est-ce pas ? demanda-t-elle d'une voix blanche. Et vous êtes son fils ?

— En effet, répondit-il.

Il la fixait, l'air grave.

— Cela vous pose-t-il un problème ? demanda-t-il.

— Je savais bien que vous me rappeliez quelqu'un… que je vous connaissais… mais je n'aurais jamais pensé…

Reprenant son souffle à grand-peine, elle leva les yeux vers lui et soutint son regard.

— Vous avez changé. Vous êtes tellement plus…

De nouveau, elle sentit sa voix s'étrangler.

Où était passé l'adolescent dégingandé qu'elle avait connu ? Elle était face à un homme accompli, aux traits virils, à l'assurance forgée par l'expérience, irradiant la force et l'énergie.

— Evidemment, vous ne m'avez pas reconnue, murmura-t-elle.

Comment l'aurait-il pu ? Elle-même n'était qu'une gamine de treize ou quatorze ans quand il avait quitté le domaine de son père pour la faculté de médecine.

— Bien sûr que si, répondit-il. Votre parcours a fait de vous une autre, mais comment oublier la petite Ellie, intrépide et toujours prête à grimper aux arbres et à courir dans les bois ? A l'époque je gardais toujours un œil sur vous, pour le cas où vous vous seriez mise dans le pétrin.

Tiens donc ! Mais ce n'était pas la question prioritaire.

— Pourquoi me cachez-vous depuis le début que vous m'aviez reconnue ? demanda-t-elle.

En elle, la méfiance le disputait à présent à la colère. Consciente des éclairs de fureur que lançaient ses yeux verts, elle le fixait sans indulgence.

— Vous auriez dû me le dire dès que Zoé a fait les présentations.

— Et griller mes chances de pouvoir parler avec vous ? demanda-t-il en haussant les sourcils avec une expression faussement innocente. Je suis capable de bien des choses, Ellie, mais je ne suis pas un imbécile.

— Non, mais vous êtes le fils de lord Birchenall, dit-elle

avec emportement. Et vous avez été élevé dans les valeurs qui sont les siennes.

— C'est-à-dire ?

— Tout ce qui compte pour lui est d'obtenir ce qu'il veut, de ménager son confort, de préserver son mode de vie parfaitement lisse et bien ordonné…

La sensation de donner enfin libre cours à un ressentiment longtemps contenu lui donnait de la force. Furieuse, les poings crispés, elle disait ce qu'elle avait sur le cœur, incapable de s'arrêter.

— Rien ne doit venir déranger son bien-être, sa tranquillité, n'est-ce pas ? Et malheur à l'infortuné qui se trouve à la merci de lord Birchenall.

— N'êtes-vous pas en train de céder au mélodrame, Ellie ?

— Comment osez-vous me dire une chose pareille ? répondit-elle en s'étranglant de fureur. Mon père a été le régisseur du domaine pendant plus de douze ans. Et votre père l'a jeté dehors. Nous avons tout perdu. La maison de fonction que nous habitions sur le domaine, et qui était notre foyer. Notre gagne-pain. Notre unité familiale.

— Cela a dû être terrible pour vous, j'en suis conscient. Mais êtes-vous sûre que votre père n'y est pas pour quelque chose ? Je me rappelle que le mien était souvent contrarié. Il y avait des problèmes, des choses qui n'allaient pas. Je ne sais pas tout, Ellie, mais je suis sûr d'une chose : mon père n'aurait pas agi ainsi à l'égard du vôtre sans une raison sérieuse.

— Il n'empêche que vous et votre père vous êtes souciés comme d'une guigne du sort de notre famille.

— C'est faux. Je me faisais du souci pour vous. Mais c'est à ce moment que j'ai quitté le domaine pour intégrer la faculté de médecine. Quand j'ai demandé à mon père ce qu'il était advenu de votre famille, il m'a répondu que vous étiez installés dans une maison du village voisin. Cela m'a rassuré.

C'en était trop. Ouvrant largement la porte, elle s'effaça pour lui indiquer sans équivoque de partir.

— Où serions-nous allés ? fit-elle, voyant qu'il restait

debout face à elle. Les premiers mois, nous nous sommes réfugiés dans cette maison amie. Votre père est responsable du gâchis de nos vies, voilà tout.

Redressant les épaules, elle le fixa droit dans les yeux.

— Allez-vous-en.

Il franchit la porte, mais une fois dehors se retourna.

— Votre réaction me navre, dit-il. Tout ceci appartient au passé. Il est peut-être temps pour vous de tourner la page.

— Je ne crois pas que ce soit possible.

— Dommage, dit-il, la fixant toujours dans le clair de lune. Bonne nuit, Ellie.

Elle le regarda s'éloigner.

Dire qu'elle avait pensé que la journée n'aurait pu être pire…

2.

— Merci, dit Noah en glissant dans son portefeuille le chèque qu'Ellie venait de lui tendre. Je te rembourserai dès que possible, c'est promis.

Son visage juvénile trahissait un intense soulagement. Il lui sourit, manifestement convaincu de ce qu'il disait.

— En ce moment, avec la disparition du magazine, les choses sont difficiles pour moi. C'était ma principale source de revenus. Mais tu vas voir ! Je vais me faire une place au soleil en travaillant en free-lance.

— Peut-être, mais cela te prendra du temps, répondit-elle en repoussant quelques miettes de toast.

Les difficultés de son frère la chagrinaient. Ils avaient traversé tellement d'épreuves ensemble ! Si seulement elle pouvait, d'un coup de baguette magique, l'aider à résoudre ses problèmes…

— En attendant, dit-elle, tu pourrais chercher une source de revenus moins aléatoire. Le monde de la photo offre des jobs réguliers. Dans la publicité, par exemple. Ou dans l'illustration d'ouvrages médicaux, même si cela n'est pas ton domaine.

Pour toute réponse, elle eut droit à une moue dubitative.

— Je sais que je dois trouver une solution, Ellie. D'ailleurs, j'ai passé tout le week-end à en chercher une. Mais la seule chose qui m'intéresse vraiment, c'est le photojournalisme.

Hochant la tête, elle commença à débarrasser la table du petit déjeuner.

— Tu veux encore du thé, Noah ?

— Merci non. Il faut que je file calmer mon propriétaire. Grâce à ça, dit-il en tapotant son portefeuille à travers sa poche, je ne l'aurai plus sur le dos pendant un moment.

— Et moi, je dois me préparer pour aller travailler, dit-elle en soupirant.

— Cela n'a pas l'air de t'enchanter… Un problème ? Je croyais que tu adorais ton travail.

Levant les yeux vers lui, elle se sentit gagnée par l'attendrissement. Son petit frère semblait vraiment se faire du souci pour elle.

— J'adore mon travail… en temps normal…

La fin brutale de la tante de Mel et les reproches de son amie l'avaient déstabilisée. Il lui faudrait quelque temps pour s'en remettre. Mais, ce matin, autre chose la tracassait.

— Le nouveau responsable du service prend officiellement ses fonctions aujourd'hui, dit-elle avec un profond soupir. Je l'ai rencontré à la soirée de départ de Zoé. Tu ne me croiras jamais… C'est le fils de lord Birchenall…

— Birchenall ? s'écria Noah d'une voix horrifiée. Cela ne m'étonne pas que tu sois dans tous tes états. J'espérais que nous en avions fini avec cette famille.

Il fronça les sourcils comme si quelque chose lui revenait.

— J'ai lu quelque part qu'il était de retour dans la région pour s'occuper de son père. Il paraît que ce vieillard de malheur a des problèmes cardiaques.

— Vraiment ? demanda-t-elle avec curiosité. James m'a dit que son père n'était pas bien en ce moment, mais il ne m'a pas donné de précisions.

— James ? fit Noah d'un ton réprobateur. Tu en es à l'appeler par son petit nom ? Attention ! Tel père, tel fils. Ils ont ça dans les gènes. On croit pouvoir leur faire confiance, mais au moindre problème ils vous enfoncent.

— Tu as peut-être raison, dit-elle pensivement. Nous verrons bien. Je vais rester sur mes gardes jusqu'à ce que je le connaisse mieux.

— Pfft… A mon avis, il n'y a rien à connaître. C'est une catastrophe que tu doives travailler avec lui, c'est tout.

Hochant la tête, il se pencha pour l'embrasser sur la joue.

— Cette fois, j'y vais, sœurette. Merci pour le petit déjeuner et bonne chance.

— Bonne chance à toi aussi, répondit-elle en soupirant.

Elle rangea la cuisine puis, juste au moment où elle saisissait sa veste pour sortir, la sonnette de l'entrée retentit.

— Lily ! s'écria-t-elle.

Elle était étonnée de découvrir sa voisine sur le pas de sa porte, mais surtout inquiète de son apparence.

La grossesse de Lily était avancée et ce matin elle paraissait cramoisie, congestionnée et à bout de souffle. Un bref coup d'œil lui fut suffisant pour voir qu'elle avait en outre les mains très gonflées. Les boucles brunes qui encadraient son visage étaient humides de sueur.

— Qu'est-ce qui ne va pas, Lily ? Le bébé arrive ? Des contractions ?

— Non, répondit Lily d'une voix hachée. Mais une ambulance vient me chercher d'une minute à l'autre. La sage-femme l'a appelée. J'ai une migraine terrible et les chevilles enflées. La sage-femme redoute de l'hypertension et une prééclampsie. Elle pense que je dois rester quelques jours en observation à l'hôpital.

— Je suis désolée, Lily, répondit-elle en lui entourant les épaules de son bras. Voulez-vous vous asseoir un instant ?

— Non, merci. Mais j'ai un grand service à vous demander.

— Tout ce que vous voulez, Lily. Que puis-je faire ?

— Je me fais du souci pour Jayden. Il est à l'école pour l'instant. La maman d'un petit camarade s'occupera de lui à la sortie. Si cela ne vous ennuie pas, pourriez-vous le prendre pendant la nuit tant que je serai à l'hôpital ? Je sais que c'est beaucoup vous demander, mais Harry est en voyage d'affaires en Suisse et mes parents en vacances à l'étranger.

Face au visage angoissé de Lily, elle n'hésita pas. Il lui suffirait d'augmenter le chauffage dans la petite chambre d'amis de l'étage et de faire quelques provisions pour satisfaire les goûts d'un petit bonhomme de quatre ans. Il n'y avait aucun problème.

— C'est d'accord, Lily. Je suis ravie de vous rendre ce

service. Jayden est souvent venu à la maison, il ne sera pas dépaysé. Ne vous en faites pas et ne pensez qu'à vous.

— Oh merci, Ellie ! Je ne sais pas ce que j'aurais fait sans vous. Voici mes clés. Vous aurez besoin de venir prendre des vêtements pour Jayden, et quelques jouets.

Une expression d'anxiété apparut sur son visage.

— Il ne peut pas s'endormir sans son ours en peluche.

— J'y veillerai, Lily, c'est promis. Pour l'instant je vais attendre l'ambulance avec vous. Allons-y, dit-elle en l'entraînant à travers la cour.

Quand enfin l'ambulance emmena Lily, elle la suivit des yeux avec une certaine inquiétude. L'état de la future maman était préoccupant. Heureusement, elle était à présent entre les mains des services de secours et elle-même pouvait se rendre à son travail l'esprit en paix.

Redoutant d'être en retard, elle conduisit rapidement jusqu'à l'hôpital. Dès qu'elle eut retrouvé l'effervescence des urgences, les bienfaits du week-end s'envolèrent. La furieuse diatribe de Mel résonnait toujours à ses oreilles. A chaque arrivée de nouveaux patients, l'appréhension la saisissait. Pourvu qu'ils ne présentent pas de pathologies importantes ! Pourvu qu'elle n'ait pas à affronter de nouveau un cas désespéré ! Ce ne fut qu'après une heure ou deux d'intense activité qu'elle parvint à retrouver ses marques.

Mais il lui restait une autre raison de se sentir troublée.

De loin en loin elle apercevait James, en tenue d'hôpital, qui prenait possession de ses nouvelles fonctions. Souhaitant retarder au maximum l'inévitable confrontation, elle fit de son mieux pour rester à distance.

D'une certaine façon, elle regrettait de s'être emportée contre lui. A part son appartenance à la famille Birchenall, qu'avait-il fait pour mériter son courroux ?

Refusant de se laisser perturber par ces considérations personnelles, elle se concentra sur son travail. On venait de lui amener une jeune femme victime d'une chute de cheval pendant un séjour dans le complexe de vacances voisin, au bord du lac.

— Pas de chance, Natalie ! dit-elle à l'infortunée cavalière en examinant les radios. Vos vacances sont fichues ! Plus de cheval, ni de baignades ! Mais la bonne nouvelle est que vous souffrez d'une simple fracture du bras. Nous allons vous anesthésier pour la soigner et dans cinq ou six semaines elle devrait être réduite.

Pendant que, de retour à son bureau, elle rédigeait son compte rendu sur l'ordinateur, le sentiment d'une présence lui fit soudain lever les yeux.

James était là, debout à côté d'elle.

Elle sentit aussitôt tout son corps se tendre. C'était comme si son être entier se mettait aux aguets tandis qu'elle le regardait, inquiète de ce qui allait suivre.

Il était d'une élégance à couper le souffle. Au lieu de sa blouse et de sa tenue d'hôpital, il portait un costume sombre à la coupe impeccable et une chemise blanche qui lui conféraient un air d'autorité. Sa cravate aux teintes subtiles mettait son regard gris en valeur.

Peut-être devait-il participer à quelque réunion nécessitant une tenue formelle. Quoi qu'il en soit, sa simple présence la troublait. Moins elle aurait affaire à lui, mieux cela serait. Surtout s'il continuait à se présenter à elle comme un homme doté de virilité, d'énergie et de tous les signes du pouvoir et de l'assurance.

— Comment vous sentez-vous ? demanda-t-il. Pas trop difficile de vous remettre au travail après l'épisode malheureux du décès de Grace Holt ? Ce matin, vous sembliez nerveuse en accueillant vos premiers patients.

Interloquée, elle le contempla. Avait-il cru qu'elle n'aurait pas la force d'assumer sa tâche ? L'avait-il épiée ?

— Je me sens très bien, répliqua-t-elle sèchement, et je n'ai aucun problème.

— Hum, fit-il. Dans le cas contraire, il faut me le dire.

Il paraissait sceptique. La soupçonnait-il de se vanter ?

— Mon devoir est de veiller sur l'équipe comme sur les patients, dit-il. Je ne veux pas que vous vous sentiez seule si vous êtes en difficulté.

— Pourquoi serais-je en difficulté ?

Si elle avait su l'autre soir qui il était, elle n'aurait jamais commis l'imprudence de lui confier ses doutes. Quelle erreur ! A présent, il ne la lâcherait plus, guettant impitoyablement ses faiblesses et ses erreurs.

Décidant de l'ignorer, elle se tourna résolument vers l'écran de l'ordinateur. Sans doute comprendrait-il qu'elle avait un travail à terminer et qu'il n'avait plus qu'à partir.

Bien au contraire, à sa grande contrariété, il s'assit sur le bord du bureau si bien que, malgré ses efforts pour détourner le regard, elle avait sous les yeux l'étoffe de son pantalon tendue sur ses cuisses musclées.

Déstabilisée, elle laissa ses doigts courir sur le clavier, accumulant les fautes de frappe.

— Ellie, il y a beaucoup de choses en suspens entre nous, dit-il enfin en se penchant vers elle. Je sais que vous éprouvez de la rancune pour moi et ma famille. Il ne faut pas que cela soit une source de problèmes dans notre travail.

— Je suis persuadée que nous sommes capables de nous conduire l'un avec l'autre de façon strictement professionnelle.

Elle hésita un bref instant avant de continuer.

— J'ai peut-être eu tort de vous imputer les actes de votre père. Mais comment pourrais-je oublier ce qu'il nous a fait ? A cause de lui, le mariage de mes parents a volé en éclats. Ma mère reprochait à mon père de ne pas avoir été capable de garder son travail et d'avoir fait de nous pratiquement des sans-abri.

— Si je comprends bien, votre propre mère reprochait à son mari d'être le responsable de vos malheurs ?

Il la regardait d'un air scrutateur, la fixant calmement au fond des yeux.

— Et pourtant vous continuez à en vouloir à mon père de ne pas l'avoir gardé à son service ?

Pleine de méfiance, elle leva fièrement le menton.

— Mon père est quelqu'un de bien. Il s'est toujours enorgueilli de faire correctement son travail. Quand les choses ont commencé à déraper, le vôtre aurait dû lui parler et essayer de comprendre ce qui se passait.

— Si votre mère elle-même n'avait pas confiance en son mari, pourquoi mon père se serait-il montré plus confiant ?

— Ma mère souffrait de dépression, répondit Ellie. Elle ne savait plus ce qu'elle disait. D'ailleurs, elle a été incapable de nous élever, mon frère et moi. Mon père au contraire a été le ciment qui a permis à notre famille de tenir. Du moins jusqu'à…

— … jusqu'à ce qu'il se mette à dérailler.

James s'était levé.

— Je suis désolé, Ellie, reprit-il. Je sais combien vous aimez votre père. Mais ce n'est pas une raison pour excuser sa conduite et rejeter tous les torts sur ma famille.

— Vraiment ? fit-elle, glaciale. La vérité est que mon père était gravement malade. C'est la raison pour laquelle lui qui avait toujours été exemplaire a soudain donné l'impression de sombrer dans la négligence. Mais qui s'est soucié de comprendre ce qu'il lui arrivait ?

Elle sentit son bip vibrer dans sa poche et se leva.

— Désolée. Un patient arrive.

Le laissant en plan, elle s'éloigna, mécontente d'elle-même.

Comment avait-elle pu perdre son sang-froid à ce point ? Leurs relations de travail allaient maintenant tourner à la franche hostilité. Ce qu'elle avait de mieux à faire dans l'immédiat était de ne pas se laisser dominer par les questions personnelles et de se concentrer sur sa nouvelle patiente.

Il s'agissait d'une jeune femme enceinte qui perdait du sang en abondance.

— Elle a perdu connaissance pendant qu'elle faisait ses courses, lui dit l'infirmière. Cela l'a beaucoup angoissée. Elle est enceinte de trente-trois semaines. Son rythme cardiaque est très élevé et sa tension trop basse.

— Merci, Olivia. Il faut la placer sous perfusion pour éviter que son état ne s'aggrave et mettre une surveillance fœtale en place. Préparez le matériel, je vais faire pratiquer un scanner afin de trouver la cause du problème.

Se penchant vers la jeune femme, elle lui adressa un sourire rassurant.

— Je sais que c'est difficile, Phoebe, mais essayez de ne pas vous en faire.

Phoebe lui sourit faiblement, ses cheveux bruns collés à son front par la transpiration.

— Nous allons prendre soin de vous et de votre bébé, lui dit Ellie en suivant le chariot en direction de la salle de scan.

Ayant assisté avec attention au déroulement de l'examen, elle se tourna vers Olivia et lui parla à voix basse pour ne pas inquiéter Phoebe.

— Appelez tout de suite le Dr Lewis Reynolds, dit-elle. Le placenta couvre légèrement le col utérin, d'où les saignements. Il faut garder Phoebe en observation pour s'assurer qu'elle se repose et faire cesser l'hémorragie.

Elle s'occupait de faire envoyer les échantillons sanguins au labo pour analyse quand Lewis vint la rejoindre, le sourire aux lèvres.

— Salut, Ellie, content de te voir. Il paraît que tu as une patiente pour moi ?

— Oui, dit-elle en lui rendant son sourire. C'est rassurant de te savoir là pour veiller sur nos jeunes mamans, Lewis. Le placenta de cette patiente est mal positionné. A mon avis, il faut la garder en observation.

— Je vais l'examiner, répondit-il en saisissant le dossier, et je reviens tout de suite te tenir au courant.

De retour quelques instants plus tard, il se montra moins rassurant.

— Il faudra peut-être pratiquer une césarienne, dit-il. Mais je ne le ferai qu'en dernier ressort. En attendant, je vais la mettre sous stéroïdes pour aider le bébé à développer ses poumons.

Soudain, en parlant du cas de Phoebe, Ellie pensa à Lily.

— Tu as dû recevoir ce matin en obstétrique une patiente du nom de Lily Harcourt. C'est ma voisine. Elle présentait à mon sens tous les symptômes d'une prééclampsie. Je me fais du souci pour elle.

— Je ne savais pas que c'était une de tes amies. Nous l'avons mise sous oxygène et nous contrôlons son cœur et sa tension. Malheureusement, elle a fait une crise dès son arrivée, mais nous avons prévenu tout risque d'autres convulsions. Il est trop tôt pour qu'elle accouche. Il faut absolument la stabiliser.

— Ce ne sont pas de très bons signes, dit-elle.

Le cas de Lily l'inquiétait, mais Lewis l'entoura d'un bras protecteur.

— Ne t'en fais pas, Ellie. Nous veillons sur elle.

— J'en suis sûre, merci Lewis. Tu me tiendras au courant ?

— Bien sûr, dit-il.

Avant de partir, il la serra étroitement contre lui. Cela la réconforta mais, en le regardant s'éloigner, elle aperçut à sa grande surprise James debout dans l'encadrement de la porte, qui la fixait d'un air étrange.

Depuis combien de temps était-il là ? Quelque chose l'avait visiblement contrarié. Il avait dû voir Lewis la prendre dans ses bras, cela lui déplaisait peut-être qu'elle ait des liens d'affection avec son cousin.

Après tout, qu'il pense ce qu'il voudrait. Même s'il ne ressemblait pas à son père, il avait à l'évidence le penchant des Birchenall pour affirmer leur pouvoir sur tout un chacun. Il venait de prendre son poste, mais il voulait déjà s'assurer qu'il savait tout sur chaque membre de l'équipe. Elle l'avait vu observer les uns et les autres, avec cet air calme et supérieur qui semblait lui être naturel.

Sans broncher, elle tourna les talons, résolue à vaquer à ses occupations sans se soucier de lui. En fin de journée, elle fit un saut à la maternité pour voir Lily avant de rentrer chez elle.

La jeune mère était encore un peu congestionnée et lui sembla surtout très angoissée. Sans doute se faisait-elle du souci pour son petit garçon.

— Je m'occuperai de Jayden aussi longtemps que vous serez absente, Lily, lui promit-elle. Dès que le Dr Reynolds le permettra, je vous l'amènerai. En attendant, je vous le passerai au téléphone si cela peut vous rassurer.

— Oh, merci, Ellie.

— C'est bien naturel, Lily.

Sur le chemin du retour, elle prit le temps d'admirer la magnifique campagne du Cheshire, avec ses collines boisées et ses pentes douces. Le paysage était tellement apaisant qu'il lui fit oublier un moment que James Birchenall était une ombre de taille dans le tableau.

De toute façon, dès qu'elle eut récupéré Jayden elle comprit que c'en était fait de sa tranquillité.

— Est-ce qu'on va faire de la pâte à tarte ? lui demanda le petit bonhomme en grimpant dans la voiture. J'ai adoré faire des gâteaux avec toi quand je suis venu l'autre jour dans ta maison.

— D'accord, Jayden, c'est une bonne idée, dit-elle en se rappelant avec effroi les morceaux de pâte qu'elle avait trouvés collés un peu partout dans la maison pendant des jours.

— Et ce soir, dit-elle, prête à tout pour lui faire plaisir, nous ferons des spaghettis. C'est ton plat favori, n'est-ce pas ?

— Oh oui ! Ma maman m'en fait tous les jours, à tous mes repas, au petit déjeuner, au déjeuner, au goûter…

— Vraiment ? demanda-t-elle en retenant un sourire.

— Oui, murmura-t-il d'un air moins assuré.

— Pour commencer, allons chez toi prendre quelques affaires.

Ce fut le début d'une soirée bien remplie, au cours de laquelle ils firent de la pâte à pain et mirent quelques gâteaux au four. Jayden s'activa avec entrain mais, quand elle le coucha, il lui parut dix fois moins exténué qu'elle.

— Ma maman me borde toujours dans mon dodo, dit-il d'une petite voix soudain inquiète en grimpant dans le lit et en examinant la chambre d'un regard craintif.

— Je sais, mon cœur, dit-elle de sa voix la plus rassurante. Tu te rappelles ce qu'elle a dit quand nous lui avons téléphoné tout à l'heure ? Que tu pourrais bientôt venir la voir ?

Les yeux brillants de joie, le petit bonhomme approuva de la tête.

— Et maintenant, tu vas faire un gros câlin à ton nounours pendant que je vais te lire une histoire.

Heureusement, il s'endormit bien avant la fin de l'histoire. Après avoir éteint la lampe de chevet, elle quitta la chambre à pas de loup avec l'intention de se préparer une tasse de café bien méritée.

Mais à peine avait-elle regagné la cuisine que la sonnette retentit.

Inquiète, elle s'immobilisa. Elle n'attendait personne. Serait-ce Noah, aux prises avec de nouvelle difficultés ?

Pleine d'appréhension, elle alla ouvrir la porte.

Noah ne se tenait pas sur le seuil, c'était James.

Cette fois il n'était pas en costume, mais en tenue sport, pantalon de grosse toile beige et pull marin à longues manches. Pourtant, le même air d'autorité émanait de toute sa personne et quelque chose dans son attitude donnait l'impression qu'il ne venait pas pour une visite d'agrément.

— Un problème ? demanda-t-elle.

— D'une certaine façon, oui. Puis-je entrer ? Je ne veux pas vous déranger. Mais j'ai des choses à vous dire et je préfère le faire hors de l'hôpital.

— Bien sûr, dit-elle en s'effaçant pour le laisser passer.

Il avait un air terriblement grave. Qu'avait-il à lui dire de si important pour venir la voir chez elle au milieu de la soirée ? Elle se sentait gagnée par l'inquiétude.

— Allons dans la cuisine, fit-elle en le précédant. Je vais préparer du café.

Lui ayant désigné une chaise devant l'imposante table de chêne, elle posa face à lui une assiette de scones fraîchement sortis du four.

— Servez-vous. Voici du beurre et de la confiture de fraises.

A la vue des scones chauds et dorés, il sembla se détendre.

— Un échantillon de la cuisine maison ? demanda-t-il en souriant. Je me disais bien en entrant que cela sentait bon. Comment résister ? D'autant que je n'ai rien avalé de la soirée.

— Rien ? Ce n'est pas sérieux.

— J'avais trop à faire. Une appendicite perforée à opérer. Plusieurs réunions obligatoires, dont une dans la soirée.

S'interrompant, il prit un scone, le coupa en deux et le tartina largement de beurre et de confiture.

— Mmm, fit-il en mordant une bouchée.

Déconcertée par l'expression de béatitude qui se peignit

sur son visage, elle le regarda savourer son scone. Il avait soudain un air enfantin devant lequel elle se sentit pendant un instant prête à fondre.

— C'est délicieux, dit-il enfin avec un sourire de bien-être.

— Je n'ai donc pas à craindre pour mon job ? fit-elle, taquine.

Apparemment surpris de la voir plaisanter, il la dévisagea d'un air interloqué.

— Je crois que vous avez quelque chose à me dire, dit-elle, se hâtant de revenir au vif du sujet.

— Ah…, fit-il.

Semblant rassembler ses idées, il termina son scone sans en laisser une miette et prit une gorgée de café.

— J'aurais préféré n'avoir jamais à vous dire une chose pareille, Ellie, dit-il enfin comme s'il pesait soigneusement chacun de ses mots. Mais voilà…

Il marqua une pause, la mettant au supplice.

— Amelia Holt est venue à l'hôpital. Elle voulait nous annoncer qu'elle allait déposer une plainte en bonne et due forme. Elle est persuadée que sa tante n'a pas reçu les soins qui s'imposaient et que c'est cela qui a entraîné sa mort.

— Oh non ! murmura-t-elle en se laissant tomber sur une chaise, ses jambes se dérobant sous elle. Qu'aurais-je dû faire, d'après elle ?

— Une péricardiectomie. A l'évidence, elle est allée farfouiller dans des livres, sur internet ou auprès de gens qui croient s'y connaître en médecine.

— Mais on ne pratique pas cette intervention à la légère !

Elle avait la bouche sèche, son cœur battait à tout rompre.

— Enlever le péricarde est très risqué. Le cœur de sa tante était trop faible pour supporter une telle intervention, dit-elle pourtant.

— Je suis d'accord avec vous, Ellie. Ce n'est pas non plus ce que j'aurais prescrit. Quoi qu'il en soit, nous devons prendre sa plainte en considération.

— Qu'allons-nous faire ? demanda-t-elle d'une voix faible.

Elle se sentait trembler et ses mains étaient tellement moites qu'elle dut les essuyer sur son jean.

— Nous allons prendre rendez-vous avec elle pour lui expliquer notre point de vue, répondit-il d'une voix calme. Si elle reconnaît que nous avons eu raison, il n'y aura plus de problème. Dans le cas contraire, nous serons obligés d'accepter une expertise.

— Je comprends... Je... J'ai juste à attendre et...

— Du calme, Ellie, dit-il en lui prenant la main et en la gardant entre les siennes. Tout ira bien. Vous n'avez rien à vous reprocher.

— Je sais, mais...

Elle s'interrompit. Il lui tenait toujours la main. Cela la réconfortait. L'envie de se laisser aller, de s'abandonner à cette pression douce et ferme l'envahit soudain.

— Ne craignez rien, Ellie, dit-il. Je suis de votre côté, j'irai avec vous à cette réunion.

— Merci, dit-elle faiblement. J'apprécie votre soutien.

Il l'observait, semblant attendre qu'elle se soit calmée.

— Bien..., dit-il en lui relâchant lentement la main. Maintenant, promettez-moi de ne plus penser à tout cela jusqu'à la réunion avec Mel.

— J'essaierai, dit-elle dans un murmure en soutenant son regard.

Elle regrettait de ne plus sentir la chaleur de sa main. Pourtant, n'était-il pas absurde de se laisser réconforter par un homme dont le père avait fait voler sa famille en éclats...

— Je suis désolé d'avoir été le messager d'une mauvaise nouvelle, Ellie.

Se ressaisissant, elle hocha la tête.

— Nous avons tous nos soucis, dit-elle. Vous m'avez dit que votre père n'allait pas bien. Il paraît que c'est sérieux ?

— En effet. Il a des problèmes d'insuffisance cardiaque, qui lui rendent la vie assez difficile.

Il sembla faire un effort pour se redresser.

— Mais, vous savez, on peut vivre des années avec ça. A condition d'adopter le mode de vie qui convient.

— Bien sûr, dit-elle, pensant avec une compassion qui la surprit elle-même à l'essoufflement, à l'inconfort et à la fatigue qui en résultaient. Ce doit être un réconfort pour lui de vous avoir. Habitez-vous au manoir ?

— Absolument.

— Je suppose que vous vous entendez bien, tous les deux.

— Très bien. Je suis son seul enfant, il compte sur moi pour m'occuper de tout et préserver le patrimoine familial.

— Votre carrière a pourtant dû vous prendre beaucoup de temps jusqu'à maintenant. On ne devient pas chef de service par hasard.

— En effet, dit-il.

Il semblait prêt à en dire plus quand un léger bruit leur fit tourner la tête. Jayden se tenait dans l'encadrement de la porte, serrant son ours sur son cœur d'une main et se frottant les yeux de l'autre.

— Tu as éteint la lumière, dit-il en regardant Ellie d'un air accusateur. Fallait pas faire ça.

— Oh ! Jayden, mon chéri, je suis désolée ! dit-elle en se précipitant vers lui pour le serrer dans ses bras. Je vais te ramener dans ton lit et je laisserai la porte de ta chambre ouverte et la lumière allumée dans le vestibule. D'accord ?

Le petit bonhomme fit oui de la tête et elle se dirigea vers l'escalier, le tenant par la main.

— Je reviens tout de suite, dit-elle en se tournant vers James.

— Euh…, dit-il, l'air ébahi. Mais… Prenez votre temps. Je dois m'en aller… On m'attend à un dîner.

— Je vois. Si vous devez…

— Qui c'est lui ? demanda Jayden en se serrant peureusement contre ses jambes.

— Le docteur avec qui je travaille à l'hôpital, dit-elle en lui caressant les cheveux.

— Hello Jayden ! fit James avec un sourire.

Encore méfiant, le petit garçon ne répondit pas, mais l'observa à travers ses cils baissés.

— Allons, viens, Jayden, dit-elle d'une voix douce. Il faut dormir. Tu te lèves tôt demain matin pour aller à l'école.

Se tournant de nouveau vers James, elle lui jeta un regard.

— Donnez-moi une minute. Je viens tout de suite vous raccompagner.

— Je vous en prie, répondit-il. Je vais me débrouiller pour trouver la porte. A demain, Ellie.

— Dans ce cas, bonsoir, James.

Déconcertée, elle le regarda sortir. Il avait une expression indéchiffrable, mélange d'incrédulité et de perplexité.

Elle ne comprit qu'une fois qu'il fut parti.

Il avait pris Jayden pour son fils…

3.

— Quelque chose te tracasse, Ellie ? demanda Lewis qui l'accompagnait jusqu'aux urgences. Un problème avec la télévision ? Tu parais soucieuse.

— Vraiment ? demanda-t-elle, masquant son désarroi par un sourire. Pourtant tout va bien, je t'assure.

En ce qui concernait la télévision, c'était vrai. Sa prochaine émission serait enregistrée dans quelques jours, et cela ne lui posait aucun problème.

Quant au reste, c'était une autre affaire…

Comme si elle n'avait pas assez d'ennuis, elle avait reçu le matin même un message inquiétant de Noah. Exactement le genre de message susceptible d'annoncer qu'une catastrophe allait lui exploser à la figure. Il était daté de la veille mais, accaparée par Jayden, elle ne l'avait consulté que ce matin.

> Les choses vont de mieux en mieux. Ai décroché une exclusivité fantastique. Le *Sunday Supplement* d'aujourd'hui publie un article et un reportage photo que j'ai réalisés sur les Birchenall. T'enverrai un exemplaire.

Cela l'avait glacée d'effroi.

Qu'avait bien pu inventer Noah ? Voir réapparaître James lui avait-il inspiré l'idée d'une revanche ? Elle n'avait pas besoin de connaître le contenu du reportage pour deviner qu'il n'était guère bienveillant. En dépit du ressentiment qu'elle-même éprouvait envers lord Birchenall, elle était choquée que l'on puisse donner de lui et de sa famille une image négative.

Malheureusement, il était trop tard pour freiner Noah. On

était lundi, et l'article, prévu dans le magazine du dimanche, était paru la veille. Restait à espérer qu'il ne soit pas tombé sous les yeux de James.

— Est-ce la perspective de la réunion de demain avec Amelia Holt qui t'ennuie ? demanda Lewis, insistant.

— Un peu. Mais je m'efforce de ne pas y penser.

— Tu fais bien. Veux-tu que nous déjeunions ensemble demain ? fit-il avec sollicitude. Tu me raconteras comment cela s'est passé.

Elle accepta d'un signe de tête. Déjeuner avec lui était toujours un plaisir. Mais pour l'instant mieux valait ne pas lui parler de l'e-mail de Noah. Heureusement, ils étaient arrivés aux urgences et elle en profita pour changer de sujet.

— Comment va Lily ? demanda-t-elle. Je suis venue la voir ce week-end avec Jayden, qui était fou de joie de voir sa mère. Devant lui, elle a fait des efforts. Mais je l'ai sentie très déprimée.

— Il faut attendre, répondit-il avec une moue dubitative. Son fils et son mari lui manquent et ce repos forcé lui pèse. C'est mauvais pour son moral et sa tension s'en ressent.

— Son mari a proposé de rentrer de Suisse, mais elle l'en a dissuadé. Elle redoute que ses affaires n'en pâtissent. Il dirige sa propre société. Ils en vivent. Par manque de chance, il a en ce moment des difficultés avec la branche suisse.

— Problèmes de compétition interne ?

— Sans doute, répondit-elle. En tout cas, il lui a promis d'être là pour la naissance. En attendant, ils se parlent tous les jours au téléphone, cela la soutient beaucoup.

— Pour l'instant, je la garde au repos complet. Je ne pratiquerai une césarienne que lorsqu'elle sera stabilisée.

— Avec toi, elle est en bonnes mains ! Cela me rassure !

Il la regarda avec un petit sourire enjôleur.

— C'est uniquement parce que c'est une de tes amies que je la dorlote autant.

Riant tous les deux, ils se séparèrent devant le bureau où elle devait consulter la liste des patients à examiner.

James était là, examinant les comptes rendus du labo, et leva les yeux à son arrivée.

— Bonjour, dit-elle aussi aimablement qu'elle le put, mais il avait l'air hostile.

Il ne répondit que par un bref mouvement de la tête tout en suivant des yeux Lewis qui s'éloignait.

De nouveau, elle eut l'impression qu'il n'appréciait pas la complicité qui existait entre Lewis et elle.

— Je dois m'absenter un moment, dit-il. Pouvez-vous prendre en charge le cas d'angine de poitrine du box 3 ?

Non seulement il lui avait parlé avec brusquerie, mais un muscle tressaillait dans sa mâchoire. Toute son attitude révélait une tension extrême.

— Bien sûr, répondit-elle. Serez-vous absent toute la journée ?

— Je n'en sais rien. Mon père a eu un malaise hier et on vient de m'avertir que son état s'aggrave. Ma place est auprès de lui.

— Je suis désolée, dit-elle doucement, envahie d'une onde de sympathie à son égard.

Voyant qu'il la transperçait de son regard gris, elle se sentit frémir.

Ce qu'elle redoutait s'était produit, il avait lu les journaux du dimanche… C'était la raison de sa froideur…

— James…, commença-t-elle d'une voix étranglée, souhaitant prendre les devants, mais il la coupa.

— J'ai examiné le patient rapidement, dit-il d'un ton glacial. Il faudra sans doute placer un stent. J'ai prescrit des anticoagulants. Il aura aussi besoin d'un bêtabloquant et…

— Je ferai ce qu'il faut, James. Ne vous faites pas de souci.

Mais peut-être n'avait-il plus confiance en elle depuis le décès de la tante de Mel…

Serait-ce plutôt là la raison de sa froideur ?

— Ce n'est pas cela qui me cause du souci, fit-il d'une voix plus tranchante que l'acier.

— Quoi alors ?

— Demandez-le à votre frère, répondit-il, explosant soudain. Son article dans le journal d'hier est un tissu de mensonges. Mon père a toujours été irréprochable en affaires. Il n'a jamais harcelé ni fait chanter personne. Quant à ma vie privée, de quel droit l'étaler dans un vulgaire tabloïd ? Ce qu'a fait votre frère est honteux et impardonnable. Surtout dans l'état où est mon père.

Il laissa retomber le dossier qu'il avait en main et sortit si brusquement qu'elle n'eut pas le temps d'ouvrir la bouche. Elle avait soudain l'impression d'avoir du plomb dans l'estomac.

Ainsi, il avait bel et bien lu le journal.

Mais qu'avait donc pu raconter Noah ?

— Je ne l'ai jamais vu dans un tel état, dit Olivia en entrant dans le bureau. Je le comprends ! Si vous aviez vu l'article ! Il y en a un exemplaire dans la salle de repos. Vous devriez le lire.

— Mais à la fin, de quoi parle-t-il, ce fameux article ? demanda-t-elle, maîtrisant difficilement son agitation.

— De lui et de son père. Mais surtout de lui. Et de sa petite amie, Sophie Granger, qui appartient au gratin du gratin...

— Une petite amie ? Vraiment ? ne put-elle s'empêcher de s'exclamer.

Son cœur était en chute libre dans sa poitrine. Il ne lui était pas venu à l'esprit que James pouvait être avec quelqu'un. C'était pourtant inévitable. Un homme aussi séduisant et un aussi beau parti que lui !

Olivia confirma d'un hochement de tête entendu.

— Sophie Granger appartient à une famille richissime, proche des Birchenall. Le genre née avec une cuillère d'argent dans la bouche. Dans le journal, il y a plusieurs photos de James et de Sophie ensemble dans diverses circonstances.

Elle prit un ton de confidence.

— Mais il y a aussi des photos de lui sortant d'un dîner avec une autre femme. Une jeune femme superbe... L'article le présente comme un incorrigible don Juan.

Le choc était rude. Il lui fallut plusieurs secondes pour l'encaisser.

Mais peut-être rien de tout cela n'était-il vrai. Peut-être Noah s'était-il fait tout un cinéma pour avoir vaguement aperçu de loin James avec une femme...

D'un autre côté, pourquoi James se conduirait-il mieux que les autres hommes ? Elle-même avait connu une expérience désastreuse avec son ex-petit ami. Elle ne savait que trop à quoi s'en tenir sur leur compte.

— Et son père ? demanda-t-elle enfin. Qu'en dit l'article ?

— Que c'est un homme d'affaires impitoyable, fit Olivia avec une grimace consternée. Il paraît qu'il veut étendre son domaine au détriment de son voisin, pour agrandir sa ferme et son verger, et augmenter sa production de lait et de fruits. Le voisin se plaint d'être l'objet de pressions incessantes, apparemment c'est un véritable harcèlement.

— Oh mon Dieu ! gémit-elle.

Quelle mouche avait piqué Noah ? Où était-il allé fouiner, à la recherche d'un scoop sensationnel ?

— Cela me fait de la peine pour James, dit Olivia d'un air sincèrement désolé. Il n'est pas là depuis longtemps, mais il a su se faire aimer. Il est disponible, il nous écoute quand nous avons besoin de parler.

Elle eut un sourire attendri.

— Il s'est même mis à apporter des petits gâteaux et des crackers pour que nous puissions grignoter si nous avons un petit creux. Et il les paie de sa poche. Franchement, Ellie, est-ce qu'il n'est pas un bon patron ?

Que répondre ? Ne sachant plus où elle en était, elle ferma les yeux un instant. Avait-elle raison d'en vouloir à James ? Etait-il responsable du mal que son père leur avait fait, à elle et à sa famille ?

Il fallait qu'elle s'en explique avec lui.

Ce soir, si elle pouvait prendre Jayden un peu plus tard, elle irait le voir.

Et elle lui présenterait ses excuses pour la conduite de Noah.

Quant à Noah… Cela la surprenait qu'il ait agi ainsi. Il était encore jeune et un peu chien fou, mais ils partageaient les mêmes principes de droiture. Son ressentiment envers les Birchenall était-il si violent qu'il les ait enfreints ? Sans doute regrettait-il déjà ce qu'il avait fait.

Dès qu'elle eut une minute à elle, elle l'appela.

— Où avais-tu la tête, Noah, en réalisant ce reportage ? lui demanda-t-elle avec consternation. As-tu mesuré les conséquences ?

— J'ai juste tiré profit du hasard, protesta-t-il. Je passais devant ce restaurant branché quand j'ai vu sortir Birchenall avec une jolie fille qu'il serrait de près. C'est le genre de truc qui se vend bien auprès des magazines. Je vais pouvoir te rembourser ce que je te dois. Tu n'es pas contente ?

— Comment veux-tu que je le sois ! James est mon chef de service.

— Il s'en remettra ! fit Noah avec insouciance. Les gens comme lui ont l'habitude de ce genre de choses. Ils vivent en permanence sous l'œil du public.

Renonçant à lui faire comprendre la situation, elle raccrocha, plus perturbée que jamais. A elle de faire son possible et même l'impossible pour améliorer la situation.

A la fin de son service, elle s'assura que sa voisine pouvait garder Jayden et se hâta de rentrer chez elle pour se changer. Il était important qu'elle se sente à son avantage pour affronter à la fois James et son père.

Après mûre réflexion, elle opta pour une robe bleu nuit à plis souples, un maquillage léger apportant une touche de couleur à son visage. Elle laissa ses longues boucles soyeuses tomber naturellement sur ses épaules.

Cela faisait des années qu'elle n'était pas revenue sur le domaine. En conduisant au coucher du soleil, un flot de souvenirs d'enfance lui revenait à la mémoire.

A l'époque, sa famille vivait dans le pavillon du régisseur, un joli cottage situé sur le domaine. Elle avait passé des étés entiers à explorer les bois environnants avec une joyeuse bande de copains. Ils pêchaient de petits poissons dans le ruisseau qui traversait le domaine, cueillaient des fleurs sauvages dans les champs. Une vie de rêve, jusqu'à ce que son père perde pied et que l'univers familial s'écroule.

Quand le manoir lui apparut au bout de l'allée, elle le contempla avec un mélange d'admiration et de crainte.

Elle avait toujours été impressionnée par cette vieille demeure, avec ses fenêtres à encorbellement garnies de vitraux et sa façade envahie de vigne vierge. C'était un vaste bâtiment au toit de tuiles, avec deux ailes symétriques de part et d'autre d'un corps de bâtiment central. Un large porche y donnait accès.

Mais, aussi beau soit-il, ce lieu avait été à l'origine des malheurs de sa famille. Comment l'oublier ?

Elle gara sa voiture dans l'espace réservé à cet effet et, rassemblant son courage, s'approcha du porche pour actionner la cloche. Son cœur battait à tout rompre.

Comment James et son père réagiraient-ils à son intrusion ?

A sa grande surprise, James lui-même vint ouvrir, vêtu d'un pantalon de toile foncée et d'une chemise ouverte sur son cou hâlé.

— Ellie ?

Il la dévisageait, se demandant visiblement ce qu'elle faisait là.

— Un problème à l'hôpital ? demanda-t-il enfin.

— Non, pas du tout… Euh… Je voulais juste savoir si votre père allait mieux.

Il la scrutait en silence ; elle se tut un instant, gênée, le temps de laisser s'apaiser les battements de son cœur.

— Je tenais à vous dire que je suis désolée du mal que mon frère vous a fait, à vous et à votre père, avec son stupide reportage. Je ne pense pas qu'il…

— Entrez, dit-il enfin.

A sa suite, elle traversa un vestibule de dimensions imposantes et entra dans le salon. Les rayons du soleil couchant filtraient à travers les petits carreaux des fenêtres à encorbellement, répandant une lumière dorée dans la pièce et faisant scintiller des objets précieux dans une vitrine. Posées çà et là sur des guéridons, auprès de photos dans des cadres d'argent, des lampes ajoutaient leur douce lueur à cette ambiance d'un autre âge. Dans la cheminée monumentale au manteau en chêne d'un seul tenant, quelques bûches achevaient de se consumer.

— Comment va votre père ? demanda-t-elle.

James la considérait sans aménité.

— Un événement fâcheux l'a fait rechuter, dit-il sèchement.

— Puis-je vous demander… quel événement ? s'enquit-elle, plus morte que vive.

— La lecture des journaux du dimanche, figurez-vous. Le choc a fatigué son cœur et entraîné de sérieux troubles respiratoires. Je l'ai mis sous oxygène et lui ai administré ce qu'il fallait pour le soulager, mais aujourd'hui la presse l'a bombardé de coups de fil. Des journalistes ont littéralement fait le siège du manoir.

— Je n'en ai vu aucun.

— J'ai demandé à la police de les déloger.

Consternée, elle le vit s'assombrir.

— Mon père ne peut supporter aucune pression en ce moment.

— J'en suis bien consciente. Je suis très mal à l'aise à cause de ce qui s'est passé. Je ne pense pas que Noah ait mesuré la portée de son acte.

A sa grande surprise, il lui prit soudain le menton dans la main.

— C'est lui qui devrait être ici en train de s'excuser, pas vous.

Troublée par ce contact qui ressemblait trop à une caresse, elle chercha en vain que répondre.

— Voulez-vous boire quelque chose, Ellie ? demanda-t-il en se dirigeant vers une table chargée de verres et de flacons de cristal emplis de liquides ambrés.

— Un jus de fruits, si vous en avez. Je conduis.

Elle avait la gorge sèche, mais aussi terriblement besoin de quelque chose de reconstituant.

— Comme vous voulez, dit-il.

Il remplit un verre de glaçons et de jus de fruits, qu'il lui apporta avant de se servir une mesure de whisky.

— Comme cette pièce a du charme ! dit-elle en regardant autour d'elle. Je crois n'y être jamais entrée à l'époque. Quand j'apportais un message de la part de mon père, je passais par la porte de service. Votre gouvernante me donnait un cookie ou une part de tarte. Je crois que c'est grâce à elle que j'ai développé la passion de la cuisine.

— Harriet est toujours avec nous, dit-il en souriant. Mais elle travaille moins maintenant. Je l'aime beaucoup.

Elle m'a pris sous son aile après la mort de ma mère. Pour moi, elle est un peu une seconde mère.

— Il y a plusieurs photos de votre mère dans cette pièce, dit-elle après un instant d'hésitation. Vous deviez être très jeune quand elle a disparu.

— J'avais à peine onze ans.

Elle se sentit voler de tout son cœur vers le jeune garçon livré au chagrin et à l'angoisse qu'il avait dû être.

— Cela a dû être un terrible choc, murmura-t-elle.

— Oui, terrible. Pourtant, elle était malade depuis longtemps. Je n'étais qu'un gosse et je rêvais d'avoir le pouvoir de la guérir.

Sentant croître sa compassion, elle s'enhardit et lui pressa brièvement le bras.

— Mais il y a de bons côtés à tout, fit-il pensivement. C'est ce qui m'a décidé à devenir médecin.

— Comment votre père a-t-il accepté cette décision ? Il aurait sans doute préféré que vous vous établissiez ici pour gérer le domaine.

— En effet, cela a généré des tensions entre nous. Avec le recul, je me rends compte que c'est la mort de ma mère qui a rendu mon père moins tolérant à l'égard des autres.

Et si elle touchait enfin du doigt la raison pour laquelle son propre père avait été congédié sans états d'âme par le père de James ?

Elle était perdue dans ses réflexions quand la porte s'ouvrit. A son grand émoi, elle vit entrer lord Birchenall. Il avait les mêmes traits réguliers que par le passé, mais ses cheveux étaient gris à présent et il marchait lentement en se tenant voûté. La même impression d'autorité qu'autrefois se dégageait pourtant de toute sa personne.

— James…, commença-t-il, mais il s'interrompit brusquement en voyant que son fils n'était pas seul.

Elle se sentit jaugée par le profond regard sombre qui s'appesantissait sur elle.

— Je ne crois pas avoir le plaisir de vous connaître, mademoiselle, dit-il avant de jeter un coup d'œil vers son fils, attendant visiblement que celui-ci fasse les présentations.

— C'est Ellie, père, dit-il. Vous ne la reconnaissez peut-être pas, elle a beaucoup changé. Elle est la fille de John Saunders.

Le vieil homme se redressa, ses yeux noirs lançant des éclairs.

— Comment osez-vous paraître ici après les insanités que votre frère a écrites sur notre compte ?

Sa respiration devint rauque et ses joues se colorèrent de façon inquiétante.

— Je n'ai pas lu l'article, répondit-elle, résolue à rester calme. Mais je comprends qu'il vous ait bouleversé.

Pour toute réponse, il la fusilla du regard et ricana. Coûte que coûte, elle irait au bout de sa démarche.

— Si je suis venue, dit-elle fermement, c'est précisément pour m'excuser de l'acte irréfléchi de mon frère. Je suis sûre qu'il n'a pas pensé aux conséquences. Mais vous devez aussi comprendre qu'il vous en veut de ce qui est arrivé à notre père. Je pense qu'il a saisi, en toute naïveté, une occasion de rétablir la balance, en quelque sorte.

Voyant à l'air excédé de lord Birchenall qu'il ne désarmait pas, elle se hâta de poursuivre.

— Je n'approuve pas ce qu'il a fait. J'essaie simplement d'expliquer ce qu'il y a derrière son geste.

— Pourquoi prendre sa revanche maintenant, après tout ce temps ? rétorqua lord Birchenall.

Soudain mal à l'aise, elle se sentit rougir.

— Je pense que c'est parce que James… pardon, votre fils et moi travaillons ensemble à l'hôpital. Cela a ravivé ses souvenirs. Noah n'était qu'un enfant quand mon père a perdu son travail. C'est maintenant, en tant qu'adulte, qu'il peut exprimer combien cela a été destructeur sur lui. Je ne savais pas que vous étiez malade et je suis désolée que cela vous ait fait du mal.

— Je me souviens de vous à présent, dit-il en la toisant. Vous étiez une jeune personne déchaînée et peu recommandable, vous semiez la pagaille dans le village et partout sur votre passage. Cela aussi, c'est ma faute, je suppose ?

Elle se sentit blêmir. Après l'effondrement de sa famille

elle n'avait pas très bien tourné et avait même frôlé la délinquance. Pourtant, la violence de l'attaque du vieux lord la surprit. Tremblante, ne sachant plus que dire, elle désespérait de se sortir de ce mauvais pas quand James vint se placer à son côté.

— C'est pour s'excuser qu'Ellie est venue, père, dit-il fermement. Il est inutile de jeter de l'huile sur le feu.

Mais lord Birchenall la tenait toujours sous son regard implacable.

— Votre père s'est montré d'une négligence inadmissible dans son travail, dit-il, martelant ses mots. En dépit de mes avertissements, il ne s'est pas repris. Il a eu ce qu'il méritait. Il est seul responsable de ce qui lui est arrivé.

— Mon père a travaillé pour vous de façon exemplaire des années durant, répondit-elle, la voix vibrante. Quand il a flanché, c'est qu'il était malade. Etre congédié, privé de moyens et de domicile, avec le sentiment de ne pouvoir rien faire pour sa famille, l'a entraîné dans une spirale infernale.

— Vous devriez nous présenter des excuses en son nom, plutôt que de le défendre, laissa tomber le vieux lord avec une moue méprisante.

Puis, comme s'il la considérait comme quantité négligeable, il se tourna vers son fils.

— James, dit-il, j'étais venu te dire que Sophie a téléphoné.

Il sembla soudain vaciller sur ses jambes et tendit la main vers une chaise. Se précipitant, James lui offrit un bras secourable et l'aida à s'asseoir. Le vieux lord paraissait à présent très essoufflé et ne reprit la parole qu'au bout de quelques instants.

— Elle aussi a lu cet ignoble article, dit-il d'une voix sifflante. Il lui a fait beaucoup de peine. Je l'ai invitée à venir dîner avec vous. Elle a besoin d'être réconfortée.

— Père, je vous promets que Sophie ne restera pas peinée très longtemps, répondit James.

Elle sentit son cœur se serrer. James devait être bien confiant dans sa relation avec Sophie pour être sûr de la consoler si facilement. Décidément, elle n'avait plus rien à faire ici.

— Je vais y aller, dit-elle en reposant son verre. Il faut que j'aille prendre Jayden chez une amie.

A l'évocation de Jayden, James lança un bref coup d'œil à sa main gauche. Mais le moment n'était pas propice aux explications. D'ailleurs, elle avait eu tort de venir. Cela n'avait pas calmé lord Birchenall, au contraire. En outre, James s'apprêtait à recevoir sa petite amie pour le dîner. Elle dérangeait, c'était évident.

— Au revoir, lord Birchenall, dit-elle.

— Au revoir, mademoiselle Saunders, répondit-il en grommelant.

— C'est à présent le *docteur* Saunders, dit James.

Mais son père ne daigna pas réagir et elle laissa James la prendre par le coude pour la raccompagner.

— Je suis désolé de la façon dont mon père vous a traitée, lui dit-il quand ils eurent quitté le salon.

— C'est sans importance, murmura-t-elle.

Qu'il lui tienne fermement le bras était tellement réconfortant ! Pendant un bref instant, elle s'abandonna à l'illusion que si elle pouvait s'appuyer contre lui, tous ses problèmes s'envoleraient comme par enchantement.

— Mon père a toujours été très direct, dit-il. Je reconnais que c'est une qualité à double tranchant…

— C'est le moins qu'on puisse dire, répondit-elle en soupirant. Bonsoir, James.

— Bonsoir, Ellie, dit-il en ouvrant la porte donnant sous le porche.

Il était urgent qu'elle quitte ces lieux. Elle avait été bien naïve de s'imaginer pouvoir arranger les choses. Elle repartait plus troublée qu'elle n'était arrivée.

Et les raisons de son trouble étaient de moins en moins claires…

4.

— Elle va rentrer quand à la maison, ma maman ?

En avalant les céréales du petit déjeuner, Jayden fixait Ellie avec de grands yeux interrogatifs.

Cela la rappela à l'ordre. Ses pensées l'avaient entraînée très loin. Trop loin. Vers James et le trouble qu'elle ressentait auprès de lui. S'abandonner à ses émotions serait dangereux. Elle savait maintenant qu'il avait hélas une petite amie…

Croisant le regard confiant de Jayden, elle lui sourit.

— Ta maman va beaucoup mieux, mon chéri. Quand le bébé sera né, elle pourra revenir très vite à la maison.

— Elle laissera le bébé à l'hôpital ?

— Mais non ! Quelle drôle d'idée, Jayden !

— Je veux pas que maman ait un bébé, dit-il en se tortillant sur sa chaise. Pourquoi elle le donne pas à l'infirmière ?

— Ne dis pas ça ! Tu seras très content d'avoir un petit frère ou une petite sœur pour jouer plus tard avec toi.

— J'en ai pas besoin. J'ai plein d'amis.

Inquiète de la réaction du petit bonhomme, elle s'empressa, dès son arrivée à l'hôpital, d'en parler à Olivia.

— Réjouis-toi qu'il s'exprime, Ellie, lui répondit celle-ci. Il n'y a rien de pire que les enfants qui refoulent leur angoisse et sont ensuite d'une jalousie incurable.

— Tu as raison. Il faut juste que je trouve un moyen de l'aider à surmonter ses craintes avant l'arrivée du bébé.

Se préoccuper de Jayden l'empêchait au moins de penser au rendez-vous avec Amelia Holt, prévu en fin de matinée. Mais, l'heure approchant, elle sentit renaître son appréhension. Malheureusement, personne n'aurait pu sauver Grace Holt. Mais Amelia ne le reconnaîtrait jamais. Cela signifiait une plainte devant un tribunal, un procès et, pour elle, des effets désastreux sur sa carrière.

Certes, James serait présent au rendez-vous. Mais elle ne savait plus si elle devait en être rassurée ou troublée, tant en sa présence elle se sentait dominée par ses émotions.

Passant devant une salle de soins où elle le vit aux prises avec un cas délicat, elle ne put s'empêcher de s'arrêter. Admirative, elle observa à travers la vitre la sollicitude et l'efficacité avec lesquelles il s'occupait de son patient. Visiblement en proie à des difficultés respiratoires, celui-ci semblait souffrir beaucoup.

Tout à coup, le malheureux parut perdre connaissance. Les écrans de contrôle affichèrent un effondrement du rythme cardiaque et de la pression artérielle, et les moniteurs firent entendre leurs bip-bip et leurs sonneries stridentes.

Sans hésiter, elle se précipita dans la salle.

— Besoin d'aide ? demanda-t-elle.

— Oui, merci, répondit James d'un ton bref en se saisissant du matériel d'intubation.

— Quelle est exactement la pathologie de ce patient ?

— Je suspecte une inflammation aiguë du pancréas. Il s'est plaint de douleurs abdominales irradiant dans le dos et il a beaucoup vomi. En outre, fit-il d'un air soucieux, il a une maigreur d'anorexique.

— C'est vrai, à l'exception d'un ballonnement abdominal anormal, répondit-elle.

— Pouvez-vous poser la sonde naso-gastrique ? demanda-t-il une fois l'intubation réalisée. Il a tellement vomi que je redoute qu'il s'étrangle.

— D'accord, répondit-elle, le laissant vérifier l'oxygénation du patient.

— Il est complètement déshydraté, fit-il remarquer, l'air soucieux. A ce rythme, les reins ne vont pas tenir.

— Je prépare un goutte-à-goutte, dit-elle. Lui avez-vous donné un analgésique ?

— Je vais lui administrer de la mépéridine.

Elle soupira intérieurement. Si seulement elle possédait une infime partie de son assurance… Depuis la mort de Grace Holt, elle doutait d'elle-même et de ce qu'elle faisait. Même pour des choses aussi basiques que la mise en place d'un cathéter ou la stérilisation des instruments, elle envisageait les pires conséquences.

— Tout va bien, Ellie ? lui demanda-t-il soudain, la faisant sursauter.

Il fixait sur elle un regard inquisiteur. A l'évidence, il avait perçu son angoisse. Il allait falloir qu'elle se surveille. Ce serait terrible si lui aussi se mettait à douter de son professionnalisme.

— Tout va très bien, répondit-elle en se concentrant pour placer un cathéter dans le bras du patient.

— Je vais faire pratiquer un scanner, dit James. En l'occurrence, je ne pense pas que l'inflammation du pancréas soit due à des calculs biliaires, comme c'est souvent le cas.

— A quoi est-elle due selon vous ?

— Peut-être à un abcès. Ou à une inflammation générale. En attendant les résultats, je vais le placer sous antibiotiques puissants. Je suis à peu près sûr qu'il y a une infection.

De nouveau, elle se sentit scrutée par son regard perspicace.

— Etes-vous sûre d'aller bien, Ellie ? demanda-t-il pour la seconde fois.

— Tout à fait sûre.

— Tant mieux, répondit-il en la dévisageant comme s'il en doutait. Dès que nous aurons fini ici, nous préparerons l'entrevue avec Amelia Holt. Quoi qu'elle prétende, Ellie, rappelez-vous que vous avez fait ce qu'il fallait. Vous n'êtes pas responsable de la mort de sa tante.

La gorge nouée, elle hocha la tête, sentant l'anxiété revenir au triple galop.

— Vous êtes très pâle. Est-ce la perspective de rencontrer votre vieille amie de classe qui vous trouble à ce point ?

— Je ne pense pas qu'elle se considère encore comme mon amie, dit-elle avec amertume.

Elle aurait voulu se montrer intrépide et sûre d'elle, mais

face à l'intensité de son regard elle se sentit incapable de dissimulation.

— J'avoue éprouver un peu d'appréhension, dit-elle.

— Je serai là, répondit-il en lui pressant la main. A nous deux, nous devrions la persuader qu'elle n'a aucune raison de porter plainte.

— Je l'espère !

Elle était loin d'être aussi optimiste que lui. Amelia avait toujours été excessive. Son chagrin ne pouvait que la rendre plus agressive.

— Essayez de ne pas vous en faire, Ellie.

— Je fais de mon mieux.

Le sourire plein de sollicitude qu'il lui adressa l'émut au plus profond d'elle-même. Seul un homme de cœur pouvait adresser un sourire pareil. C'était inouï qu'il soit aussi différent de son père...

— Comment va votre père ? demanda-t-elle pourtant, sachant qu'il se faisait du souci pour lui. Je m'en veux d'être venue hier soir au manoir. J'ai fait plus de mal que de bien.

— Décidément, vous culpabilisez pour tout ! dit-il avec un petit sourire amusé. Mais c'est moi qui suis désolé qu'il vous ait traitée comme il l'a fait. La maladie le rend particulièrement ombrageux.

Il soupira, l'air préoccupé.

— Son cœur est très atteint. Pour quelqu'un comme lui, c'est insupportable de se sentir fragilisé. Tout ce que je peux faire, hélas, c'est lui rendre les choses moins pénibles.

Il s'interrompit pour donner ses instructions pendant que leur patient, David Lengley, était emmené au scanner.

— Suivez-moi dans mon bureau, dit-il quand le chariot eut quitté la salle.

Le bureau où il avait choisi de s'installer ouvrait sur une cour tranquille fleurie de fuchsias et de géraniums. Il n'était là que depuis peu, mais le lieu reflétait déjà sa personnalité. Un grand bureau d'acajou et trois sièges de cuir d'aspect confortable formaient l'essentiel de l'ameublement. Au mur, quelques aquarelles représentaient de paisibles paysages de campagne. Une impression de sérénité se dégageait de l'ensemble. Les patients et leurs familles devaient s'y sentir en confiance.

Se dirigeant vers une machine à café installée dans un coin de la pièce, il lui en versa une tasse.

— Servez-vous en lait et en sucre, dit-il en sortant un paquet de biscuits d'un placard et en les disposant sur une assiette qu'il posa devant elle. Et prenez un biscuit. Cela fait du bien de grignoter quelque chose quand on est sur les nerfs.

Etre sur les nerfs lui coupait plutôt l'appétit mais, incapable de lui résister, elle en prit un.

— Vous ne m'avez pas dit ce qu'étaient devenus vos parents, demanda-t-il en s'asseyant en face d'elle. Comment vont-ils à présent ?

Comprenant qu'il faisait son possible pour lui éviter de céder au stress, elle se sentit fondre de reconnaissance.

— Mon père a retrouvé un travail de régisseur sur un domaine agricole. La propriété est loin d'être aussi grande que celle des Birchenall, mais cela semble lui convenir.

Elle s'interrompit pour avaler une gorgée de café.

— Je le vois souvent. Soit il vient dîner à la maison avec Noah, soit c'est nous qui allons chez lui.

— Et votre mère ?

— Il y a longtemps que je ne l'ai pas vue, murmura-t-elle. Elle a fait une dépression profonde quand nous avons dû quitter le pavillon. Il a fallu l'hospitaliser. Le traitement lui a fait du bien, mais à peine sortie de l'hôpital, elle a fui le Cheshire pour s'installer dans un petit village du Pays de Galles. Depuis, nous avons perdu le contact avec elle.

— Cela explique peut-être pourquoi vous êtes sortie du droit chemin dans votre adolescence, répondit-il d'un ton songeur. Etre abandonnée par sa mère est terrible.

— En fait, elle a proposé à Noah et à moi de venir avec elle. Mais c'était une offre de pure forme. Nous nous sentions mieux aimés et plus soutenus par notre père, en dépit des problèmes qu'il avait à surmonter, et nous n'avons pas hésité à rester avec lui. Je le reconnais, dit-elle, le rouge lui montant aux joues à ce souvenir, j'ai ensuite mal tourné. Votre père a eu raison de le rappeler.

Ce qu'elle avait retenu de cette époque était amer. Quand on a été trahie par sa propre mère, à qui faire confiance ? Elle en avait voulu à la terre entière. Pas étonnant qu'elle ait été une adolescente rebelle, qu'elle ait fait les quatre cents coups et qu'elle se soit attiré les pires ennuis.

En l'écoutant, James semblait faire un effort de mémoire.

— C'est à ce moment que j'ai quitté le domaine pour faire mes études de médecine, dit-il, et je n'ai pas tout su. Mais vos ennuis n'avaient-ils pas à voir avec l'alcool, la vie nocturne et quelques équipées sauvages ?

— Quelque chose comme ça, fit-elle, honteuse et rougissante au souvenir de ses incartades.

— Vous traversiez une période difficile, dit-il d'un ton compréhensif. Je sais ce que c'est d'être privé de sa mère. Mais moi, j'avais la chance d'avoir mon père et Harriet pour m'aider dans les mauvais moments. Votre mère n'a pas essayé de reprendre contact avec vous ?

— Pas vraiment. A part une carte pour Noël... et encore...

Elle se sentait ramenée loin en arrière quand un coup frappé à la porte la rappela à la réalité.

Cette fois, elle ne pouvait échapper à la confrontation tant redoutée.

Une assistante introduisait Amelia Holt...

Son ancienne camarade de classe semblait particulièrement tendue. Quand elle se leva pour l'accueillir, elle ne lui accorda pas un regard. Avec sa coupe de cheveux au carré, son strict tailleur bleu cintré à la taille, son pas décidé, elle donnait l'impression d'une femme d'affaires venue défendre un dossier bec et ongles.

D'emblée, James fit visiblement le maximum pour détendre l'atmosphère.

— Nous sommes ici pour comprendre les raisons de votre plainte et éclaircir ensemble la situation, dit-il après avoir invité Mel à s'asseoir et lui avoir offert un café.

Mais il eut beau argumenter, elle se révéla intraitable. Après une longue discussion où pourtant le traitement réservé à Grace Holt lui avait été une fois de plus exposé dans tous ses détails, elle déclara :

— Si vous aviez fait davantage pour ma tante, elle serait encore en vie. Je sais qu'elle avait une faiblesse cardiaque, mais si le docteur Saunders avait réagi plus rapidement, elle aurait été sauvée.

— J'ai lu attentivement les comptes rendus qui ont été faits, répliqua James en désignant le dossier de Grace Holt. Je peux vous affirmer en conscience que le docteur Saunders a fait ce qu'il fallait. Son diagnostic a été rapide et pertinent. Le protocole de soins qu'elle a prescrit était celui qui s'imposait. Aucun de nous n'aurait pu faire mieux.

— C'est ce que vous prétendez, répondit Amelia en pinçant les lèvres. Mais je souhaite qu'un expert indépendant examine le dossier.

— C'est votre droit le plus strict, répondit calmement James.

Fermant les yeux, Ellie sentit la nausée l'envahir. Pendant des mois, elle aurait cette épée de Damoclès au-dessus de sa tête. Le doute s'insinuerait, ses collègues se demanderaient si tout compte fait elle n'avait pas commis une erreur…

— Restons-en là pour aujourd'hui, dit sèchement Amelia en se levant. Pourrez-vous m'informer de la date de la prochaine confrontation ?

— Naturellement, répondit James.

Le suivant des yeux tandis qu'il raccompagnait Amelia jusqu'à la porte, Ellie se sentit envahie par la détresse. Pas une seule fois au cours de la discussion sa vieille amie n'avait eu un regard pour elle…

— Cela aurait pu mieux se passer, fit tristement James en revenant vers elle.

Baissant la tête, elle se cacha le visage derrière ses longues boucles brunes. Il n'était pas utile que James voit à quel point elle était désespérée.

— Je vois que vous êtes déçue, dit-il en lui entourant les épaules de son bras, la forçant à relever la tête et à rejeter ses cheveux en arrière. Mais la situation n'est pas aussi grave qu'elle en a l'air. Personne dans la profession ne donnerait raison à Amelia. Vous avez fait exactement ce qu'il fallait.

Il lui sourit d'un air encourageant.

— Si nous allions déjeuner pour en parler tranquillement ?

— Mel semblait tellement acharnée, dit-elle avec un soupir. Dire que nous étions amies dans notre enfance. Nous nous racontions nos petits secrets, elle me consolait quand j'allais mal…

— Elle est encore sous le choc de son deuil, dit-il d'un ton conciliant. Alors, ce déjeuner ?

Elle était sur le point d'accepter quand elle se rappela qu'elle avait prévu de déjeuner avec Lewis. Cela tombait mal. Elle aurait voulu passer encore un peu de temps avec James. Voir qu'il se rangeait résolument à ses côtés, qu'il semblait prêt à se battre pour elle, lui faisait un bien fou.

— Je suis désolée, dit-elle. Mais j'ai rendez-vous avec Lewis pour le déjeuner. Il s'inquiète de l'entrevue avec Amelia. Et de mon côté je m'inquiète pour l'une de ses patientes. Il s'agit de ma voisine, Lily. Elle souffre de prééclampsie et Lewis pense qu'il sera obligé de pratiquer une césarienne.

— Et cela ne vous gêne pas ? demanda-t-il d'un air étrangement contrarié.

— Quoi donc ? Qu'il pratique une césarienne ?

— Qu'il divulgue des informations sur une de ses patientes.

— Oh ! rassurez-vous ! répondit-elle, surprise de sa réaction. Il ne me dira rien de confidentiel.

Mais il continuait de l'observer d'une drôle de façon.

— Vous voyez beaucoup Lewis, n'est-ce pas ? demanda-t-il en lui emprisonnant brusquement la main. J'ai l'impression que vous êtes très amis, tous les deux.

— C'est vrai, dit-elle, ne comprenant pas où il voulait en venir. Il y a longtemps que nous nous connaissons. Quel est le problème ?

— Vous ne pensez pas que vous lui plaisez peut-être un peu trop ?

— Que signifie cette question ? demanda-t-elle, sur la défensive.

— Il m'a semblé se permettre beaucoup de familiarités avec vous. Ne me dites pas que vous ne le remarquez pas.

— Cela ne m'a jamais frappée, fit-elle, interloquée.

— Hum… fit-il, comme s'il ne la croyait pas. Vous n'ignorez pas que son couple bat de l'aile en ce moment.

Elle en resta bouche bée. Il y avait bien eu quelques rumeurs, mais elle n'y avait pas prêté attention.

— Tous les couples ont des hauts et des bas, dit-elle. Il ne faut pas croire les bruits de couloir.

— Je ne vous parle pas de ce que j'entends, mais de ce que je vois, Ellie. Je vous demande de rester prudente dans vos relations avec lui. Lewis est mon cousin et je l'aime comme un frère. Je me fais du souci pour lui. Il est vulnérable en ce moment et si vous lui donniez ne serait-ce que l'ombre d'une chance, il pourrait faire des choix qu'il regretterait ensuite.

Lui arrachant sa main avec indignation, elle le regarda en face.

— Comment osez-vous me parler ainsi ? Me croyez-vous capable d'une aventure avec un homme marié ?

— Je vous donnais simplement un conseil d'ami, dit-il froidement. Je vois que vous n'en êtes pas consciente, mais radio-couloir bruisse de rumeurs sur vous et lui. On murmure que vous êtes plus ou moins ensemble tous les deux. Attention, Ellie. Cela peut vous causer du tort à l'un et à l'autre.

— Merci du souci que vous vous faites pour moi, dit-elle sèchement. Je suis assez grande pour savoir ce que je fais. Et Lewis aussi. Quoi qu'il y ait entre nous, ce n'est pas votre affaire, cousin ou pas cousin.

Ouvrant violemment la porte, elle sortit, écumant de colère. Elle, une aventure avec Lewis ? Comment osait-il suggérer une chose pareille ?

Elle bouillait encore en arrivant à la cafétéria mais parvint à se calmer en garnissant son plateau et en allant s'asseoir à une table. Elle avait été trop sotte de croire que James lui faisait confiance. Elle aurait dû s'attendre au retour de bâton. Comme tout le monde en ce moment, il doutait d'elle et était prêt à croire n'importe quel racontar. Elle était vraiment seule contre tous…

— Salut, Ellie !

Levant les yeux, elle aperçut Lewis qui s'installa avec son plateau en face d'elle.

— Pardon pour le retard, dit-il, j'ai eu une matinée difficile. La patiente qui souffre d'un *placenta praevia* a fait une nouvelle hémorragie. Il a fallu la transporter au bloc en urgence. C'était ça ou le risque qu'elle perde son bébé.

— Tu parles de Phoebe ? Comment cela s'est-il terminé ?

— Bien. Il a fallu la transfuser, mais elle récupère et le bébé n'est plus en danger.

— Cela me fait plaisir, répondit-elle avec un sourire en attaquant ses lasagnes. Maintenant, parle-moi de Lily. Je n'ose pas l'interroger quand je viens la voir, surtout si Jayden est avec moi.

— J'aurais préféré te dire que les symptômes avaient disparu, répondit-il avec une moue dubitative. Nous surveillons sa tension et la présence de protéines dans les urines. Il est encore trop tôt pour la naissance, c'est pourquoi nous restons vigilants.

— A-t-elle eu de nouvelles crises ?

— Non, grâce au traitement préventif que j'ai prescrit.

Le temps lui semblait toujours court quand elle était avec Lewis. Cependant, les paroles de James lui trottaient dans la tête. Se pouvait-il que Lewis se montre entreprenant avec elle ? Il est vrai qu'il était toujours empressé et attentif. Mais n'était-ce pas là le simple effet de leur vieille complicité ?

— Il faut que j'y aille ! dit-elle soudain en regardant sa montre. Je devrais déjà être de retour aux urgences.

Sa hâte sembla amuser Lewis.

— Attention ! dit-il avec un sourire moqueur. Cela ferait mauvais effet. Ton nouveau patron pourrait te mettre une mauvaise note.

Elle se força à sourire.

Lewis était toujours prompt à plaisanter, mais pour ce qui était de faire mauvaise impression à James, le mal était déjà fait. Son emportement du matin était venu s'ajouter à une liste déjà longue. En peu de temps, James avait pu constater qu'elle avait un passé douteux, qu'une plainte était déposée contre elle, qu'elle n'avait pas craint de venir provoquer lord Birchenall chez lui et qu'elle était sujette à de brusques explosions de colère.

Bref, le genre de personne que l'on est enchanté de compter dans son équipe…

Heureusement, elle ne le vit pas du reste de l'après-midi, ce qui ne l'empêcha pas de se sentir fatiguée et mal dans sa peau en arrivant chez elle. La sonnerie insistante du téléphone l'accueillit.

C'était Noah, à qui elle ne put cacher sa mauvaise humeur.

— Qu'est-ce qui ne va pas ? demanda-t-il d'un ton inquiet.

— Tout, répondit-elle avant de lui raconter l'entrevue désastreuse avec Amelia et surtout les insinuations de James sur sa relation avec Lewis.

— Ne t'occupe pas de ce qu'il raconte et cesse de dramatiser, dit-il quand elle eut fini. Tu vois les choses en noir parce que, entre l'hôpital, tes émissions à la télé et Jayden par-dessus le marché, tu es débordée, fatiguée.

— Peut-être, murmura-t-elle, peu convaincue.

Mais ce coup de fil eut quand même un avantage : la rassurer sur la carrière de Noah.

— Je reçois de plus en plus de commandes de photos, lui avait-il dit, très excité. Le vent tourne enfin en ma faveur.

En surveillant Jayden qui découpait avec application des fleurs dans des serviettes en papier et les collait sur un morceau de carton bleu, elle attaqua machinalement quelques tâches ménagères.

— Regarde, s'écria Jayden en brandissant victorieusement le résultat de ses travaux. C'est une carte pour maman.

— Oh, la belle carte ! Ta maman sera très contente. Nous la lui apporterons à l'hôpital.

— Tu as vu ? J'ai mis plein de bisous dessus.

— Super ! fit-elle en se penchant avec un sourire sur les petits points de toutes les couleurs qui parsemaient l'œuvre d'art. Et maintenant que dirais-tu d'aller au lit ?

— Oh non ! Je suis pas fatigué du tout. Chez moi, je me couche jamais si tôt, dit-il d'un air enjôleur.

Amusée, elle le prit par la main.

— Viens te coucher quand même. Je te lirai une histoire puisque tu n'as pas sommeil.

Mais à peine la tête sur l'oreiller, le petit bonhomme sombra dans un profond sommeil. Laissant sa porte entrouverte, elle redescendit à pas de loup et terminait de ranger la cuisine quand un coup de sonnette retentit à la porte.

Une visite à cette heure avancée de la soirée, c'était étrange. Espérant qu'elle n'annonçait pas une nouvelle catastrophe, elle alla ouvrir.

Stupéfaite, elle vit James debout sur le seuil.

— J'espère que je ne vous dérange pas ? demanda-t-il, semblant avoir retrouvé son ton courtois. Il est tard, mais je termine juste ma journée. Comme vous êtes sur mon chemin de retour, j'ai pensé que c'était l'occasion de parler tranquillement.

— Dans ce cas, ne restez pas sur le pas de la porte, dit-elle en le faisant entrer.

Perplexe sur ce que réservait cette visite impromptue, elle le guida jusqu'au salon et débarrassa rapidement le canapé où Jayden avait laissé traîner ses petites voitures.

— Asseyez-vous, je vous en prie.

— Je suppose que Jayden est au lit à cette heure-ci, dit-il en prenant place sur le canapé.

— Oui. Il proteste toujours pour aller se coucher, mais il s'endort sans demander son reste.

Pour se donner une contenance, elle rassembla fébrilement les magazines épars dans la pièce et les rangea dans le porte-journaux. Comment ne pas avoir conscience du regard qu'il posait sur elle tandis qu'elle allait et venait ?

— Je suppose que vous êtes débordée, dit-il. Travailler à l'hôpital, assurer des émissions à la télévision, s'occuper d'un enfant, c'est beaucoup.

— C'est le cas de beaucoup de femmes, répondit-elle en saisissant un coussin qu'elle tapota plus que de raison avant de le déposer dans un fauteuil.

N'importe quoi pour rester occupée et retarder le moment de s'asseoir face à lui et de commencer à parler… D'autant qu'il avait lui-même l'air embarrassé et semblait hésiter à commencer la discussion, ce qui n'avait rien de rassurant…

— Puis-je vous poser une question ? demanda-t-il enfin d'un ton excessivement précautionneux.

— Euh… oui. Laquelle ?

— Où est le père de Jayden ?

Ah ! c'était donc cela ! Il méritait qu'elle fasse durer un peu le suspense.

— En Suisse, répondit-elle, imperturbable. Occupé à résoudre de graves problèmes pour la société qu'il dirige. Des problèmes financiers et des problèmes de personnel. Mais il fait parfois un saut jusqu'ici.

— Oh ! je vois…

— Vous ne voyez pas du tout !

Eclatant de rire, elle vint s'asseoir dans le fauteuil en face de lui.

— Jayden est le petit garçon de ma voisine, Lily. Vous savez, la patiente hospitalisée pour une prééclampsie.

— J'avais tout faux, dit-il d'un air contrit. Cela m'apprendra à me méfier des conclusions hâtives.

— Un principe que vous feriez bien d'appliquer…, dit-elle avec malice, pensant à ses insinuations sur Lewis et elle.

— Comment vous en sortez-vous avec cet enfant ?

— Plutôt bien, je pense. Il a l'air heureux ici. Mais cela le perturbe beaucoup que sa mère ait un bébé. Il pense qu'elle devrait le donner à quelqu'un.

— Classique mais fâcheux, dit-il en souriant.

— Oui ! Je ne sais pas comment résoudre le problème.

— Il existe sûrement des livres pour enfants qui racontent l'arrivée d'un bébé dans une famille. Cela peut l'aider à voir la situation sous un autre jour.

— Quelle bonne idée ! dit-elle. Comment n'y ai-je pas pensé ? Dès demain, je ferai un saut à la librairie pour choisir un ou deux albums.

Elle commençait à se sentir moins gênée par sa présence. Mais cela ne lui disait toujours pas pourquoi il était là.

— Puis-je connaître la raison de votre visite ? demanda-t-elle.

— J'estime avoir été indélicat à votre égard ce matin. Je

suis venu pour m'excuser. Vous aviez raison, Ellie. Ce qu'il y a entre Lewis et vous ne me regarde pas.

— J'ai été moi-même un peu vive, reconnut-elle. Je redoute d'avoir eu une réaction excessive.

— Je suis heureux si le problème est réglé ! dit-il en se levant et en faisant un pas vers elle. J'aimerais qu'il n'y ait pas de tension entre nous.

— D'autant plus que nous nous voyons tous les jours, dit-elle en se levant à son tour.

Surprise, elle le vit se rapprocher davantage. Avant qu'elle ait pu réagir, il avait posé ses mains sur ses bras nus. Se maudissant de porter un léger corsage sans manches, elle sentit des ondes de chaleur courir sur sa peau.

— Et nous allons peut-être nous voir plus que vous ne le pensez, dit-il en souriant.

— Comment cela ? demanda-t-elle, le souffle un peu court.

A son contact, elle sentait son système nerveux s'affoler. Rester concentrée devenait de plus en plus difficile.

— Je dois me rendre dans les studios de la télévision samedi, répondit-il. Je vais enregistrer une émission sur l'histoire des Birchenall. Vous m'avez bien dit que vous y seriez vous-même ce jour-là ?

— C'est exact.

Intriguée, elle le regarda et esquissa un mouvement pour s'écarter. Mais, l'attirant plus étroitement, il l'entoura de ses bras.

— Comment se fait-il que vous participiez à une émission ? demanda-t-elle, s'efforçant de garder son sang-froid. Vous disiez que vous n'aviez pas de temps pour ce genre de chose.

Etre si près de lui la déstabilisait. Il semblait à la fois si proche et si lointain… A son grand désarroi, elle sentait naître en elle le désir d'un contact plus intime.

— Je l'ai dit en effet, répondit-il avec un demi-sourire. Mais j'ai parlé trop vite. C'est mon père qui a insisté pour que je fasse cette émission. Il est très fier de faire connaître notre passé, bien qu'il refuse l'intrusion des caméras chez lui.

Sous son regard gris, elle sentait scintiller en elle des

myriades d'étincelles. Partageait-il son trouble ? Lui aussi semblait avoir du mal à rassembler ses idées.

— Bien qu'il ne l'avoue pas, je pense que les récents incidents avec la presse lui ont fait comprendre qu'il devait travailler son image, dit-il enfin. Quand l'opportunité de cette émission s'est présentée, il m'a demandé de m'en charger.

A présent, elle sentait sa main courir dans son dos, descendre lentement le long de son épine dorsale et se lover au creux de sa taille, juste au-dessus de ses hanches.

— Pour lui faire plaisir, j'ai accepté, dit-il d'une voix plus sourde.

De nouveau, elle voulut se dégager, mais il la tenait fermement dans ses bras. Tentant un mouvement, elle ne réussit qu'à écraser ses seins contre son torse.

— J'ai l'impression que le poids de la dynastie des Birchenall repose sur vos épaules, parvint-elle à articuler.

— Oh oui ! répondit-il avec le sourire indéchiffrable qui apparaissait parfois sur ses lèvres. Mon père veut que nous fassions honneur à notre nom.

Les joues en feu, elle ne savait plus que dire ni que faire. Elle était consciente qu'il la dévisageait, qu'il parcourait des yeux chaque trait de son visage, laissait son regard s'attarder longuement sur sa bouche… Affolée, elle sentit qu'il promenait des mains caressantes sur ses hanches et son cœur fit un tel bond dans sa poitrine qu'elle eut l'impression qu'il allait éclater.

Il ne s'agissait plus d'une accolade amicale et rassurante… A présent, c'était comme si un filet aux mailles invisibles la tenait captive, l'attirait contre ce puissant torse d'homme et lui donnait l'envie irrésistible de s'y blottir, d'y trouver refuge. Quand il inclina doucement son visage vers le sien, elle sentit qu'il était inutile de lutter. Ce qui devait se produire était en marche, lentement et inexorablement.

— Ellie…

Etait-ce une prière ? Un soupir ? Une question ? Elle aurait pu réagir. Mais elle en fut incapable.

— Je perds le contrôle de moi-même, dit-il d'une voix rauque contre son oreille. Vous m'avez ensorcelé.

Sa simple présence, tellement chaude, tellement rassurante, avait sur elle un effet magnétique. Elle ne voulait plus qu'une chose. Qu'il la prenne dans ses bras, la protège, pulvérise de sa force les ennuis dont elle était accablée.

Loin de la laisser s'échapper, il approcha sa bouche de la sienne, effleura doucement ses lèvres, les écartant enfin pour un long et impérieux baiser. Frémissant de tout son corps, elle lui répondit et, laissant courir ses mains sur sa nuque, ses épaules, partit avidement à la découverte de son corps.

Avec un grognement rauque, il la pressa contre lui et l'embrassa plus profondément encore. Eperdue, elle s'accrocha à lui, sentant sous ses doigts la puissance de ses biceps. Des bras forts et musclés, comme faits pour entraîner une femme au loin et lui promettre le paradis sur terre…

— J'aime la saveur de ta bouche, dit-il très bas, tout contre ses lèvres.

Eperdue, palpitante, elle sentit un éclair de désir la parcourir. Jamais elle n'avait éprouvé cela. Jamais elle n'avait senti à ce point vibrer son corps, s'envoler ses inhibitions.

— Ellie, je suis fou de toi, dit-il d'une voix haletante. Je te veux. Je te ferai la vie douce. Je te donnerai tout ce que tu voudras.

— Vous n'avez pas à me donner quoi que ce soit, murmura-t-elle.

Tout ce qu'elle voulait était s'abandonner aux mains qu'il promenait sur elle, emprisonnant ses formes, explorant son corps, l'attirant contre lui. Il l'embrassa de nouveau, avec une telle fougue qu'elle sentit un feu la parcourir. Abandonnant toute retenue, elle allait le supplier de lui donner plus encore quand, brutalement, il s'écarta et la regarda dans les yeux.

— C'est à moi et à moi seul de te rendre heureuse. Oublie mon cousin, dit-il d'une voix déformée par une colère contenue qui la glaça. Ce n'est pas un garçon pour toi.

Qu'est-ce que cela signifiait ?

Croyait-il vraiment qu'elle essayait de prendre Lewis, un homme marié, dans ses filets ? Etait-ce la raison pour laquelle il la tenait dans ses bras, l'embrassant, affolant ses sens ? Uniquement pour la détourner de Lewis ? Etait-ce un plan cynique et savamment mûri ?

Horrifiée, peinant à croire ce qui se passait, elle le regardait.

Lui aussi la fixait, sourcils froncés. Allait-il de nouveau la prendre dans ses bras, lui prodiguer des caresses trompeuses ? Mais son téléphone sonna et, semblant revenir à lui, il balbutia :

— Désolé… Je dois répondre… C'est peut-être…

Interloquée, elle le regarda prendre la communication.

— Que se passe-t-il exactement, Sophie ? demanda-t-il après avoir écouté un moment… Non, je suis chez Ellie… Si, je t'ai parlé d'elle, elle travaille avec moi… Ce n'est pas loin, je peux être là dans quelques minutes… Pourquoi ?

Semblant soudain très attentif, il écouta quelques instants en silence.

— C'est bon, j'arrive tout de suite, dit-il brusquement. Veille à ce que ses vêtements ne lui serrent pas le cou et place-lui des oreillers dans le dos. A-t-il son spray de trinitrine ?

Elle guettait une réaction de sa part mais, la conversation terminée, il resta muet, ne semblant plus la voir.

— Votre père, n'est-ce pas ? demanda-t-elle, anxieuse. Une attaque ? Allez-vous le faire transporter à l'hôpital ?

— J'espère que ce sera inutile. Il déteste l'hôpital. Et on ne peut le faire tenir en place. Aujourd'hui, il a rendu visite à des amis et voilà le résultat. Des ennuis respiratoires, de nouveau. Heureusement que Sophie est arrivée. Elle a les clés du manoir, elle peut aller et venir, et garder un œil sur lui.

Il prit une profonde inspiration.

— Il faut que j'aille lui donner de quoi soulager ses poumons.

— Puis-je être utile à quelque chose ? demanda-t-elle en le raccompagnant à la porte.

— Merci. J'ai tout ce qu'il me faut.

S'arrêtant, il la regarda dans les yeux.

— Ellie, à propos de vous et moi. Vous devez savoir…

— Allez rejoindre votre père, James, dit-elle en l'interrompant sèchement. Il a besoin de vous.

Elle referma à la hâte sa porte sur lui.

Elle préférait ne plus penser à ce qui venait de se passer. Elle avait été folle de s'abandonner.

Il s'était joué d'elle.

De façon honteuse.

5.

— Je t'appelle pour te souhaiter bonne chance, Ellie. J'espère que le tournage se passera bien.

En entendant la voix joyeuse de Lewis au téléphone, elle sourit.

— Merci, Lewis. J'ai bien potassé mon dossier pour l'enregistrement, j'ai appelé le studio pour vérifier que tout était en place. En principe, tout devrait bien se passer.

— J'en suis sûr. Tes émissions sont excellentes et je les adore.

— Je te soupçonne d'être partial, Lewis !

— C'est bien possible ! répondit-il en s'esclaffant. Mais je ne veux pas te retarder. Je sais que tu dois arriver quelques heures à l'avance pour te faire maquiller et bichonner. Avoue que tu as accepté ces émissions pour le plaisir d'être dorlotée !

— Et pourquoi pas ? fit-elle en riant.

Ayant raccroché, elle sortit dans le jardin pour dire au revoir à Jayden, qui était en compagnie de sa grand-mère. Il était prêt à partir pour la maison de ses grands-parents, rentrés de leur voyage à l'étranger.

— N'oublie pas tes puzzles et les livres que nous avons achetés, lui dit-elle en lui tendant un sac rempli de jouets.

— Merci, dit-il en passant le sac à sa grand-mère. Cet après-midi, on ira voir maman à l'hôpital. Peut-être que le bébé sera là.

— C'est super ! Tu en as de la chance de devenir un grand frère !

— Maman aussi m'a dit ça, répondit-il d'un ton peu convaincu.

— Il va me manquer, dit-elle à sa grand-mère, une femme dynamique d'une cinquantaine d'années, à la silhouette élancée et aux cheveux bruns coupés court.

— Merci encore d'avoir pris soin de lui, Ellie.

— N'hésitez pas si vous avez besoin de me le confier de nouveau.

En voyant le petit diable s'éloigner avec sa grand-mère, elle ressentit un curieux pincement au cœur. Debout dans l'allée, elle agita la main jusqu'à ce que leur voiture ait disparu, puis sauta dans la sienne.

Le studio l'attendait !

Le trajet lui fit du bien. La route serpentait au milieu de vallons et de collines boisées, suivant une rivière où flottaient des embarcations de plaisance. Au loin se distinguaient les sommets brumeux de la chaîne des Pennines. Elle se détendait enfin, comme si cette campagne belle et sereine lui apportait un peu de la paix dont elle avait si désespérément besoin.

Pourtant, il y avait une ombre au tableau. James serait dans les locaux de la télévision en même temps qu'elle. Elle aurait du mal à l'éviter. Mais ils n'enregistraient pas dans les mêmes studios et avec un peu de chance elle ne le croiserait pas.

Elle avait été trop sotte de céder à un moment de faiblesse. Pour lui, tout cela n'était qu'un jeu. Pis même, une ruse. La désastreuse expérience qu'elle avait vécue avec son ex aurait dû lui servir de leçon. Tous les hommes n'agissaient-ils pas de même ? N'usaient-ils pas de leur charme pour mieux tromper ?

Peu à peu, la douceur de la campagne s'effaçait devant l'agitation de la ville. Conduisant plus lentement, elle atteignit l'immeuble de la télévision, une audacieuse construction pyramidale de brique, de marbre et de verre, prolongée à chaque étage par de vastes terrasses arborées formant gradins.

— Quel plaisir de vous voir, Ellie, lui dit un représentant de la production en l'accueillant. Vous êtes attendue au maquillage.

Pendant qu'on la coiffait, elle sirota un café en réglant les derniers détails de l'émission avec le réalisateur, jetant de temps à autre un coup d'œil à sa métamorphose dans le miroir.

Ses longues boucles brunes avaient été souplement relevées et nouées sur le sommet de sa tête, révélant une autre facette d'elle-même. Puis la maquilleuse, Alice, qui semblait étrangement excitée, posa un fond de teint et ajouta une légère touche de blush.

— Tout à l'heure, j'ai assisté à l'enregistrement de James Birchenall, dit-elle en maniant son pinceau. Il va y avoir un montage de documents sur sa propriété. Il a parlé de la façon dont elle est entrée dans sa famille au XVIe siècle et des aristocrates qui y ont vécu depuis.

Elle fit une petite moue comique.

— A présent, je sais comment on vit dans l'autre moitié de la société. J'aimerais bien devenir la moitié d'un noble représentant de cette moitié-là !

— Comme la moitié des femmes ! fit Ellie en pouffant de rire.

Mais pas elle…

A présent elle était bel et bien immunisée contre le charme de James Birchenall. Et rassurée sur la suite de la journée. D'après ce que disait Alice, il avait terminé son enregistrement. A l'heure qu'il était, il devait être dans sa voiture, roulant vers son cher domaine, alors qu'elle-même, après un dernier raccord du coiffeur à ses boucles, prendrait place devant les caméras.

L'émission du jour devait porter sur les problèmes cardio-vasculaires et la façon de s'en préserver par l'alimentation et l'exercice physique. Puis elle devait s'entretenir avec une nutritionniste des bienfaits des fruits, des légumes et des céréales. Et enfin contrôler en direct sur le plateau la tension de plusieurs personnes après qu'elles eurent pédalé ou effectué divers exercices.

— Ne vous sauvez pas, Ellie ! dit Ben, le producteur, comme elle s'apprêtait à partir une fois l'enregistrement terminé. Je veux vous parler d'un nouveau projet. Une série d'émissions sur la grossesse et les problèmes spécifiques à la santé des femmes. Je songe à vous la confier. Seriez-vous d'accord ?

— Pourquoi pas, répondit-elle. Ce thème m'intéresse. Je vais réfléchir aux intervenants à inviter. Mon ami et collègue le Dr Lewis Reynolds, qui dirige à l'hôpital le service d'obstétrique, m'y aidera.

— Magnifique ! Je suis ravi, Ellie. On m'attend en réunion, mais parlons-en dans une heure. Je vous retrouve au Salon Vert ? Il y a une petite réception pour les intervenants et les invités du jour. Vous y êtes conviée.

S'approchant, il prit un ton de confidence.

— Il y a un buffet à se damner. Pour une fois, vous allez enfreindre vos bons conseils. Mais vous ne craignez rien, avec votre ligne ! Allez donc y goûter !

— Puisque vous insistez, dit-elle en riant.

Elle avait du temps devant elle et appela Lewis pour le mettre au courant et lui demander s'il pensait à de possibles intervenants pour la nouvelle série d'émissions.

— Je suis ravi pour toi, Ellie, répondit-il. Je vais établir une liste de noms, je passerai chez toi pour t'en parler. Que penses-tu de vendredi soir ? Jessica ne sera pas là.

— D'accord pour vendredi. Merci de ton aide, Lewis.

Rassurée, elle se dirigea vers le buffet dressé dans le Salon Vert et se servit avec gourmandise de fines tranches de rosbif et un généreux accompagnement de riz et de salade. Pendant qu'elle les savourait, une voix profonde retentit derrière elle.

— Ellie ! J'espérais bien vous rencontrer !

Se retournant, elle se trouva face à James qui lui souriait.

A sa vue, elle se décomposa. Elle qui se félicitait de lui avoir échappé ! A présent, elle était piégée.

— J'espérais plutôt le contraire, répondit-elle avec vivacité.

— Fâchée contre moi ?

— A votre avis ?

Il avait en main une assiette pleine à ras bord d'un choix de viandes et de pâtés, révélant un solide appétit. Pourtant, il n'avait pas un gramme de graisse sur le corps. Sans doute parce qu'il était constamment sur la brèche.

Un maître d'hôtel passa, avec un plateau garni de verres de vin et de jus de fruits. Elle prit un verre de bordeaux et, tournant les talons, alla s'asseoir à une table près de baies vitrées donnant sur une terrasse. Contemplant ostensiblement le cerisier d'ornement et les saules pleureurs, elle fit mine d'ignorer la présence de James, venu prendre place en face d'elle.

— Comprenez-moi bien, Ellie, dit-il. Je veux protéger Lewis contre lui-même, mais mon attirance pour vous est sincère. Vous êtes belle, douce, généreuse. Comment ne serais-je pas séduit ? Et quel obstacle y aurait-il à ce que vous et moi vivions de beaux moments ensemble ?

Il y avait un obstacle majeur. Sa petite amie. Une femme de son milieu qui passait le plus clair de son temps au manoir et qui, semblait-il, lui était destinée de longue date par leurs familles respectives.

Mais au lieu de mentionner cette petite amie, elle ne put s'empêcher de laisser éclater ce qu'elle avait sur le cœur.

— Quel obstacle ? demanda-t-elle en malmenant une tranche de concombre dans son assiette. Mais vous êtes sournois, malhonnête, opportuniste ! Et si je me laissais prendre à vos tentatives de séduction, « radio-couloir », comme vous dites, ne tarderait pas à répandre la rumeur dans l'hôpital.

Satisfaite de le voir interloqué, elle but une gorgée de son excellent bordeaux.

— Ajoutez à cela que votre père me déteste.

— C'est faux. Et ce n'est pas avec lui que je vous propose de sortir, répondit-il avec le petit sourire sarcastique qu'elle commençait à trop bien connaître.

Décidée à le remettre à sa place, elle se redressa fièrement. Mais le spectacle qui s'offrit à ses yeux au milieu du Salon Vert la cloua sur place.

Suivant son regard, James sembla encore plus stupéfait qu'elle.

— Mon père ici ? fit-il. Avec Sophie ?

— Je n'aurais jamais pensé qu'il serait assez en forme pour une sortie mondaine, dit-elle, stupéfaite. C'est hier soir seulement que vous avez été appelé à son chevet.

— Je me demande ce qui lui a pris, dit James en se levant. Je lui avais pourtant recommandé de rester au calme. Si cela ne vous ennuie pas, je vais aller leur proposer de nous rejoindre.

— Je serais ravie de les accueillir à ma table, répondit-elle avec ironie.

Après tout, elle préférait ne pas rester en tête à tête avec lui. Il se serait évertué à lui démontrer qu'elle se trompait sur son compte, qu'il était un véritable saint, qu'il n'avait jamais voulu l'éloigner de Lewis et qu'il était sincèrement attiré par elle.

Lord Birchenall s'avançait à pas très lents.

— Pouvons-nous nous asseoir à votre table ? demanda-t-il en s'inclinant devant elle avec ses manières de parfait homme du monde.

— Je vous en prie. D'ailleurs, je ne vais pas tarder à m'en aller. Je dois m'entretenir avec les producteurs.

— Merci, répondit-il.

Ses efforts pour se déplacer l'avaient à l'évidence épuisé. Il avait une respiration sifflante et sembla rassembler difficilement ses forces. Pourtant, il restait debout.

— Je vous présente Sophie, la fille d'amis très chers, dit-il d'une voix haletante. Elle a été assez aimable pour m'amener ici.

— Bonsoir, Sophie, fit-elle de son ton le plus indifférent bien qu'elle sentît son estomac se tordre et sa peau se hérisser.

Se trouver face à la petite amie de James lui demandait un effort surhumain. D'autant que Sophie, lui ayant répondu d'un signe de tête condescendant, restait debout, la détaillant de son haut. Ellie eut la désagréable impression de passer un examen. Heureusement, en prévision de l'émission, elle avait fait un effort de toilette et portait un ensemble flatteur de couleur crème qui soulignait la finesse de sa taille et laissait apparaître un petit top au décolleté orné de dentelle.

Il fallait reconnaître que Sophie était une beauté, longue et mince comme une liane, avec une abondante chevelure blond vénitien simplement retenue sur la nuque. De grands yeux bleus en amande et une bouche finement ourlée dans un visage à l'ovale parfait complétaient le tableau.

Pas étonnant que James ait jeté son dévolu sur elle…

Mais l'air exténué de lord Birchenall, qui ne s'asseyait pas tant que Sophie était encore debout, lui sembla soudain plus important que l'attitude méprisante de Sophie.

— Souhaitez-vous que j'aille vous chercher quelque chose pour vous restaurer ? lui demanda-t-elle, ressentant le besoin de lui venir en aide.

— Non merci. Un café me suffira.

— J'irai vous le chercher, père, dit James qui se tenait debout à côté de lui. Cela me fait plaisir de vous voir, mais je ne comprends pas ce qui vous a poussé à venir. Je vous avais recommandé de vous reposer.

— Il m'a semblé important d'assister à l'enregistrement, fit le vieux lord d'une voix essoufflée. C'est de l'histoire de notre famille que tu as parlé.

— Je vous aurais apporté un CD et vous auriez de toute façon vu l'émission le jour de sa diffusion.

— Cela n'aurait pas été la même chose, murmura lord Birchenall en esquissant péniblement un sourire. Quand Sophie m'a gentiment offert de m'amener, j'ai saisi l'occasion.

— J'espère ne pas vous avoir déçu ? demanda James qui semblait guetter l'approbation de son père.

— Au contraire. Ce sera une belle émission.

— Je suis heureux que cela vous ait plu, dit James qui parut s'illuminer et se dirigea vers le buffet.

Il ne semblait plus se soucier d'elle. Restée seule avec Sophie et lord Birchenall, et bien obligée de faire les frais de la conversation, elle se tourna vers Sophie.

— Et vous, Sophie, avez-vous apprécié l'enregistrement ? demanda-t-elle.

— Oui, beaucoup. James a été magnifique. Les vidéos qu'il a choisies montrent le manoir dans toute sa splendeur.

De nouveau, Ellie se sentit toisée.

— Etiez-vous vous-même invitée par James à assister à l'enregistrement ? lui demanda Sophie.

— Pas du tout. J'enregistrais une émission médicale qui est diffusée toutes les semaines. Elle est intitulée *Votre santé m'intéresse.* Vous en avez peut-être entendu parler.

— Non, cela ne me dit rien, répondit Sophie avec une moue évasive.

— A moi si, dit lord Birchenall dont le visage marquait un subit intérêt. Je me disais bien que je vous avais vue quelque part, hormis à l'époque où vous viviez dans le pavillon du régisseur. Je suis un fidèle téléspectateur de votre émission. Vous pouvez être fière de vous. Elle est excellente.

— Merci, dit-elle, heureusement surprise de son appréciation. Mais le mérite n'en revient pas qu'à moi. L'émission est un travail d'équipe.

Buvant une gorgée de vin, elle l'observa discrètement. Il paraissait respirer plus facilement depuis qu'il était assis.

— Etes-vous remis de votre malaise de l'autre soir ? demanda-t-elle.

— Je me sens beaucoup mieux, merci. J'ai la chance d'avoir James pour veiller sur moi.

Celui-ci revenait justement, avec un café pour son père et une assiette qu'il déposa avec sollicitude devant Sophie. Les propos de lord Birchenall semblaient avoir éveillé l'intérêt de cette dernière.

— Ainsi, vous viviez dans le pavillon du régisseur ? demanda-t-elle avec une curiosité évidente en se tournant vers Ellie.

— Mais oui, répondit celle-ci avec un demi-sourire.

— Les souvenirs me reviennent à présent, dit Sophie. Votre père était l'employé de lord Birchenall, n'est-ce pas ? Et il a dû partir dans des conditions peu honorables…

— Inutile de revenir sur cet épisode, dit lord Birchenall d'un ton sec. Cela s'est passé il y a longtemps.

— Oublions le passé, Sophie, renchérit James. Ellie a

travaillé dur pour faire carrière. C'est une urgentiste expérimentée et une brillante présentatrice.

— Très intéressant, fit Sophie d'un ton suave en la dévisageant à travers ses longs cils. Joli parcours, après vos écarts de conduite. J'ai entendu tellement de bruits curieux sur la famille qui vivait dans ce pavillon…

Comment répondre sinon en conservant une dignité absolue ?

— James vient de vous le dire, répondit-elle sobrement. J'ai travaillé dur pour surmonter les difficultés. Quant à mon père, nous ne le savions pas à l'époque, mais il était déjà gravement malade.

— Je suis navrée de l'apprendre, dit Sophie en découpant délicatement une tranche de rosbif. De quoi souffrait-il ?

— De la maladie d'Addison. Une maladie endocrinienne extrêmement rare et gravissime.

Lord Birchenall la contemplait comme s'il tombait des nues.

— Mais je l'ignorais ! s'exclama-t-il de toute la force que lui permettait son état.

— Nous aussi au début, répondit-elle. Il a fallu du temps pour identifier la maladie.

— Je me rappelle maintenant que vous avez évoqué ce sujet quand vous avez fait irruption l'autre soir au manoir, dit le vieux lord. Mais je dois dire que je n'étais pas dans mon état normal ce jour-là, à cause des insanités sur notre famille publiées dans la presse du dimanche.

Sophie posa sa fourchette.

— Votre réaction était tout à fait normale, au contraire, dit-elle d'un ton péremptoire. Voir votre nom éclaboussé par la presse de bas étage a dû être terrible pour vous.

A son grand soulagement, Ellie vit le producteur et son assistant entrer à ce moment dans la salle.

— Veuillez m'excuser, dit-elle en repoussant sa chaise. J'aperçois mon producteur, à qui je dois aller parler.

James l'imita et se leva également, mais elle ne s'attendait pas qu'il lui emboîtât le pas.

— Ne faites pas attention à ce que dit Sophie, lui dit-il

en traversant la salle à côté d'elle. Elle parle parfois sans réfléchir.

— C'est sans importance, répondit-elle en balayant sa remarque d'un geste de la main. Comme l'a rappelé votre père, tout ceci s'est passé il y a longtemps. Oublions.

— Mais votre père à vous, comment va-t-il à présent ? La maladie est-elle jugulée ?

Le moment était mal choisi pour une conversation de ce type et elle avait hâte de rejoindre Ben qui l'attendait, accoudé au bar en buvant un verre. Mais elle ne voulut pas se montrer désobligeante.

— A peu près, répondit-elle. A condition d'éviter les infections et le stress. Quand je lui ai parlé au téléphone la semaine dernière, il allait bien.

— Et votre mère ? Avez-vous l'intention de vous rapprocher d'elle ? Elle aussi était malade. C'est peut-être pourquoi elle n'était pas capable de s'occuper de ses enfants.

— Elle a quand même choisi de nous quitter. C'est difficile de pardonner une chose pareille.

— Je ne sais pas comment j'aurais réagi à votre place, dit-il d'un ton pensif en lui caressant le bras. Sans doute comme vous l'avez fait.

— Vous, frôler la délinquance et ruiner la réputation de votre famille ? Cela me semble peu probable, répondit-elle avec un sourire amer.

Au cours des années qui avaient suivi le départ de sa mère, malgré son jeune âge, elle avait sombré dans l'alcoolisme. Elle saisissait tous les prétextes pour aller en ville, où elle nouait des fréquentations peu recommandables, faisait la fête et se conduisait de façon déchaînée, se retrouvant à battre le pavé au petit matin. Elle avait fini par avoir sa photo dans le journal local pour attitude provocatrice et tapage nocturne.

— Qui sait ? dit-il, une lueur d'amusement dans les yeux. J'adorerais peut-être moi aussi avoir mauvaise réputation.

— En attendant, le devoir vous appelle, dit-elle en se tournant vers la table où lord Birchenall bavardait avec Sophie.

Celle-ci ne cessait de leur jeter des coups d'œil inquisiteurs. Quels que soient les sentiments de James pour Sophie, Sophie, elle, s'intéressait visiblement beaucoup à lui.

— Vous avez raison, dit-il en regardant lui aussi vers la table. Je voulais juste vous rassurer sur le compte de Sophie. Elle est parfois tête en l'air, mais il n'y a rien de mauvais en elle. Elle ne se rend simplement pas compte qu'elle peut faire de la peine.

— Sans doute. Mais c'est elle qui aura de la peine si vous n'allez pas la rejoindre.

Il fit oui de la tête, mais lui demanda :

— Vous reverrai-je tout à l'heure ?

— Cela dépendra…, répondit-elle.

Elle n'en avait aucune envie.

Après son entretien avec le producteur, elle s'éclipserait rapidement et rentrerait chez elle. Elle avait besoin de prendre ses distances avec les Birchenall.

Et avec Sophie.

6.

Avec un soupir, Ellie laissa retomber la lettre dans la corbeille du courrier. La prochaine confrontation avec Amelia Holt aurait lieu dans six semaines. Six longues semaines à se ronger les sangs en se demandant si sa carrière médicale était fichue.

James devait avoir lu dans ses pensées car, avant de sortir du bureau, il lui adressa un sourire chaleureux.

— Ne vous laissez pas décourager, dit-il. Aucune personne sensée n'accorderait le moindre crédit à la plainte d'Amelia. D'ailleurs, elle-même reviendra peut-être à la raison d'ici là.

Elle eut un pauvre sourire. D'après l'e-mail qu'elle avait reçu le matin même d'Amelia, c'était peu probable.

« Pourquoi ne pas reconnaître dès maintenant ta culpabilité au lieu de repousser l'inéluctable de six semaines ? » lui avait écrit celle-ci dans le style vindicatif dont elle avait le secret.

Ellie n'eut pas le temps de s'appesantir sur le sujet. Olivia vint l'avertir de l'arrivée d'une patiente en grande détresse. En effet, l'arrivante semblait faire des efforts surhumains pour trouver sa respiration et avait du mal à articuler.

— Je vais vous examiner, Angela, dit-elle à la malheureuse dont elle avait vu le nom sur la fiche d'admission. Nous allons faire de notre mieux pour établir rapidement un diagnostic et vous soulager.

— Merci, répondit Angela, articulant avec difficulté.

Mais l'examen se révéla peu rassurant. La patiente avait de vives douleurs à la poitrine et sa forte fièvre indiquait une infection sérieuse.

Quand James entra dans la salle de soins, elle le prit à part.

— Cette patiente a le cœur très faible, lui dit-elle. Il y a un ronflement suspect. Je redoute un épanchement dans le péricarde et autour des poumons. En un mot, une péricardite.

Rien n'aurait pu lui inspirer davantage d'appréhension. L'angoisse la gagnait.

— Exactement comme Grace Holt…, ajouta-t-elle.

Elle avait blêmi, elle en était consciente. Réussirait-elle à traiter ce cas ? Commettrait-elle les mêmes erreurs qu'avec la tante de Mel ? Aboutirait-elle au même terrible résultat ?

James l'estimerait-il capable de gérer la situation ?

— Avez-vous fait pratiquer des tests ? demanda-t-il.

La mettait-il à l'épreuve ?

— Oui, répondit-elle. Il faut attendre les résultats. J'ai mis la patiente sous anti-inflammatoires et diurétiques pour réduire l'inflammation.

— Bien. Prévenez-moi dès que vous aurez le résultat du test sanguin et du scanner.

En quittant la pièce, il lui serra brièvement le bras. Un intense soulagement l'envahit. N'était-ce pas une façon de lui faire comprendre qu'il lui faisait confiance, qu'il la soutiendrait ?

Pourtant, son anxiété s'accrut quand elle vit les résultats du scanner. Le cas se présentait exactement comme celui de Grace Holt…

— Vous aviez vu juste, dit James quand il la rejoignit. Il y a un épanchement inflammatoire dans le péricarde. L'infection empêche le cœur de pomper correctement. Il faut préparer la patiente pour une ponction du liquide accumulé dans le péricarde.

S'interrompant, il lui jeta un rapide regard.

— Vous sentez-vous de taille à pratiquer une péricardiocentèse ?

— Oui, répondit-elle en affermissant sa voix.

C'était le seul moyen de sauver Angela et elle devait se prouver à elle-même qu'elle en était capable. James, en tant que médecin senior, aurait été plus qualifié qu'elle pour une intervention aussi délicate. Mais il voulait sans doute l'obliger à dépasser son inhibition et c'était à elle de faire face.

Après avoir mis en place, avec son aide, les équipements sophistiqués nécessaires à ce geste, elle pratiqua une anesthésie locale sur Angela et chercha à repérer sur l'écran de contrôle l'emplacement exact pour insérer l'aiguille.

— Je vais passer par le cinquième espace intercostal, dit-elle.

Veillant à éviter artères et organes vitaux, elle introduisit avec précaution la longue aiguille dans la poitrine d'Angela, entre deux côtes.

— Tout va bien, Angela ? demanda-t-elle. Ce n'est pas trop pénible ?

Rassurée par le signe de tête d'Angela, elle commença lentement à aspirer le liquide dans la seringue sous le regard de James.

Lui tendant la première seringue une fois qu'elle fut remplie, elle en saisit une autre.

— Vous vous en sortez très bien, lui dit-il à mi-voix. Continuez.

Quand elle eut résorbé l'épanchement autant qu'il était possible de le faire, elle posa un cathéter et un drain.

— Comment vous sentez-vous à présent ? demanda-t-elle en se penchant avec sollicitude vers Angela.

— Mieux, murmura la malheureuse qui paraissait exténuée. Je suis soulagée de ne plus sentir ce poids sur la poitrine.

Elle aussi se sentait soulagée ! L'intervention s'était passée sans complications. Pour autant, Angela n'était pas sortie d'affaire. L'infection qui avait causé l'épanchement était toujours là. Il fallait attendre que les antibiotiques agissent.

Dans le cas de Grace Holt, l'infection avait pris le dessus, causant sa mort par arrêt du cœur…

Mais à présent, Ellie n'avait plus qu'à confier Angela aux mains des infirmières et à attendre…

— Vous avez bien mérité une pause, dit James en remontant le couloir avec elle. Depuis ce matin, vous n'avez pas arrêté. Allons déjeuner.

— Pourquoi pas ?

Il aurait été plus sage de refuser, mais elle ne s'en sentait pas le courage. Pis même, dès qu'elle se trouvait près de lui, elle avait envie de faire durer ce moment.

— Il fait beau aujourd'hui, dit-il quand ils eurent rempli leurs plateaux au self-service. Si nous nous installions à l'extérieur ?

— Bonne idée.

Ils prirent place sur une table près d'un hêtre au large tronc. L'épais feuillage tamisait agréablement les rayons du soleil. Il y avait plusieurs tables éparses dans l'herbe, mais l'heure du déjeuner était passée depuis longtemps et elles n'étaient pas occupées.

En attaquant sa salade de poulet, James adressa un large sourire à Ellie.

— Vous vous en êtes magnifiquement sortie, dit-il. Comment vous sentez-vous à présent ?

— A vrai dire… je n'en sais rien…

Après le stress des derniers jours, elle ne se sentait toujours pas autorisée à respirer librement. Comme si quelque chose menaçait encore de tourner mal.

— Vous avez fait ce qu'il fallait, Ellie. Comme la dernière fois, avec Grace Holt. Relaxez-vous !

— J'essaie.

Le gratin qu'elle avait choisi était succulent. Son jus de fruits, bien frais. Le soleil délicieusement chaud sur ses bras nus. Et James lui faisait face… Que demander de plus ? Peu à peu, elle sentit ses idées noires s'estomper.

— Comment va votre voisine Lily ? demanda James. Son bébé est né, n'est-ce pas ?

— En effet. Lewis a pratiqué une césarienne il y a quelques jours. C'est une merveilleuse petite fille à la peau toute douce et aux cheveux bruns bouclés.

A la pensée du bébé, elle s'illumina.

— C'est aujourd'hui que Lily rentre chez elle, dit-elle. Mais pas avant la fin de la journée. Lewis la garde le plus longtemps possible pour être sûr que tout va bien. Je suis de nouveau requise pour garder Jayden pendant que son mari viendra la chercher ici.

Elle se réjouissait sincèrement de la naissance de la petite fille, bien que cela lui promît une soirée particulièrement chargée…

— Lily et son mari ne viendront pas reprendre Jayden de bonne heure, ils veulent passer présenter le bébé à la sœur de Lily en sortant de l'hôpital.

— Je croyais que les grands-parents s'occupaient maintenant de Jayden ?

— Pas aujourd'hui. Son grand-père a attrapé une infection, ils préfèrent ne pas risquer la contagion.

Il la regardait d'un air inquisiteur.

— Cela ne vous ennuie pas de vous occuper de Jayden ?

— Au contraire, même si c'est parfois épuisant ! Il n'y a pas de bouton « Arrêt » pour obliger un petit garçon de quatre ans à se tenir tranquille, dit-elle en riant. Et Jayden est souvent remonté comme une pile électrique !

Elle se tut un instant, réfléchissant à la meilleure façon d'occuper le petit bonhomme pendant la soirée.

— Ce soir je lui ferai sans doute faire des gâteaux. Il adore ça. Et Lily et son mari seront sûrement ravis de savourer sa production.

— Vous n'avez jamais pensé à fonder vous-même une famille ?

— Si…

Jusqu'à présent, elle n'avait rencontré aucun homme dont elle aurait aimé faire le père de ses enfants. Mais James était différent. Il ne ressemblait à aucun autre et elle l'aurait bien vu dans ce rôle, il lui fallait se l'avouer. Une onde la parcourut. Comme un soudain élan vers lui. Elle dut faire un effort pour rassembler ses esprits. Il semblait guetter sa réponse et elle ne pouvait parler à la légère.

— L'exemple de ma mère m'engage à faire mieux pour ma propre famille. Car, oui, je souhaite vivement avoir un jour des enfants.

Elle le regarda en face.

— Et vous ? Je suppose que votre père compte sur vous pour perpétuer la lignée par la naissance d'un fils…

Qu'est-ce que cela vous inspire ? demanda-t-elle avec un sourire ironique.

— Il y a de ça, fit-il avec un petit rire. Mais, les désirs de mon père mis à part, je compte bien fonder une famille un jour.

Repoussant son assiette, il attrapa son dessert, un entremets à la fraise surmonté de crème fouettée, et sembla reprendre son sérieux.

— Avez-vous pensé à vous rapprocher de votre mère ? D'après la façon dont vous avez réagi face à mon père, il y a en vous beaucoup d'émotions refoulées depuis l'adolescence. Remettre les choses à plat vous ferait peut-être le plus grand bien à toutes les deux.

— Un jour, peut-être, j'aurai envie d'aller à elle. Mais j'en doute. C'est elle qui nous a abandonnés, c'est à elle de faire le premier pas.

En disant cela, un doute la parcourut. N'était-elle pas injuste à l'égard de sa mère ? Celle-ci n'avait-elle pas eu, elle aussi, son lot de difficultés ?

— Il y a du vrai dans ce que vous dites, dit-il.

Etait-il réellement convaincu ou voulait-il se montrer conciliant ?

Avec un bel ensemble, leurs bips se mirent à retentir.

— Ouh là ! Nous n'avons pas vu passer le temps, dit-il en se levant précipitamment.

A sa suite, elle regagna en hâte le service des urgences et n'eut plus une minute à elle jusqu'à la fin de la journée. Toutefois, elle ne quitta pas l'hôpital avant d'avoir contrôlé une dernière fois l'état d'Angela.

D'après ce qui sortait du drain, l'infection était loin d'être jugulée. Mais la patiente était moins essoufflée et, bien que son rythme cardiaque et sa pression artérielle fussent encore préoccupants, elle semblait à peu près stabilisée.

Rassurée, Ellie prit le chemin du retour et récupéra au passage Jayden chez sa voisine, qui le gardait depuis la sortie de l'école. Mais Ellie ne s'attarda pas à bavarder comme elle le faisait habituellement.

La soirée serait chargée, elle devait s'organiser.

On était vendredi et Lewis devait passer travailler avec elle sur la préparation des nouvelles émissions. Auparavant, il fallait qu'elle fasse dîner Jayden et qu'elle lui consacre suffisamment d'attention. Avec l'arrivée de sa petite sœur, le bout de chou se sentait facilement délaissé. Et Lily, son mari et le bébé ne seraient pas là avant plusieurs heures pour le reprendre.

— Alors, Jayden, tu es content d'avoir une petite sœur ? lui demanda-t-elle en arrivant à la maison.

— Bah, fit-il en haussant les épaules, à part dormir, bâiller et des fois pleurer, elle fait rien du tout.

— Tous les bébés sont comme ça, tu sais ! dit-elle en riant. Mais ne t'inquiète pas, ça va s'arranger.

S'étant changée pour un jean et un top, elle dîna avec lui et choisit sur une étagère un livre de recettes aux illustrations particulièrement attrayantes.

— Choisis le gâteau qui te plaît, Jayden, dit-elle en lui montrant le livre. Nous le préparerons avant l'arrivée de ta maman.

— Les cupcakes ! s'écria-t-il après avoir tourné les pages en dévorant les photos des yeux. Ceux avec du rose dessus !

— Du rose en l'honneur de ta petite sœur ! Très bon choix, Jayden.

Ravie que cela fasse plaisir au petit garçon, elle passa une bonne heure à cuisiner gaiement avec lui.

— Ils sont superbes tes cupcakes, bravo Jayden, dit-elle en sortant les gâteaux du four et en les disposant sur un plat.

— Je peux en manger un tout de suite ?

— Tu l'as bien mérité ! C'est toi qui les as faits.

La sonnette retentit juste à ce moment. Brandissant fièrement un gâteau, le petit bonhomme se précipita à la porte en s'écriant : « Maman ! » et se réfugia, déçu, contre les jambes d'Ellie quand elle ouvrit à Lewis.

— Bonsoir, Lewis, dit-elle en caressant la tête du petit garçon pour le rassurer face à un inconnu. J'avais peur que tu aies oublié. Cela me fait plaisir de te voir.

— Et à moi donc ! répondit-il en lui prenant le bras d'une façon qu'elle trouva étrangement caressante.

James avait-il vu juste ? Lewis espérait-il plus que de l'amitié d'elle ? Elle avait trouvé cela invraisemblable. Mais si c'était vrai ?

— Je ne risquais pas d'oublier, dit-il gaiement. Ma femme assiste à un défilé de mode en compagnie de Sophie. Je l'ai prévenue que je passerai chez toi pour te donner une liste de personnalités susceptibles d'intervenir dans tes émissions.

— Oh ! Tu as déjà fait une liste ? C'est trop bien ! Merci, Lewis.

Ses craintes s'envolaient. Elle ne s'était jamais méfiée de Lewis. Pourquoi commencer ? D'ailleurs, il ne semblait plus s'intéresser qu'à Jayden.

— Hello, jeune homme ! dit-il avec entrain au petit garçon. Je ne crois pas que nous nous connaissions déjà.

— Je m'appelle Jayden, dit le petit garçon. Et toi, t'es qui ?

— Je suis un ami d'Ellie, répondit Lewis en riant. Je suis venu discuter avec elle.

Rassurée, elle prit le chemin du salon où Jayden se mit à faire des dessins tandis que Lewis, s'étant confortablement installé sur le canapé, sortait une liste de sa poche.

— J'ai mis quelques lignes de présentation sous chaque nom, dit-il. J'ai aussi indiqué sur quel sujet chacun pouvait intervenir. Par exemple, voici un médecin qui peut parler de l'interprétation des images du scanner. Et celui-ci est un spécialiste du diabète gestationnel.

— C'est super, Lewis ! dit-elle.

Au fur et à mesure qu'ils étudiaient la liste, l'émission prenait forme dans son esprit et elle se sentait de plus en plus enthousiasmée.

— Un grand merci, Lewis, dit-elle quand ils eurent commenté tous les noms. Cela m'aidera beaucoup dans la préparation de ce nouveau concept.

— Je t'en prie, Ellie. Je ferai toujours ce qui est en mon pouvoir pour t'aider, tu le sais.

Il jeta un coup d'œil à sa montre.

— Il faut que j'y aille. Jessica ne va pas tarder à rentrer de son défilé de mode.

Pendant qu'elle le raccompagnait, Jayden les rejoignit en

courant et lui tendit triomphalement un dessin qui ressemblait plus ou moins à un assemblage de tuyaux.

— Regarde. C'est ma voiture pour quand je serai grand. Elle va très très très vite.

En souriant, elle ouvrit la porte en grand, serrant le petit garçon contre elle. Au moment où elle se tournait vers Lewis pour lui dire au revoir, le bruit d'une portière claqua brutalement au bout de l'allée.

— Ellie Saunders ? cria une voix. Par ici, Ellie. Regardez-moi.

Sursautant violemment, elle chercha d'où venait la voix.

Un homme était là, les mitraillant d'un appareil photo. Des flashes crépitèrent, les immobilisant tous les trois dans leur lueur. Il y eut plusieurs déclenchements de l'appareil avant qu'elle ne réagisse. Son premier réflexe fut de pousser Jayden à l'intérieur de la maison.

— Qui est cet homme ? Que nous veut-il ? fit-elle en balbutiant.

— Je n'en sais rien, dit Lewis en secouant la tête. Probablement quelqu'un de la presse. Tu es une célébrité, Ellie, maintenant que l'on te voit à la télévision.

— Grands dieux, dit-elle en se prenant la tête. Que puis-je faire ?

— Laisse-moi m'occuper de cet individu, dit-il, les traits soudain durcis. Je vais me charger de le faire déguerpir.

L'homme avait dû deviner ses intentions, car à peine Lewis avait-il fait un pas dans l'allée qu'il bondit dans sa voiture, enclencha la marche arrière en faisant vrombir le moteur et disparut au bout de l'allée dans un grand crissement de pneus.

Ayant regardé Lewis démarrer en trombe à son tour, elle referma la porte et entraîna Jayden dans la cuisine.

— Le monsieur a pris une photo de moi, dit-il en trépignant de fierté.

— Pas uniquement de toi, mon cœur, répondit-elle, préoccupée, en l'installant devant ses papiers et ses crayons.

L'épisode l'avait perturbée. Une peur diffuse la gagnait.

Que lui voulait cet homme ? Qu'avait-il l'intention de faire des photos ? Allait-il revenir ?

La sonnette retentit, la faisant sursauter.

L'inconnu était-il de retour ?

— C'est le monsieur ? demanda Jayden en levant les yeux vers elle.

— Je n'en sais rien, mon cœur, répondit-elle en s'efforçant d'avoir l'air calme pour ne pas l'inquiéter. Que dessines-tu ?

— Un bateau sur l'eau. Avec une grenouille sur une feuille.

— Cela s'appelle un nénuphar, répondit-elle sans penser à ce qu'elle disait.

La sonnette résonna de nouveau. S'armant de courage, elle se dirigea vers la porte et l'entrouvit précautionneusement.

Un intense soulagement l'envahit en découvrant James debout sur le seuil.

— Vous êtes blanche comme un linge ! dit-il en la voyant. Que se passe-t-il ?

Tremblant encore, elle ouvrit la bouche pour répondre, mais il ne la laissa pas parler.

— Ne me dites pas que tout va bien, Ellie. Je vois bien que non.

— J'ai eu un étrange visiteur, dit-elle en le faisant entrer dans la cuisine.

Le voir arriver dans un moment pareil était comme un rayon de soleil par temps d'orage. Maintenant qu'il était là, tout lui semblait miraculeusement plus facile et moins dramatique.

— C'était un photographe, dit-elle. Il a crié mon nom pour que je tourne mon visage vers lui et nous a véritablement mitraillés.

— *Nous ?* Qui, nous ?

— Lewis était ici, répondit-elle en se dirigeant vers l'évier pour remplir la bouilloire.

Accomplir les gestes du quotidien était un bon dérivatif pour ses nerfs.

— C'est peut-être mieux que vous n'ayez pas été seule, dit-il d'un air dubitatif. Vous paraissez être sous le choc.

— C'est que je ne comprends pas ce que cherchait cet

homme, répondit-elle, écartant les mains en signe d'impuissance. Lewis pense que cela est lié à mes émissions à la télé. Il dit que je suis devenue célèbre et que la presse s'intéresse maintenant à mes faits et gestes.

— C'est possible.

Sous le regard perspicace de James, elle était consciente de s'agiter plus que de raison pour préparer le thé. Mais il comprendrait sûrement que cette activité fébrile était pour elle un moyen de combattre son anxiété.

— J'étais venu voir si vous aviez besoin d'aide pour vous occuper de ce jeune homme, dit-il en ébouriffant les cheveux de Jayden. Mais je vois que vous maîtrisez la situation.

— C'est vrai, dit-elle en souriant. Nous nous sommes bien amusés, n'est-ce pas Jayden ? Je ne me rappelle même pas combien de cupcakes nous avons faits.

— Tout plein, répondit le petit garçon. Mais j'en ai mangé deux.

— Si tu les faisais goûter à James ? dit-elle en versant l'eau sur le thé.

Le temps qu'elle dépose sur la table la théière et les mugs, elle trouva James mordant religieusement une bouchée de cupcake glacé de rose sous l'œil attentif de Jayden.

— Hum…, fit-il d'un ton faussement incrédule. C'est trop bon. Je ne peux pas croire que c'est toi qui as fait ça. Tu as seulement… combien déjà ? Quatre ans ? Ce n'est pas toi qui les as faits !

— Si ! Si ! C'est moi ! C'est moi !

— Vraiment ? Tout seul ? s'exclama James avec un air de profonde admiration.

— Oui ! Tout seul ! clama Jayden en sautant de joie sur sa chaise.

— Waouh ! fit James en se tournant vers elle. Jayden est vraiment le champion des cupcakes !

— C'est bien mon avis, répondit-elle le plus sérieusement du monde.

Cela lui faisait chaud au cœur de voir qu'ils s'entendaient bien tous les deux. James avait vraiment la manière avec les enfants. Mais Jayden, qui ne tenait pas en place, satisfait d'avoir été complimenté pour ses gâteaux, fila dans le salon pour jouer avec ses petites voitures.

— C'est vraiment gentil d'être venu me voir, dit-elle en versant le thé dans deux mugs et en lui en tendant un.

— Votre journée a été difficile à plus d'un titre, répondit-il en le portant à ses lèvres. Je me demandais si vous aviez besoin d'un coup de main. Vous dites vous-même qu'un gosse de quatre ans est parfois épuisant !

Il reposa le mug sur la table et elle le vit se tourner vers elle.

— En tout cas, vous avez repris un peu de couleur, dit-il en lui entourant la taille de son bras. J'espère que c'est grâce à moi et non à Lewis.

— Nous avons déjà parlé de Lewis, inutile d'y revenir, répondit-elle sèchement, plus contrariée par sa réflexion que par son bras autour d'elle.

— Vraiment ? Lewis est un homme marié, et pourtant il a passé la soirée chez vous. J'ai l'impression qu'il a du mal à rester longtemps loin de vous.

— Mais enfin, il est venu me communiquer des informations pour mes émissions ! dit-elle, exaspérée. Je ne vois d'ailleurs pas pourquoi je me fatigue à vous l'expliquer !

— Parce que vous et moi savons très bien qu'il aurait pu vous communiquer ces informations sur votre lieu de travail.

— Et pourquoi pas ici ?

— Parce qu'il semble rechercher un peu trop votre compagnie. Il a besoin d'être protégé contre lui-même.

Elle lui lança un regard noir.

— Lewis n'a pas besoin de vous pour régler ses problèmes conjugaux, dit-elle en essayant vainement de se dégager.

— Vous ne devriez pas le laisser tourner autour de vous alors que vous refusez de me donner ma chance, dit-il en resserrant son étreinte.

A présent, elle sentait sa main courir le long de son dos.

— Vous êtes comme ces magnifiques cupcakes, Ellie. Parfaite et trop attirante pour que je puisse résister à la tentation.

— Vous faites de ces innocents gâteaux une invitation au péché, dit-elle en s'efforçant de rire malgré son trouble.

— C'est que vous me faites perdre la tête, Ellie, dit-il.

Avant qu'elle ait pu faire un mouvement, il s'était incliné vers elle et lui avait posé un baiser derrière l'oreille. Pétrifiée, elle sentit ses lèvres remonter doucement le long de son cou et quand enfin elle tourna la tête, tentant de se dégager, en une fraction de seconde il lui saisit la bouche.

Elle sentit son corps s'enflammer, son sang s'embraser. Des ondes de plaisir la parcouraient de la tête aux pieds. Se perdant dans ce baiser, elle se laissa happer par un tourbillon grisant qui la laissa pantelante, éblouie, sans défense.

— Je suis fou de désir, Ellie, murmura-t-il d'une voix haletante contre son oreille.

Totalement abandonnée, elle le laissait lui caresser le corps, chercher ses formes d'une main impatiente.

— Je suis si bien avec toi, murmura-t-il, la voix rauque.

En proie à une soudaine félicité, elle renversa la tête, les yeux clos. Si seulement cet instant pouvait se prolonger…

Mais il fallait mettre un terme à ces quelques secondes de bonheur. Avec un petit garçon de quatre ans jouant dans la pièce d'à côté et capable à tout moment de faire irruption, jouer avec le feu était pure folie.

— Il ne faut pas, James, dit-elle à voix basse. Jayden…

— Je sais, fit-il d'une voix pleine de frustration en relâchant lentement son étreinte. Mais je veux que vous soyez à moi, Ellie.

— Mais… et Sophie ? balbutia-t-elle, assaillie d'émotions contradictoires.

— La famille de Sophie et la mienne sont liées depuis toujours, dit-il d'un ton évasif, et ses parents sont très amis avec mon père.

— Mais c'est avec elle que vous sortez, n'est-ce pas ? demanda-t-elle, insistante, pensant au reportage de Noah.

— Sophie et moi sommes amis depuis longtemps. Elle se consacre beaucoup à mon père, ce qui fait que je la vois souvent. Nous avons aussi de fréquentes occasions de nous rencontrer dans le monde à cause de nos relations communes.

Il se tourna vers elle.

— Mais cela est sans conséquence sur ce qui se passe

entre vous et moi, dit-il d'un air qui semblait parfaitement innocent.

— Vraiment ? Je n'en suis pas aussi sûre que vous.

Se levant, elle s'éloigna résolument. Avait-il été parfaitement franc ? En tout cas, il n'avait pas démenti très énergiquement sa relation avec Sophie. Pour elle, les choses étaient claires. S'il n'était pas libre, il n'était pas pour elle. Entre elle et lui, c'était fini.

— Il y a une seconde, Ellie, vous vous abandonniez dans mes bras. Vous me désirez autant que je vous désire. Je l'ai bien senti. Que se passe-t-il ?

— J'ai eu tort de me laisser aller. Mes sens parlaient plus fort que ma tête. Mais je ne veux pas aller plus loin avec un homme capable d'avoir plus d'une femme dans sa vie. Je me suis déjà laissé prendre une fois et je me suis juré que cela ne m'arriverait plus.

C'était un souvenir pénible, qui lui arracha un soupir.

— Je suis restée longtemps avec un homme que j'aimais beaucoup, reprit-elle. Et puis, un soir que je dînais au restaurant avec une amie, je l'ai aperçu à l'autre bout de la salle. Il était attablé avec une autre femme. Pendant toute la soirée, ils se sont regardés dans les yeux, se sont tenu la main et se sont chuchoté à l'oreille. Ils ne m'ont pas vue et sont sortis du restaurant en se tenant par la taille.

— Je suis désolé de ce qui vous est arrivé, Ellie. Mais cela n'a rien à voir. Ma relation avec Sophie est une histoire de famille, chose à laquelle mon père tient plus que tout. Je ne veux pas le contrarier tant qu'il n'est pas rétabli. J'aime beaucoup Sophie, c'est vrai, mais entre elle et moi, ce n'est pas ce que vous croyez, je vous assure. Pour moi, elle est avant tout la fille d'amis de la famille.

— Etes-vous bien sûr que ce soit ainsi qu'elle voit les choses ?

— En tout cas, elle n'est pas concernée par ce qui se passe entre vous et moi, répondit-il d'un air buté.

— Pour moi, si, James.

— Ellie… La vérité est ailleurs. Je ne suis pas prêt pour quelque engagement que ce soit. J'ai de lourdes responsabilités professionnelles, sans compter la gestion du domaine et les soucis que me donne la santé de mon père. Mais je ne vois pas pourquoi cela nous empêcherait de répondre à l'attirance que nous éprouvons l'un pour l'autre. Prenons les choses comme elles viennent.

— Je vois ce que vous voulez dire… Mais je ne suis pas sûre que cela me convienne.

Redressant les épaules, elle le regarda en face.

— J'ai cédé à un moment d'égarement, mais cela ne se reproduira pas.

— Je me sens si bien avec vous, Ellie, répondit-il.

Il avait une voix vibrante et semblait encore vouloir la faire fléchir.

— Je serai toujours heureuse de me trouver en votre compagnie, James. Mais sans doute pas de la façon que vous évoquez.

Il avait dû comprendre que sa résolution était inébranlable. Sans insister, il alla dire au revoir à Jayden et ne tarda pas à partir.

En refermant la porte sur lui, elle sentit un grand vide l'envahir.

Il venait à peine de sortir et il lui manquait déjà.

7.

— Que se passe-t-il, Ellie ?

Au bout du fil, Noah semblait sincèrement inquiet.

— Dès que j'ai lu la presse ce matin, j'ai essayé de te joindre, dit-il. Mais tu ne réponds pas au téléphone.

— Les journalistes ne me laissent aucun répit, Noah.

Elle se sentait gagnée par le désespoir.

— Ils ont appelé ici toute la matinée, c'est pour cela que je ne décroche plus. J'ai même coupé mon portable parce qu'ils se sont débrouillés pour avoir le numéro. Et ce n'est pas tout. Ils campent devant la maison. Je deviens folle, Noah.

— As-tu appelé la police ?

— Oui. Elle les a délogés, mais ils sont revenus. Ce cauchemar dure depuis 6 heures du matin.

Découragée, elle soupira.

— Je me suis barricadée à l'intérieur. Je ne sais plus quoi faire.

— Essayer de leur parler, peut-être ?

— Pour qu'ils écrivent encore plus d'insanités sur mon compte ? Merci bien ! Ils sont déjà allés chercher ce qu'il y a de plus glauque dans mon passé. Ils ont même déniché les vieilles photos de la presse locale et me présentent comme une ancienne délinquante, une fêtarde alcoolique. Tu as vu les titres ? « *Ellie Saunders, icône de la TV, comme vous ne l'avez jamais vue* ». J'en suis malade, Noah.

— Il y a de quoi. Ces attaques sont ignobles.

— Elles le sont; Noah. Mais c'est surtout pour Jessica, la femme de Lewis, que je me fais du souci. Les articles prétendent que j'ai une liaison avec Lewis. Et ils ont l'ignominie de mêler la photo du petit Jayden à tout cela. Tu peux le croire ? Mais comment osent-ils ?

Elle soupira et réfléchit un instant.

— Tu sais, Noah, cela m'a fait comprendre ce que lord Birchenall a pu ressentir après la publication de ton reportage. Jusqu'à présent, je ne m'en étais pas rendu compte.

— Moi non plus, répondit Noah. Tu ne peux pas savoir comme je m'en veux, Ellie. J'étais obsédé par le mal qu'il a fait à notre famille en nous jetant dehors. J'ai été guidé par la volonté de lui rendre la monnaie de sa pièce. Mais je le regrette sincèrement.

Il s'interrompit tout à coup, comme frappé d'une idée soudaine.

— Mais, dis-moi, Ellie… C'est peut-être lui qui est derrière ces articles !

— Sûrement pas ! Quels que soient ses défauts, il n'est pas du genre à s'abaisser à une action aussi méprisable. Et même s'il l'était, James ne l'aurait pas laissé faire. En outre, il n'aurait jamais calomnié Lewis, son neveu.

— Tu as raison. Alors, selon toi, qui peut avoir provoqué ces articles ?

— Je n'en sais rien, Noah. Je suis trop perturbée pour y voir clair.

— Que puis-je faire pour toi ? Veux-tu que je vienne ?

— C'est inutile, merci. Ils vont bien finir par se lasser et déguerpir. Je vais couper aussi le téléphone fixe.

Elle raccrocha et se mit à arpenter nerveusement la maison. Elle était bel et bien prisonnière chez elle. Elle avait fermé les rideaux pour éviter qu'on l'épie ou la photographie de l'extérieur et, bien que ce fût le plein jour, avait dû allumer la lumière.

Elle écarta discrètement un coin de rideau pour voir si ses assaillants levaient le siège. Mais un groupe compact de journalistes et de photographes se pressait toujours devant la maison, caméras et objectifs prêts à se déclencher au moindre mouvement.

Que faire ? Serrant les poings d'impuissance, elle se laissa tomber sur un siège.

Un coup sec frappé à la porte la fit sursauter. Avaient-ils décidé de passer à l'attaque ? Se rencognant sur sa chaise, elle décida de ne pas bouger. Mais le coup se fit plus insistant et la voix étouffée d'un homme se fit entendre.

— Docteur Saunders ? J'ai une lettre pour vous. C'est important. Il faut que vous la lisiez.

Traversant le hall, elle aperçut une enveloppe blanche sur le carrelage.

Une nouvelle ruse des paparazzi ? Méfiante, elle la saisit et l'ouvrit.

« Ellie,

« J'imagine que vous êtes dans une situation difficile. C'est pourquoi j'ai demandé à mon ami Charles de venir vous chercher. Faites-lui confiance. Il vous conduira au manoir. Prenez des vêtements et ce qu'il vous faut pour quelques jours.

« James. »

Telle une onde bienfaisante, le soulagement l'envahit. James ne l'abandonnait pas ! Il pensait à elle et lui offrait le moyen d'échapper à la meute. La gratitude et la joie la submergèrent. Elle n'était plus seule. Malgré ce qui s'était passé la dernière fois qu'ils s'étaient vus, il n'hésitait pas à voler à son secours.

Elle entrebâilla la porte.

Un homme jeune et grand se tenait à l'extérieur.

— Etes-vous Charles ? lui demanda-t-elle.

Il hocha la tête et elle le fit entrer, refermant précipitamment la porte avant que la horde de paparazzi ne se précipite.

— Je suis un ami de James, dit-il en la suivant dans la cuisine.

Elle l'observa. Il était grand, d'allure sportive, une expression franche et décidée sur le visage. Tout à fait le genre d'homme à vous tirer d'une situation périlleuse.

— Il n'est pas venu vous chercher lui-même : si les journalistes l'avaient reconnu ils vous auraient suivis jusqu'au manoir.

— Servez-vous pendant que je vais me préparer, dit-elle en désignant la machine à café. Je ne serai pas longue.

Ayant gagné sa chambre quatre à quatre, elle jeta hâtivement quelques vêtements dans un fourre-tout, y ajouta sa trousse de maquillage, et redescendit l'escalier aussi vite qu'elle l'avait gravi.

Mais comment déjouer l'attention de la horde ? Après tout, Charles était seul contre tous.

— Même si nous sortons très vite de la maison, ils auront le temps de nous cerner, lui dit-elle avec angoisse.

— Nous y avons pensé avec James. J'ai garé ma voiture à l'écart derrière la maison avant de faire le tour à pied pour frapper à votre porte. Ils ne savent pas comment je suis venu. Votre propre voiture étant stationnée devant chez vous, ils s'attendent que nous sortions par la porte principale.

Pourquoi discuter ? Se faufilant à sa suite par la porte de la cuisine, elle courut comme lui jusqu'à la voiture, une longue berline noire aux vitres teintées.

— Jusqu'ici, tout va bien, murmura-t-il en démarrant en flèche.

— Ils ont dû entendre le bruit du moteur, dit-elle en regardant avec inquiétude dans le rétroviseur.

— D'ici à ce qu'ils réagissent et contournent la maison, nous serons loin, répondit Charles avec un sourire tranquille.

En effet, vingt minutes plus tard ils étaient au manoir où James les accueillit sous le porche.

— Mission accomplie, mon vieux, lui dit Charles avec une bourrade amicale. A présent, soyez prudents tous les deux ! lança-t-il en s'en allant.

— Merci, Charles ! dit-elle avec émotion en agitant la main et en suivant des yeux sa voiture qui s'éloignait.

A sa grande surprise, au lieu de la faire entrer au manoir, James saisit le fourre-tout qu'elle avait posé par terre, lui prit fermement la main et l'entraîna vers son élégante voiture de sport. Allant d'étonnement en étonnement, elle s'aperçut que lui aussi avait un sac de voyage accroché à l'épaule.

Mais qu'importait où il l'emmenait. Le soulagement d'être avec lui l'emportait sur tout le reste. Il était grand, fort et calme. Il était son sauveur. Pour la première fois depuis des heures, elle se sentait en sécurité.

— Merci de ce que vous avez fait, dit-elle doucement en lui jetant un regard plein de gratitude. J'étais terrifiée. Et comme par enchantement vous m'avez arrachée à cet horrible piège.

— Je me doutais que vous étiez folle d'angoisse. Je suis consterné que vous ayez dû subir une telle épreuve, dit-il en ouvrant le coffre et en y installant leurs sacs de voyage.

— Mais où allons-nous ? demanda-t-elle, intriguée.

— Là où personne ne pourra nous trouver, dit-il en la faisant monter sur le siège avant. Sur un bateau. Pour une petite escapade.

— Une escapade en bateau ? Mais… c'est lundi demain… nous devons être à l'hôpital de bonne heure…

— Je nous ai octroyé une journée de repos à tous les deux, dit-il en démarrant. J'ai prévu des remplaçants.

— Mais… pour quelle raison ? demanda-t-elle, interloquée.

— Si vous restez introuvable quelques jours, la presse va vous oublier, les tabloïds trouveront une autre victime à se mettre sous la dent.

— Leur acharnement est incompréhensible, dit-elle avec un soupir. Mais comment avez-vous deviné ce qui se passait ?

— J'ai lu les journaux du matin. J'ai aussitôt essayé de vous appeler, mais votre portable ne répondait pas et votre ligne fixe était constamment occupée. J'en ai déduit que vous aviez des problèmes et j'ai appelé Noah. C'est lui qui m'a mis au courant. J'ai pensé venir vous chercher, mais j'ai craint les suppositions de la presse si on me reconnaissait. C'est pourquoi j'ai envoyé mon ami Charles.

— Vous ne pouvez imaginer mon soulagement à la lecture de votre billet. Merci encore, dit-elle en regardant le paysage.

Peu à peu, les collines laissaient la place à des prairies qui descendaient en pente douce. Il ralentit.

— Où arrivons-nous ? demanda-t-elle, piquée par la

curiosité. Vous m'avez dit un jour que vous aviez un bateau. Quelle sorte de bateau est-ce ? Un voilier ? Un yacht ?

La perspective de s'embarquer sur un bateau sophistiqué l'impressionnait et voguer sur une mer agitée ne lui souriait guère…

— Rien d'aussi grandiose ! dit-il en riant. Depuis que je suis tout gosse, j'adore naviguer sur les voies intérieures. C'est pourquoi j'ai fait il y a quelques années l'acquisition d'une péniche. C'est un bateau étroit adapté à la navigation sur les canaux.

Il lui jeta un bref coup d'œil et lui sourit.

— Dès que j'en ai l'occasion, dit-il, je m'échappe pour de longs week-ends d'insouciance au fil de l'eau. C'est ce que nous allons faire, Ellie !

— Ce sera une expérience inédite pour moi, dit-elle, circonspecte.

— J'espère que cela vous plaira. Il y a tout ce qu'il faut sur le bateau pour que notre séjour soit agréable.

Elle resta silencieuse.

Invitait-il parfois Sophie à partager ses *longs week-ends d'insouciance au fil de l'eau* ? Cette pensée lui noua l'estomac. Mieux valait la repousser. Pourquoi tout gâcher en se laissant envahir par l'image d'une femme qui était un obstacle entre eux ?

En bavardant, ils étaient arrivés à destination. Une douzaine de bateaux décorés de couleurs vives étaient amarrés le long du canal.

— Voici le mien, dit James en désignant l'un d'eux. Le *Louise Jane.*

— Je suis sûre que c'était le prénom de votre mère, fit-elle spontanément.

— Oui, répondit-il d'une voix empreinte de pudeur. Je tenais à perpétuer sa mémoire.

Quel bel hommage de la part d'un fils… Sentant les larmes lui monter aux yeux, elle reporta son attention sur le bateau. C'était une séduisante embarcation, étroite et longue, à la coque peinte d'un beau vert profond. Ses flancs étaient ornés d'un décor original représentant des fleurs d'un rouge et d'un jaune éclatants.

— Montons à bord, dit-il.

La tenant fermement par la main, il l'aida à sauter sur le pont.

— Et maintenant, je vais vous faire les honneurs du lieu !

A sa suite, elle descendit les quelques marches de bois menant dans la coque de l'embarcation et se trouva dans une cuisine miniature.

Dans l'espace exigu, tout semblait parfaitement étudié.

— J'ai fait installer la plus petite cuisinière haut de gamme que j'ai trouvée, un frigo et autant de placards que possible, dit-il avec une fierté évidente.

— C'est magnifique ! s'écria-t-elle, conquise par le charme du décor de bois et d'acier chromé.

— J'ai rempli récemment le frigo et les placards, et apporté quelques produits de première nécessité. Je pense que nous aurons de quoi survivre pendant deux jours !

Elle sursauta. Tout était allé si vite depuis quelques heures ! Elle commençait juste à comprendre qu'elle serait seule avec lui sur ce bateau. Un trouble soudain l'envahit. Pourvu qu'elle parvienne à garder la tête froide et que son corps ne la trahisse pas…

— A présent, venez voir la cabine principale, dit-il en la faisant entrer dans ce qui évoquait le plus confortable des salons.

Des banquettes bien rembourrées et garnies de coussins de couleurs vives se faisaient face de part et d'autre de l'étroit espace. Dans un coin, se trouvait une table de chêne assez grande pour accueillir quatre personnes.

— Les banquettes se soulèvent comme des coffres, dit-il. Cela offre une bonne capacité de rangement.

— Est-ce ici que vous dormez ? demanda-t-elle avec appréhension, imaginant déjà des sacs de couchage déployés sur les banquettes.

Le danger se précisait. Où se coucheraient-ils ce soir ? Si c'était ici, comment supporterait-elle cette promiscuité ?

— Il y a des cabines, ce qui préserve l'intimité de chacun,

répondit-il en souriant d'un air amusé. Je vais vous les montrer et vous choisirez celle qui vous plaît. A moins, bien sûr, que vous n'acceptiez de partager la mienne. Les nuits sont fraîches sur l'eau. Je serais heureux de vous tenir chaud.

Frémissant de la tête aux pieds, elle dut faire un effort surhumain pour répondre sur le mode badin.

— Je suis sûre que vous me rendriez volontiers ce service. Mais je ne pense pas que ce serait une bonne idée.

— Dommage, dit-il en lui lançant un regard où il n'y avait plus uniquement de la plaisanterie. Si vous changez d'avis…

— Je ne changerai pas d'avis, James.

Elle aussi avait parlé d'une voix plus grave. Le repousser était un supplice. Mais elle ne lui céderait pas, quoi qu'il lui en coûte. Une relation avec lui n'aboutirait qu'à une catastrophe. Ils n'appartenaient pas au même monde. Lui descendait d'une lignée honorable depuis des générations tandis qu'elle était désormais traînée dans la boue et sa réputation ruinée.

Pourtant, loin de la rejeter, il avait volé à son secours et lui apportait son soutien quand tout le monde la montrait du doigt. Quel homme se serait conduit avec autant de noblesse et de générosité ?

Sans insister, il la mena à l'avant du bateau où se trouvaient deux cabines. Elles étaient aussi exiguës l'une que l'autre et abritaient pourtant chacune une vaste couchette à deux places et un petit placard mural. Puis il la conduisit en riant à la proue du bateau, une salle de bains microscopique mais dotée de toutes les commodités et d'un aménagement aussi raffiné que l'espace cuisine.

— A présent, je vais mettre le moteur en marche et nous allons quitter la rive, dit-il en remontant sur le pont. J'avais pensé nous arrêter un peu plus loin sur le canal pour nous restaurer dans un pub. Mais les gens qui vous connaissent par la télé et qui ont lu la presse ce matin risquent de vous importuner. Qu'en pensez-vous ?

— C'est ce que je redoute, dit-elle, se sentant gagnée par le découragement. Mon existence a été saccagée. Pourquoi m'accable-t-on ainsi ? Qui peut me haïr au point de vouloir détruire ma vie, ma réputation et ma carrière ?

— Je ne peux pas croire que l'on vous veuille du mal, Ellie, dit-il en lui passant un bras réconfortant autour des épaules. Tout le monde vous aime. Vous êtes douce, aimable, bienveillante. Vous ne méritez pas d'être clouée au pilori comme vous l'êtes. Et Lewis non plus. La façon dont on l'accable est abominable.

Elle aurait voulu sentir encore son bras autour d'elle, mais il la libéra pour détacher la corde qui retenait l'embarcation au ponton et mettre le moteur en marche.

Vêtu d'un pantalon de grosse toile kaki et d'un T-shirt noir sous lequel saillaient ses muscles, il maniait le gouvernail avec aisance, faisant doucement glisser le bateau sur l'eau calme du canal. Une envie folle la saisit de se blottir contre lui, de laisser ses mains courir sur ses bras, sur son torse puissant, de sentir son corps contre le sien. Réfrénant à grand-peine son élan, elle parvint à reprendre la conversation.

— J'ai appelé la femme de Lewis pour lui dire qu'il n'y avait rien de vrai dans ces racontars. Elle semblait malgré tout bouleversée. Lewis fait de son mieux pour la calmer.

— Ces derniers temps, cela n'allait pas très bien entre eux, dit James d'un air soucieux. Lewis reconnaît qu'ils se disputent plus qu'ils ne l'ont jamais fait en cinq ans de mariage. C'est étrange, jusqu'ici ils semblaient si bien s'entendre…

— Et vous me soupçonnez d'y être pour quelque chose ?

— Il ne vous l'a peut-être pas avoué, répondit-il en lui lançant un regard de biais, mais Lewis est très sensible à vos charmes. Vous savez écouter, prêter une oreille attentive à ce que l'on vous dit. Cela l'a flatté, lui a fait tourner la tête.

— Mais c'est vous qui délirez ! Il n'y a jamais rien eu entre Lewis et moi. Où allez-vous chercher toutes ces idées ?

— Je connais bien Lewis. Il peut se montrer faible et inconstant. Ce serait une catastrophe s'il cédait à une tentation passagère, parce qu'il aime réellement sa femme. Mieux vaut que vous gardiez vos distances avec lui.

— Lewis et moi sommes assez grands pour régler cela tout seuls, vous ne croyez pas ?

— Justement, je ne le crois pas. Je me sens plus tranquille de vous savoir sur ce bateau avec moi qu'en compagnie de Lewis, vous offrant mutuellement sympathie et compréhension. Lewis est en ce moment en situation de grande fragilité affective. Et tout homme digne de ce nom peut flancher face à vous, figurez-vous.

— Est-ce pour cela que vous m'avez amenée ici ? demanda-t-elle, ne sachant plus que penser. Pour m'éloigner de Lewis ?

— Je vous ai amenée ici pour vous éloigner de la presse. Disons que vous éloigner de Lewis est le bonus.

Sentant qu'une réplique acerbe allait lui échapper, elle se mordit la lèvre. Ce qui la chagrinait le plus, c'était qu'il lui témoigne si peu de confiance. Avait-il, dans son subconscient, la conviction que l'on ne pouvait pas se fier à une femme ? Que toutes, un jour, étaient capables de vous faire souffrir ? Etait-ce la triste conséquence de la fin prématurée de sa mère ?

A cet égard, elle pourrait lui en remontrer. Elle savait, elle, ce que c'était que d'être abandonnée par sa mère…

Renonçant à entrer en conflit avec lui, elle soupira.

— Et si j'allais brancher la bouilloire ? dit-elle en s'efforçant à la bonne humeur. Si vous voulez, je peux préparer de quoi pique-niquer sur le bateau. Avec tous ces événements, je n'ai pas avalé une miette de la journée.

— Bonne idée ! Des sandwichs feront l'affaire. Il y a du pain et des viandes froides dans le frigo. Je viens vous aider dès que j'ai trouvé un endroit pour amarrer le bateau.

— Parfait, répondit-elle en dévalant les quelques marches jusque dans la cuisine miniature.

En effet, il y avait là tout ce qu'il fallait. Du riz, du rosbif et du poulet froids, des épices, des légumes, des champignons, des oignons… Pour la cuisinière qu'elle était, de quoi faire beaucoup mieux que de simples sandwichs…

— Mmm… Cela sent drôlement bon, dit James quand il la rejoignit un peu plus tard. Qu'est-ce qui est en train de mijoter ?

— Un risotto au poulet. Pour le dessert, ce sera une salade de fruits. Vous, je ne sais pas, mais moi, je meurs de faim !

— Moi aussi ! Profitons des derniers beaux jours pour déjeuner sur le pont. Bientôt octobre, les manteaux et les écharpes ! Pendant que vous terminez les préparatifs, j'ouvre une bonne bouteille.

Installés sur une banquette le long du bastingage, ils attaquèrent leur repas avec entrain en regardant les canards qui surgissaient des ajoncs et plongeaient dans l'eau du canal. Le bateau était amarré dans un coin sauvage où la nature reprenait ses droits. On n'entendait que le pépiement des oiseaux et le bourdonnement des insectes dans les chardons et les herbes folles du rivage. Une douce chaleur régnait, tout incitait au farniente. Admirant la luxuriance du paysage, Ellie se laissa aller contre le bastingage, surprise de se sentir gagnée par une douce quiétude.

— Une merveille ce risotto ! dit James. Je savais que vous aimiez cuisiner, mais pas au point de réaliser un miracle avec trois fois rien.

Semblant vraiment se régaler, il leva son verre.

— A vous, dit-il en la regardant. A votre avenir et à vos projets.

Levant le sien en réponse à son toast, elle laissa le vin couler délicieusement dans sa gorge.

— Je me demande de quoi demain sera fait, dit-elle pensivement. Vous, vous suivrez la voie tracée par vos ancêtres depuis des générations. Pour moi, l'avenir est de plus en plus incertain.

— Vous n'avez pas de nouvelles de votre producteur ?

— Non. Après ce scandale, cela m'étonnerait qu'il me confie la nouvelle série d'émissions. Mon avenir à la télé me semble compromis.

— Les gens finiront par comprendre que vous n'étiez qu'une gosse livrée à vous-même au moment des faits. Vous avez des circonstances atténuantes !

Elle eut l'impression qu'il l'observait, comme s'il cherchait à lire en elle.

— Pourquoi ne pas expliquer publiquement que vous

étiez une enfant perdue, sans personne sur qui compter ? Que votre rébellion était la seule façon de vous exprimer ? Personne n'oserait vous le reprocher.

— Peut-être. Mais il n'en demeure pas moins que quelqu'un a cherché à me nuire et à ruiner ma carrière à la télévision. Sinon pourquoi informer la presse de mes méfaits d'adolescente ?

Elle reprit une gorgée de vin. Il était frais et fruité et lui faisait du bien.

— Je suis touchée que vous soyez aussi compréhensif, James, reprit-elle. Avec un père à cheval sur les principes comme le vôtre, je ne l'aurais jamais pensé.

— Mon père et moi, cela fait deux.

A l'évidence, il était sincère. Mais ce n'était pas pour cela qu'il lui ferait une place dans sa vie. Les Birchenall étaient fiers de leurs traditions. Ils n'accepteraient pas en leur sein une femme à la réputation ternie. Espérer nouer une relation d'avenir avec lui n'était qu'un fantasme.

— Nous sommes en partie responsables de ce qui vous est arrivé, à vous et à votre famille, dit-il cependant après avoir rempli le verre qu'elle avait reposé devant elle. Et je comprends la réaction de Noah.

— Il regrette ce qu'il a fait. Ce que je subis aujourd'hui lui a ouvert les yeux. Il a compris que voir sa vie étalée dans la presse, livrée en pâture à tous, était destructeur.

— Je sais. Au téléphone ce matin il m'a présenté ses excuses et m'a demandé de les transmettre à mon père.

— Cela peut-il lui inspirer de l'indulgence ?

— Ce n'est pas impossible. Quand mon père a appris que le vôtre était malade au moment où il s'est séparé de ses services, il s'est senti en partie responsable des ennuis de votre famille.

Un peu réconfortée, elle servit le dessert qu'ils attaquèrent de bon cœur. Mais au même moment un bateau passa lentement sur l'eau, et ses passagers les saluèrent gaiement de la main. Instinctivement, elle détourna la tête en secouant ses cheveux pour dissimuler ses traits.

— Comment pourrais-je affronter de nouveau le regard

des autres ? s'écria-t-elle avec désespoir quand le bateau se fut éloigné. Suis-je condamnée à toujours me cacher ?

— Les choses s'arrangeront d'elles-mêmes, Ellie. Pour l'instant, laissez-vous aller. Vous avez vécu aujourd'hui des événements traumatisants. Vous devez prendre un peu de distance. Nous trouverons bien un moyen pour vous réconcilier avec la vie !

Elle le regarda, scrutant son beau visage racé, ses traits réguliers.

Ainsi, elle n'était pas seule. Il était à ses côtés et l'aiderait à surmonter cette épreuve... Cela l'aidait à se sentir plus forte, plus calme... Aussi put-elle au cours de l'après-midi goûter pleinement le plaisir de naviguer doucement au rythme du canal. A chaque écluse, James bondissait sur le chemin de halage. Il tournait la clé permettant le passage et elle l'aidait à ouvrir les portes permettant d'entrer dans le sas.

— Je comprends que l'on choisisse ce mode de vie, dit-elle à la fin de la journée tandis qu'ils soupaient sur le pont au clair de lune. Ni stress ni précipitation ! On peut prendre son temps. Tout est si calme ! Et finalement ce calme vous gagne jusqu'au fond de l'âme !

— L'antidote idéal pour des gens qui travaillent aux urgences ! répondit-il en riant. Je suis heureux que cela vous plaise. Vous semblez plus détendue à présent.

— C'est exactement ce dont j'avais besoin. Maintenant, ce sera plus facile pour moi de faire face.

— C'était le but, dit-il.

Il but une longue gorgée de bière et tendit la main vers la bouteille qui rafraîchissait dans un seau à glace pour lui proposer un verre de vin.

— Merci oui, fit-elle en tendant son verre.

Elle avait l'impression de flotter sur un petit nuage, en paix avec elle-même pour la première fois depuis une éternité.

— Merci pour tout, James. Cette escapade est une expérience merveilleuse.

Etre avec lui, c'était surtout cela qui était merveilleux. Elle aurait voulu que ce moment s'étire encore et encore pour ne s'arrêter jamais. Ayant dégusté lentement son verre de vin elle se leva à contrecœur.

— Il est temps d'aller dormir, dit-elle. Je suis épuisée. Mais c'est une bonne fatigue !

Elle n'avait pas envie de le quitter. Mais pas envie non plus de tenter le sort. Elle se sentait de plus en plus attirée par lui. A présent, elle le sentait, elle entrait dans la zone dangereuse où elle était près de tomber vraiment amoureuse de lui.

— Bonne nuit, Ellie, dit-il.

Etait-ce l'effet de la pénombre, de la lumière diffuse de la lune ? Elle crut voir briller dans ses yeux gris une lueur de désir et de regret. Mais il ne fit pas un geste pour la retenir.

Une fois étendue sur sa couchette, les yeux grands ouverts, elle se sentit en proie à une si intense envie de lui que c'en était presque douloureux. La pensée qu'il était couché tout près d'elle, de l'autre côté de la mince cloison, l'obsédait, emplissant l'air d'électricité et d'une troublante sensation de désir inassouvi. Très tard dans la nuit, elle céda enfin au sommeil.

Un coup frappé à la porte la réveilla de bon matin. Désorientée par le décor inhabituel, elle s'étira paresseusement, la tête encore pleine de rêves. De bons rêves, sûrement, car elle se sentait aussi pleine d'optimisme que si le monde lui appartenait. Une délicieuse odeur de bacon grillé vint lui chatouiller les narines et elle se sentait tout à fait réveillée quand James frappa de nouveau à sa porte.

— Debout, belle endormie ! Le petit déjeuner est servi !

Bondissant hors du lit, elle alla se rafraîchir dans la salle de bains miniature et inspecta le contenu de son sac de voyage. Heureusement, elle avait eu la présence d'esprit d'ajouter au dernier moment une petite robe ultracourte de soie rose, lui dégageant le cou et les bras. La tenue idéale pour une matinée de farniente, en plein soleil, sur le pont d'un bateau. Elle l'enfila rapidement et, guidée par l'appétissant fumet, se dirigea vers la coquerie.

— Hello ! lança-t-elle gaiement.

— Ah ! vous voilà ! dit James qui retirait du feu une poêle fumante. J'étais sur le point d'aller vous tirer du lit.

Se retournant, la poêle à la main, il sembla frappé de stupeur en la découvrant dans l'encadrement de la porte.

— C'est une chance que je n'y sois pas allé, dit-il, éberlué. Je ne réponds pas de ce que j'aurais fait.

Amusée, elle attendit qu'il ait fini de la détailler, de ses hanches moulées par la soie légère jusqu'à ses jambes nues et à ses ongles de pied soigneusement vernis.

— A ce rythme, nous ne sommes pas près de petit-déjeuner, dit-elle en riant.

Se tournant vers la table, elle vit qu'elle était dressée avec soin. La théière, les mugs, les toasts dorés à point, tout était prêt.

— Puis-je faire quelque chose d'utile ? demanda-t-elle.

— Oui. Aller vous vêtir d'un sac de pommes de terre, répondit-il. Cela me permettrait de me concentrer.

S'appuyant négligemment contre le chambranle de la porte, elle laissa un petit sourire errer sur ses lèvres. Lui non plus n'était pas mal, grand et athlétique, le ventre plat, dégageant une irrésistible impression de force et d'énergie. Un régal pour les yeux dès le matin…

— Vous concentrer ? Je me demande ce qui vous en empêche ! dit-elle de son ton le plus ingénu.

— Oh ! Juste une créature diaboliquement ondulante et sensuelle, avec les courbes qu'il faut là où il faut et une chevelure à se damner.

Ayant fait glisser les œufs au bacon de la poêle dans deux assiettes, il s'avança vers elle d'un air résolu.

— Que diable, Ellie ! Je suis un homme. Et vous une redoutable tentatrice. Que pensez-vous que je vais faire à présent ?

— Je ne sais pas. Laissez-moi réfléchir…

Elle aurait voulu continuer sur le ton de la plaisanterie. Mais elle avait joué avec le feu. A présent, la situation lui échappait et elle ne savait plus si elle devait se blâmer ou se féliciter de s'être montrée un brin provocante.

— Je pense que vous pourriez m'embrasser, dit-elle d'une voix un peu haletante en le regardant dans les yeux. Cela résoudrait-il votre problème ?

— Considérablement.

Comme s'il n'avait attendu que son signal, il la prit entre ses bras et l'attira contre lui avec une telle fougue que dans un dernier éclair de conscience elle se dit qu'elle avait été bien imprudente.

Mais il n'était plus temps de réfléchir. Penché vers elle, il prit sa bouche en un baiser si ardent qu'un véritable feu se mit à courir dans ses veines. Elle sentait ses mains parcourir fiévreusement son corps, la caressant, cherchant ses formes, la pressant si étroitement contre lui que soudain elle eut l'impression qu'ils ne formaient plus qu'un.

— Je n'en peux plus de désir, dit-il d'une voix rauque. Je te veux, Ellie.

S'abandonnant, elle le laissa lui prendre les hanches et les caresser longuement comme s'il voulait en épouser les contours de ses mains. Puis, éperdue, elle sentit qu'il faisait lentement remonter sa caresse vers ses seins, les capturant avec douceur et les caressant si habilement qu'elle ne put retenir un gémissement. De ses pouces, il traçait de légers cercles, approchant peu à peu de la zone la plus sensible, la mettant à la torture et la faisant trembler d'un désir qu'elle ne pouvait plus combattre.

Lui répondant avec passion, elle aussi partit à la découverte de son corps, comme si elle avait pu, par ses caresses, se l'approprier et en garder à la mémoire chaque ligne, chaque muscle. Elle voulut poser sa tête contre son torse et écouter les battements de son cœur, mais il lui releva le visage et l'embrassa de nouveau, ardemment, profondément.

Elle lui rendait son baiser avec la même fièvre, la même ardeur, quand soudain, comme une douche glacée s'abattant sur eux, un long et sonore coup de Klaxon retentit. Sursautant, elle s'écarta brusquement, le souffle court, égarée. Un bateau glissait lentement le long du leur.

— Ellie…, murmura James en l'attirant de nouveau contre lui, mais elle l'arrêta d'un geste.

— Ce bateau... c'est une chance..., parvint-elle à articuler d'une voix encore haletante.

C'était comme si la brume enchantée se dissipait soudain autour d'elle. Quelle terrible erreur de lui avoir cédé de nouveau...

— J'ai eu tort de me laisser aller, James. Mettons cela sur le compte d'un égarement passager, voulez-vous ?

— N'était-ce vraiment que cela ?

— Sans aucun doute.

Se trouver dans ses bras n'avait été qu'un rêve. Eblouissant mais fugitif. Elle devait maintenant revenir à la réalité. Avec lui, elle n'aurait jamais qu'une aventure.

Cela ne lui suffisait pas.

Ce qu'elle voulait était hélas la seule chose qu'il ne lui donnerait jamais.

Un engagement.

8.

— Et si vous vous adressiez à la presse pour rétablir la vérité ? proposa James alors que, le lundi en fin d'après-midi, ils avaient pris le chemin du retour. Vous pouvez facilement prouver que l'attitude rebelle de votre adolescence s'expliquait par votre enfance malheureuse.

— Jamais ! répondit Ellie, indignée. Il faudrait que je révèle la façon dont ma mère nous a abandonnés. Je ne dirai jamais de mal de mes parents publiquement. De toute façon, il y aura toujours des gens pour me juger sévèrement.

Lui-même ne l'avait-il pas soupçonnée d'une relation coupable avec Lewis ? Cette pensée la remplissait d'amertume.

— Ce qui m'importe, reprit-elle, c'est de démasquer la personne qui est à l'origine de ces rumeurs et de lui demander les raisons de son acharnement.

Les sourcils froncés, elle réfléchissait.

— Pensez-vous que ce soit Mel ? A part elle, je ne vois personne qui ait une raison de m'en vouloir.

— Même si c'est elle, elle ne le reconnaîtra jamais. Et les journaux ne révèlent pas leurs sources. Vous aurez du mal à démasquer la personne malintentionnée.

Frustrée de se sentir impuissante, elle resta songeuse pendant une partie du trajet.

— Avant de vous raccompagner, dit James, je voudrais passer au manoir voir si mon père va bien. Il n'avait pas l'air dans son assiette quand il m'a appelé cet après-midi.

En le suivant à l'intérieur, elle admira une fois de plus la splendeur du lieu. Une impression d'opulence et de respectabilité s'en dégageait et chaque boiserie, chaque poutre, portait la marque d'un passé historique.

Lord Birchenall était dans le salon, engagé dans une conversation téléphonique apparemment houleuse.

— Cessez de m'accuser de chantage, disait-il sèchement. Mon accord avec votre beau-père stipulait noir sur blanc que le terrain près du verger me reviendrait après dix ans. Je vous demande simplement d'honorer la parole donnée.

Quand il raccrocha, elle fut frappée par sa respiration sifflante et son extrême pâleur. James aussi semblait alarmé.

— Père, vous n'êtes pas raisonnable, dit-il d'un ton d'affectueux reproche. Vous m'aviez promis de me laisser régler cette affaire avec vos avocats.

— Le domaine te donne déjà assez de mal, protesta lord Birchenall.

Il était évident qu'il avait présumé de ses forces. Il semblait fiévreux et sa respiration était haletante. Comme sous l'effet d'une douleur subite, il porta la main à sa poitrine et se mit à tousser. L'appréhension la gagna. Une insuffisance cardiaque dégénérait facilement en angine de poitrine.

— Je vais faire un saut à l'hôpital pour prendre ma trousse et du matériel d'urgence, dit James, l'air à présent très inquiet, en se tournant vers elle. Pouvez-vous lui faire prendre sa trinitrine ? Le spray est dans le tiroir du bureau.

Restée seule avec le vieux lord, elle lui administra son médicament. Mais cela ne sembla pas le soulager. Au contraire, il s'affaissa soudain sur son siège. Angoissée, elle prit son pouls, qui était très irrégulier.

— Je ne peux pas laisser James gérer seul le domaine en plus de son travail à l'hôpital, dit-il d'une voix sifflante, comme pour justifier les efforts qu'il venait de faire. C'est trop pour lui. Il faut que je trouve une solution… Que je réorganise le domaine…

— Je suis sûre que James s'en sort très bien, dit-elle d'une voix apaisante en lui desserrant son col de chemise.

— Il faut qu'il ait le temps de penser à lui. De se marier, de fonder une famille. Je suis heureux que cela marche bien entre Sophie et lui. Ils sont bien assortis, elle sera une parfaite épouse pour lui.

Sous le coup, elle se sentit chanceler. L'avenir de James était bel et bien tracé et ce merveilleux week-end n'avait été pour lui qu'une parenthèse sans lendemain…

Mais ce n'était pas le moment de s'appesantir là-dessus. Cassé en deux, les mains crispées sur la poitrine, le vieil homme haletait bruyamment. Il aurait fallu le mettre rapidement sous oxygène, lui administrer de quoi dégager ses poumons… Mais elle ne disposait d'aucun matériel. En attendant le retour de James, elle ne pouvait compter que sur elle-même et parer au plus urgent.

— Essayez de vous détendre, dit-elle.

Mais il s'effondra sur lui-même et sembla sombrer dans l'inconscience.

Cette fois, elle ne trouva pas son pouls. Sans perdre une seconde, elle composa sur son mobile le numéro d'appel des ambulances. Puis, rassemblant ses forces, elle tira le corps inerte à elle et l'étendit sur le sol afin de pouvoir pratiquer un massage cardiaque. Chaque seconde comptait. Le sort du père de James reposait entièrement sur elle. A présent, le vieil homme était totalement inconscient. S'agenouillant à côté de lui, elle se mit à effectuer de rapides compressions thoraciques afin de favoriser le retour de la circulation sanguine.

Enfin, le pas précipité de James retentit dans le hall et il fit irruption dans le salon.

— Il a fait un arrêt cardiaque, dit-elle brièvement sans relâcher son effort. Avez-vous apporté un défibrillateur ?

— Oui, le voici.

Il y avait une profonde angoisse dans sa voix. Sans doute redoutait-il comme elle une issue fatale. Elle ne cessa ses pressions que lorsqu'il eut mis le défibrillateur en place et fixé les électrodes sur la poitrine de son père.

S'écartant, elle guetta avec la même anxiété que lui les effets du premier choc électrique. A son grand désarroi, ils semblèrent nuls. Une seconde impulsion de la machine, plus violente, suivit. Cette fois, la reprise du rythme cardiaque apparut sur le moniteur. James poussa un soupir de soulagement et posa un masque sur le visage de son père pour lui insuffler de l'oxygène.

— Une ambulance va venir vous chercher, dit-elle en se penchant vers lord Birchenall.

Il reprenait peu à peu ses esprits et jetait autour de lui des regards ahuris, se demandant visiblement ce qu'il lui était arrivé.

Au même moment, confirmant les paroles d'Ellie, la sirène de l'ambulance retentit. Quelques secondes plus tard les aides-soignants surgissaient dans la pièce.

— Installez mon père sur un brancard et transportez-le dans l'ambulance, leur dit James, je vais lui préparer quelques affaires. Il en aura besoin pendant son séjour à l'hôpital.

Se tournant vers Ellie, il lui pressa légèrement le bras. Dans ses yeux, il y avait une sincère émotion.

— Merci, Ellie. Vous avez sauvé la vie de mon père.

— Nous l'avons fait ensemble, répondit-elle en se dirigeant avec lui vers le hall.

— Je suis désolé que vous ayez été mêlée à ce drame familial, murmura-t-il. Ce n'est pas ainsi que j'aurais voulu voir se terminer les deux jours que nous avons passés ensemble.

Attristée, elle sourit sans répondre. Elle savait ce qu'avait signifié pour lui cette merveilleuse escapade. Rien… Lord Birchenall venait de ruiner ses dernières illusions.

— J'espère surtout que votre père va se rétablir rapidement, dit-elle simplement.

— Je vais monter dans l'ambulance avec lui. Mais cela me navre de vous abandonner. Je vais vous appeler un taxi.

— Je le ferai moi-même. Ne perdez pas de temps. Les services de secours seront bientôt prêts à démarrer.

Pendant qu'il montait quatre à quatre l'escalier pour préparer le sac de son père, elle appela un taxi. Malgré sa désillusion, le souci qu'elle se faisait pour James l'emportait sur tout le reste. Il aimait son père et devait être bouleversé. Quand il redescendit, elle se contenta pourtant de poser une main réconfortante sur son bras.

Sans doute fut-il sensible à ce geste car il la serra contre lui avec effusion.

— Vous êtes un trésor, Ellie… à plus d'un égard…, dit-il en lui prenant les bras de ses mains, un sourire ému aux lèvres. Ces deux jours avec vous ont été plus que fantastiques. Inoubliables.

— Vraiment ?, demanda-t-elle pensivement.

Mais les phares du taxi apparurent derrière les vitraux du hall et le vigoureux coup de Klaxon du chauffeur la rappela à la réalité.

— J'ai passé un délicieux moment sur le bateau, reprit-elle. Merci, James, de m'avoir aidée à échapper au cauchemar.

— Je serai toujours là pour vous, répondit-il en sortant avec elle sous le porche. Je passerai vous voir demain soir chez vous, après l'hôpital, pour m'assurer qu'il n'y a pas de reporter embusqué dans votre jardin.

Perplexe, elle agita la main derrière la vitre pendant que le taxi l'emportait.

Lord Birchenall semblait persuadé que son fils épouserait Sophie. Mais, lui, en avait-il vraiment l'intention ?

Par bonheur, il n'y avait plus un journaliste en vue devant chez elle. La vie normale pouvait enfin reprendre ! Pour la première fois depuis deux jours, elle se sentit le courage de consulter les nombreux messages laissés sur son portable.

Celui de son père, proposant son aide, lui fit chaud au cœur. Il y en avait aussi un de Ben, son producteur à la télévision.

Il prétendait devoir être dans son quartier le lendemain soir et proposait de passer la voir chez elle. Cela lui convenait-elle ?

Son estomac se noua. Que lui voulait-il ? Mais cette rencontre finirait tôt ou tard par avoir lieu, il était inutile de reculer. Aussi lui répondit-elle tout de suite, confirmant le rendez-vous pour le mardi soir.

Ayant vérifié que les portes et les fenêtres étaient bien fermées, elle alla se coucher. La nuit fut paisible et elle se rendit le matin à l'hôpital à l'heure habituelle.

Elle était pourtant dans ses petits souliers en arrivant.

Elle n'avait pas revu ses collègues depuis la parution des articles qui l'accablaient. Comment allaient-ils l'accueillir ?

Les traits tendus, Lewis fut l'un des premiers à venir la trouver.

— Les attaques de la presse m'ont révolté, dit-il. Mais toi, comment les as-tu supportées ?

— Comme j'ai pu. Parle-moi plutôt de Jessica. Ces insinuations ont dû être traumatisantes pour vous deux.

— Plutôt ! soupira-t-il en l'entraînant par le coude.

Comprenant que c'était pour parler plus tranquillement, elle ne résista pas. Mais elle aperçut James qui sortait au même moment de la salle de réanimation et leur lança de loin un regard sombre. Qu'était-il encore en train de s'imaginer ?

— Le bon côté de cette histoire, dit Lewis, c'est que Jessica et moi avons parlé comme nous ne l'avions pas fait depuis longtemps. Ces derniers mois, cela allait plutôt mal entre nous. Je ne dis pas que nous avons réglé tous nos problèmes, loin de là. Mais peut-être sommes-nous sur la bonne voie.

— Je l'espère pour vous.

— Merci, Ellie, dit-il en la serrant avec effusion contre lui.

Restée seule, elle retourna à son bureau. Elle avait demandé des tests qu'elle était impatiente de consulter.

— Tout va bien, Ellie ? fit soudain la voix de James, l'obligeant à lever la tête. J'espère que vos collègues vous ont bien accueillie ce matin !

— Ils ont été merveilleux. La lecture des articles les a scandalisés. Ils disent que ce sont bien là les méthodes honteuses de la presse à sensation.

— Si vous êtes de nouveau angoissée, dites-le-moi.

— Merci, James. Mais je me sens plus forte.

Plus forte, elle faudrait bien qu'elle le soit si sa carrière à la télévision s'interrompait. Elle avait mis plusieurs années à la construire et était fière d'aider ainsi un grand nombre de gens à se soigner. Y renoncer serait un crève-cœur.

— Comment va votre père ? demanda-t-elle, consciente que James aussi avait ses problèmes. Récupère-t-il ?

— Plus ou moins. Après ses précédents arrêts cardiaques,

cette crise n'a rien arrangé. Il reste en observation au service de cardiologie.

— Cela lui ferait-il plaisir que je lui apporte des livres ou des magazines ? Ou des DVD ? Noah a une collection sur les demeures de prestige. Cela intéressera votre père. Et pour Noah, ce sera un moyen de se faire pardonner.

— C'est une bonne idée, Ellie. Cela lui changera les idées. Sophie a préparé des livres, mais il n'est pas en état de lire.

Il s'interrompit et la regarda.

— C'est votre intervention qui l'a sauvé. Il en est conscient et m'a chargé de vous exprimer sa gratitude.

— J'y suis très sensible, répondit-elle machinalement, la tête ailleurs.

Il avait fait allusion à Sophie de façon si naturelle… Cela ne révélait-il pas une intimité profonde entre eux ? Sophie et lui… En dépit de ses efforts, elle ne parvenait pas à chasser l'image de leur couple de son esprit.

— Etes-vous inquiète pour l'un de vos patients ? demanda-t-il. Vous paraissiez soucieuse en examinant ces résultats.

— Il s'agit d'une patiente qui présente les mêmes symptômes que mon père au début de sa maladie, répondit-elle. Cela me rappelle de mauvais souvenirs que je préférerais oublier.

Mais comment oublier ? Malgré elle, le passé remontait à la surface et avec lui le sentiment de culpabilité.

— Quand mon père est tombé malade, cela a été le début d'une période effroyable pour notre famille. Je lui en ai voulu. Aujourd'hui seulement, quand je vois les mêmes symptômes chez des patients, je comprends ce qu'il a enduré.

Saisissant le dossier, elle le feuilleta rapidement.

— Voyez cette patiente, dit-elle. Elle se sent privée de toute énergie, les idées confuses, et cela s'aggrave à la moindre infection. Elle était à demi inconsciente quand elle a été amenée ici en ambulance et son état général n'est pas bon. Son rythme cardiaque est trop rapide, sa respiration insuffisante, sa température trop élevée.

— Selon vous, elle a la maladie d'Addison, comme votre père ?

— Sans aucun doute.

— Savez-vous pourquoi votre père a fait comme si de rien n'était quand il est tombé malade, au lieu d'en parler ?

— Il pensait sans doute que ce n'était qu'une fatigue passagère. Ce n'est pas quelqu'un qui s'écoute. C'est seulement quand il a perdu son travail et que son couple a volé en éclats qu'il a consulté un puis plusieurs médecins. Mais c'est un mal difficile à diagnostiquer. Pendant un certain temps, on ne l'a pas soigné pour ce dont il souffrait, c'est-à-dire une insuffisance des glandes cortico-surrénales.

— Il a dû connaître des moments terribles, moralement et physiquement.

— Oh oui ! Mais aujourd'hui il est très bien suivi. Son état est stabilisé et on peut même dire qu'il se porte bien.

— Pour vous aussi cela a dû être dur. Si mon père et moi avions été au courant à l'époque, nous aurions pu vous aider.

— Croyez-vous vraiment que votre père lui aurait conservé son travail au domaine ? demanda-t-elle, sarcastique. Il veut que les choses tournent rond, à quelque prix que ce soit.

— C'était peut-être vrai à cette époque, je le reconnais. Mais je vous assure que, depuis, il est devenu plus conciliant.

— Peut-être, dit-elle, sachant combien il était attaché à son père et ne voulant pas le blesser.

Comme elle se levait pour aller voir sa patiente, il l'arrêta.

— N'oubliez pas que je passe vous voir ce soir, comme promis, pour voir si personne ne vous assiège ! J'arriverai un peu tard, car je monterai voir mon père en cardiologie avant de quitter l'hôpital.

— Mon producteur aussi a annoncé sa visite pour ce soir. A mon avis, hélas, c'est pour me signifier la fin de mes émissions.

James allait-il renoncer à passer, sachant qu'elle ne serait pas seule ? Pourtant, elle se sentirait tellement plus forte s'il était là…

— Le vent finit toujours par tourner, Ellie, répondit-il simplement. Les choses ne peuvent que s'arranger pour vous.

Cette phrase lui trottait encore dans la tête tandis que, chez elle, elle se préparait pour recevoir Ben. Elle serait plus sûre d'elle si elle se savait à son avantage. Hésitant devant son placard, elle choisit finalement un élégant chemisier à fines rayures et une étroite jupe crayon.

Ben avait l'air jovial lorsqu'il arriva, ce qui était plutôt bon signe.

— Vous avez dû vous sentir très abattue après cette tempête médiatique, lui dit-il quand elle le fit entrer dans le salon. Figurez-vous que nous avons été bombardés d'e-mails et d'appels téléphoniques au studio !

— Vraiment ? s'écria-t-elle. Oh ! je suis désolée !

— Ne le soyez pas, répondit-il en souriant. Vous avez des fans inconditionnels. Surtout des hommes, il faut le souligner ! Mais il y a eu aussi des appels de téléspectatrices. Tous sont indignés que la presse vous reproche aujourd'hui des faits qui remontent à votre adolescence.

— Cela me fait du bien de l'apprendre. Mais que faire à présent ? Renoncer à la nouvelle série d'émissions ?

— Pas forcément. Ce qu'il faut, c'est regagner à cent pour cent la confiance de nos téléspectateurs. Leur expliquer pourquoi, à l'époque, vous êtes sortie du droit chemin.

De nouveau, il lui sourit.

— Pour commencer, si vous me racontiez ce qui s'est passé ?

Elle n'avait aucune raison de le lui cacher, au contraire.

Quand elle lui eut tout dit de son enfance sur le domaine, de la maladie et du chômage de son père, des défaillances de sa mère, de l'éclatement de sa famille et de sa propre inconduite, elle alla préparer du café pour le laisser réfléchir.

— La question est de savoir comment informer le public, dit-il d'un ton méditatif quand elle revint avec un plateau. Un communiqué de presse ? Un sujet dans une émission ?

— Je ne pourrai jamais étaler le passé de ma famille aux yeux de tous, dit-elle avec véhémence. J'aurais l'impression de trahir mes parents.

— Pourtant, d'une certaine façon, vous avez été trahie vous-même. On vous a privée d'un foyer. Vous avez été abandonnée par votre mère. Cela a dû être un choc terrible pour la gamine que vous étiez. A l'évidence, ces événements ont joué un rôle dans votre crise d'adolescence.

— Oui, sans doute…

Tout se bousculait dans sa tête. Le passé, le présent, sa loyauté à l'égard de sa famille, la nécessité de se défendre…

— Pour mes parents aussi, la situation était terrible. Ils ont eu du mal à l'affronter. Ma mère a fait une dépression. Assumer la responsabilité d'une famille était au-dessus de ses forces. A l'époque, je ne m'en rendais pas compte. J'étais rebelle, violente, j'en voulais à la terre entière. J'ai fait beaucoup de bêtises, c'est vrai.

Elle soupira.

— Ce serait honteux de ma part de rejeter le poids de mes ennuis actuels sur mes parents… Et si je me contentais d'excuses publiques sur ma conduite passée en disant simplement que j'étais jeune et immature ?

— Cela ne suffira pas, répondit Ben en se levant pour partir. Je vais y réfléchir. Une solution serait peut-être de lancer une série d'émissions sur les crises de l'adolescence.

C'était plutôt encourageant. A moins qu'il ne confie ce nouveau programme à un autre qu'elle…

Ce serait un camouflet après le mal qu'elle s'était donné pour asseoir sa carrière. Qui pouvait imaginer les efforts de volonté qu'elle avait dû faire pour échapper à la terrible spirale où elle avait sombré ? Au lieu de se laisser détruire, elle avait lutté pour s'en sortir, pour donner un sens à sa vie.

Et elle avait réussi…

Pour comprendre qu'elle était en train de gâcher son existence, il avait vraiment fallu qu'elle touche le fond.

Cela s'était passé après une soirée plutôt glauque et bien arrosée. Une bagarre avait explosé. L'amie qui l'accompagnait s'était écroulée, la tête en sang. L'effet d'un coup reçu ? De l'ébriété ? Impossible de savoir, mais la blessure était sérieuse. Autour d'elles personne ne s'en souciait et elle-même n'était pas en état de faire grand chose pour la malheureuse, à part éponger le sang avec une serviette.

Pour elle, cet incident avait tiré la sonnette d'alarme. Son amie avait eu du mal à se remettre. Elle-même avait pris la résolution de s'en sortir une bonne fois pour toutes. Et elle avait décidé de se consacrer à la médecine.

Et tout cela pour quoi ? Pour voir aujourd'hui sa réputation entachée, sa carrière à la télévision menacée ?

Si seulement James était venu ! Cela l'aurait réconfortée. Tout au fond d'elle-même elle avait espéré qu'il aurait envie de passer un moment avec elle.

Mais peut-être avait-il préféré rejoindre Sophie.

Après tout, Sophie était une intime de la famille. Une habituée du manoir. Il la connaissait depuis toujours.

Au moment où il se faisait du souci pour son père, il était normal qu'il se tourne vers elle.

9.

Le lendemain matin, plusieurs cas sérieux se succédèrent aux urgences et Ellie n'eut pas une minute à elle.

— Nous aurons besoin de poches de glace et de couvertures de refroidissement, Olivia, dit-elle après avoir examiné une patiente d'une trentaine d'années qui avait une forte fièvre et transpirait excessivement.

L'électrocardiogramme avait révélé un rythme anormal. En outre, la malade respirait avec peine et avait dû être placée sous oxygène. Le risque d'arrêt cardiaque semblait grand.

— Elle est particulièrement irritable, dit Olivia. Elle m'a dit de cesser de m'agiter autour d'elle et de la laisser tranquille.

— Les examens le confirmeront, mais je redoute un cas d'hyperthyroïdie, Olivia. L'irritabilité est un des symptômes liés à cette pathologie.

Pendant qu'Olivia allait chercher glace et couvertures, elle se pencha vers la patiente.

— Jenny, dit-elle avec ménagement pour ne pas l'énerver, nous allons vous administrer de quoi ralentir votre rythme cardiaque. Vous vous sentirez tout de suite beaucoup mieux.

S'étant assurée que ses instructions seraient suivies et Jenny transportée dans le service adéquat, elle s'éloigna pour regagner son bureau.

Au passage elle ne put s'empêcher de regarder si James se trouvait dans l'une des salles de soins. Mais elle ne trouva nulle part trace de sa présence. C'était surprenant.

Elle ressentait un irrépressible besoin de le voir. Dès

son arrivée, elle l'avait cherché et, ne le voyant pas, avait espéré qu'il l'appellerait sur son portable pour prendre de ses nouvelles. Or, silence total. Pourtant il savait qu'elle appréhendait sa rencontre de la veille avec Ben.

Pourquoi ne cherchait-il pas à savoir comment cela s'était passé ?

Les deux jours qu'elle avait passés avec lui sur le bateau avaient changé tellement de choses pour elle. Deux courtes journées ! Assez longues cependant pour lui révéler une évidence qu'elle ne pouvait plus se cacher…

Elle était amoureuse de lui.

Aucun autre homme ne pourrait la rendre heureuse, elle en était certaine. C'était avec lui qu'elle voulait passer le reste de ses jours. Mais il l'avait prévenue. Une relation sérieuse n'était pas pour lui. Une relation éphémère lui suffisait.

Le drame était que, elle, elle voulait beaucoup plus.

L'arrivée d'Olivia interrompit le cours de ses pensées.

— Angela, la patiente qui souffre d'une inflammation du myocarde, répond bien aux antibiotiques, lui dit celle-ci. Son état s'améliore. L'interne a enlevé le drain.

— C'est une bonne nouvelle. J'avoue que j'étais inquiète à son sujet. Quoi de neuf à propos de David Lengley, notre patient atteint de pancréatite ?

— La chirurgie a eu de bons résultats. La digestion se rétablit. Il est maintenant sous antibiotiques.

— Tant mieux. Merci, Olivia. Oh ! Il est plus tard que je ne pensais, dit-elle en consultant sa montre. Il serait temps que j'aille déjeuner ! Ensuite, je ferai un saut au service de cardiologie.

— Le père de James y est en traitement, n'est-ce pas ?

— Oui. J'ai quelques DVD à lui apporter.

Ayant avalé quelque chose en vitesse à la cafétéria, elle gagna l'aile de l'hôpital où se trouvait le service de cardiologie. La réticence de l'infirmière pour lui indiquer la chambre de lord Birchenall l'étonna.

— Il faut attendre, Ellie… Je me demande si… Je veux dire… Son fils est dans la chambre… Je pense qu'il ne souhaite pas être dérangé…

— L'état de lord Birchenall s'est-il aggravé ? demanda-t-elle, gagnée par l'inquiétude.

— Autant vous le dire, Ellie… En fait, il s'est éteint il y a une heure… Je suis désolée de devoir vous annoncer cette mauvaise nouvelle…

Laissant tomber sur une table le sac de DVD, elle resta silencieuse quelques secondes, le temps d'intégrer la nouvelle. S'étant ressaisie, elle se tourna vers l'infirmière.

— Son fils est-il seul dans la chambre ?

— Oui. Il a dit qu'il souhaitait se recueillir un moment.

— Je comprends cela. Je voudrais juste qu'il sache que je suis là.

S'il le voulait, elle repartirait. Mais l'idée qu'il était seul pour affronter son chagrin lui était insupportable. Ayant vaincu les dernières réticences de l'infirmière, elle longea le couloir jusqu'à la chambre, frappa un coup léger et attendit. Après quelques secondes, la porte s'ouvrit et James apparut dans l'encadrement.

— Ellie ? dit-il d'une voix blanche.

Il était blême, le regard absent, et semblait se mouvoir en automate. Peut-être aurait-elle mieux fait de ne pas venir. De le laisser seul. Comme s'il s'apercevait soudain de sa présence, il lui tendit enfin les mains. Cédant à une impulsion, elle l'enlaça et le tint étroitement embrassé.

— Il a fait une nouvelle crise cardiaque hier soir, dit-il d'une voix tremblante. Ensuite, il n'a pas récupéré. Il a juste commencé… à s'en aller… tout doucement…

— Je suis désolée, James. Je pensais vraiment qu'il s'en tirerait.

— Voilà des mois que je redoute une issue de ce genre. Et maintenant que cela s'est produit, je n'arrive pas à y croire. J'aurais dû rester à la maison, veiller sur lui…

— Personne n'aurait pu faire plus que ce que vous avez fait.

Faisant de son mieux pour le réconforter, elle lui caressait doucement le dos.

— Votre père ne supportait pas d'être malade, James. C'était un homme énergique. Sa faiblesse le mettait à la torture. Peut-être a-t-il maintenant trouvé la paix.

— Qui sait…, murmura-t-il, l'air absent.

Semblant soudain se ressaisir, il fit un pas dans le couloir et referma la porte derrière lui.

— A présent, j'ai des formalités à accomplir, dit-il.

— Cela peut attendre, James ! se récria-t-elle. Vous serez mieux chez vous. Je vais vous raccompagner en voiture.

— Vous avez peut-être raison, dit-il avec un soupir de lassitude. Mais je suis en état de conduire et on a besoin de vous aux urgences.

Il fit quelques pas en silence, comme s'il cherchait à rassembler ses esprits.

— Par contre, dit-il, cela me ferait du bien que vous passiez ce soir au manoir en sortant de l'hôpital.

— Comptez sur moi, James. Je viendrai.

— Merci, Ellie.

Inquiète de voir son regard fixe et son visage vide de toute expression, elle l'accompagna jusqu'au parking et suivit sa voiture des yeux avant d'aller reprendre son service, s'exhortant à ne plus penser qu'à son travail.

— Il faut demander à un endocrinologue de venir examiner Jenny Soames, dit-elle à Olivia en consultant le résultat des tests de fonctionnement de la thyroïde.

— Je vais appeler le Dr Mason, dit Olivia. En tout cas, Jenny semble aller mieux et être moins agitée.

— C'est bon signe.

La fin de la journée arriva enfin. Ayant passé ses consignes à l'équipe du soir, elle prit le chemin du manoir. Le chagrin de James lui avait fendu le cœur. Tout ce qu'elle espérait était qu'il soit un peu moins abattu.

Sans doute alerté par le crissement des pneus sur le gravier, il vint l'accueillir sous le porche.

— Comment vous sentez-vous ? demanda-t-elle avec sollicitude.

— Je tiens à peu près le coup, dit-il en la guidant jusqu'à la cuisine.

Lui ayant avancé une chaise près de la table, il remplit la bouilloire et la brancha.

— Je préfère ne pas penser à ce qui s'est passé, dit-il. Il vaut mieux que je m'active, que je m'occupe l'esprit.

— C'est normal. Il faut du temps pour accepter.

— Voulez-vous du thé ou du café ? Ou peut-être quelque chose de plus costaud ? Un alcool ?

— Du thé me va très bien, merci.

— Parfait, dit-il en plaçant les sachets dans la théière. Et maintenant racontez-moi comment cela s'est passé avec votre producteur hier soir.

— Pas trop mal. Mieux que je ne le craignais, en tout cas, bien que je ne sache toujours pas comment cela va finir. Tout dépend de la façon dont nous arriverons à restaurer mon image aux yeux du public. Sinon, qui voudra écouter mes conseils ?

— La plupart des gens comprendront qu'il s'agissait d'une crise d'adolescence. J'aurais voulu être là avec vous pour recevoir votre producteur, Ellie, mais…

Sa voix s'étrangla.

— Au moment où je quittais l'hôpital, j'ai été bippé par le service de cardiologie et… vous connaissez la suite…

— Oui, James.

— Pourtant, dans l'après-midi, j'étais resté un long moment au chevet de mon père. Il semblait reprendre des forces. Il était optimiste et projetait de rentrer au manoir et…

Il s'interrompit brutalement, faisant visiblement un effort pour s'obliger à penser à autre chose.

— Etes-vous toujours pourchassée par les journalistes ?

— Non. Ils se calment. Il y en avait quand même deux qui m'attendaient ce matin devant ma porte. J'ai pris le parti d'aller droit vers eux et je leur ai déclaré sans me démonter que ma seule ambition à la télévision était de faire de bonnes émissions et d'aider les gens à vivre mieux !

Elle eut un petit sourire ironique.

— J'ai ajouté que laisser des journalistes sans scrupule gâcher cela serait dommage.

— Bravo, Ellie !

Comme si cela pouvait chasser le fardeau qui lui pesait depuis si longtemps, elle secoua les épaules.

— J'ai décidé de ne plus me dérober, James. D'assumer, quoi qu'il arrive. Il paraît que de nombreux e-mails de soutien sont arrivés au studio. Cela me donne du courage.

Elle n'osait pas le lui dire, mais ce qui lui donnait surtout du courage c'était la façon dont il l'écoutait en ce moment.

— Si j'étais un hôte attentif, je devrais vous offrir aussi de quoi vous restaurer ! dit-il en posant une tasse de thé devant elle. D'ailleurs, cela me fait penser que je n'ai rien avalé de la journée.

— Rien du tout, vraiment ?

— Je ne m'en sentais guère l'envie…

— Il doit y avoir ici de quoi dîner, non ?

— Ma foi, je n'en sais rien. D'habitude, c'est Harriet qui s'en occupe. Mais elle est en vacances chez sa fille au Pays de Galles.

— Me permettez-vous de jeter un coup d'œil dans les placards ? demanda-t-elle en se levant.

C'était à elle de prendre la direction des opérations. James était visiblement trop abattu pour préparer un dîner.

— Que diriez-vous d'un plat de spaghettis bolognaise ? proposa-t-elle après avoir inventorié les ressources de la maison.

— Parfait. Que puis-je faire pour aider ?

— M'observer et faire comme moi, dit-elle en riant et en posant sur la table des oignons, des carottes et du céleri qu'ils émincèrent avant de les jeter dans une casserole. Puis elle y ajouta de la viande de bœuf hachée, du bouillon et un peu de vin rouge avant de confectionner une sauce avec des tomates et des herbes.

Pendant qu'elle surveillait ce qui mijotait, elle laissa James mettre les spaghettis dans l'eau bouillante. Quelques minutes plus tard ils étaient à table.

— Dommage que vous ne soyez pas là tous les jours, dit-il en enroulant des spaghettis autour de sa fourchette. Ce sont les meilleurs spaghettis à la bolognaise que j'ai jamais mangés.

— Je vois ! Ce sont mes qualités de cuisinière qui vous plaisent en moi !

— Tenez-vous à ce que j'en cite quelques autres ?

Elle s'apprêtait à répliquer quand elle sentit son portable vibrer dans sa poche.

— Désolée. J'aurais dû l'éteindre, dit-elle avec un regard d'excuse.

— Répondez, Ellie. C'est peut-être important.

Jetant un coup d'œil au numéro affiché, elle poussa une exclamation.

— C'est Ben, mon producteur !

— Vous n'allez pas me croire, Ellie ! dit celui-ci, l'air très excité, quand elle décrocha. Devinez qui m'a téléphoné ! Votre mère.

— *Ma mère ?* En effet, j'ai du mal à vous croire. Pourquoi l'aurait-elle fait ?

— Elle a lu les papiers sur vous dans la presse. Plusieurs journalistes ont écrit que votre émission allait s'arrêter et elle estime que c'est un scandale. Figurez-vous qu'elle suit votre programme religieusement !

— Je n'en crois pas mes oreilles…

— Elle souhaite rétablir la vérité. Elle voulait me dire que rien n'était votre faute — ce que par parenthèse je savais déjà. Elle compte expliquer elle-même à la presse que, du fait de sa fuite et de ses défaillances, c'est elle la responsable de vos erreurs de jeunesse.

— Mais pourquoi n'a-t-elle pas cherché à me joindre, moi ?

— Parce qu'elle est dévorée par la culpabilité.

— Il faut l'empêcher de parler à la presse, Ben ! Sa vie sera fichue, tout le monde la montrera du doigt.

— Trop tard. Elle avait déjà accordé des entretiens à des journalistes quand elle m'a appelé. Les papiers sortiront dans les journaux du week-end. Tout cela me conforte dans l'idée que nous devons programmer ces nouvelles émissions, Ellie. J'envisage une série sur les adolescents à problèmes et la délinquance juvénile. C'est bon pour vous, Ellie !

Elle n'en était pas si sûre. La conversation terminée, elle resta un instant les yeux dans le vide.

— J'ai gardé votre assiette au chaud dans le four, dit James. Je vais vous l'apporter.

— Comme c'est gentil ! Merci, James.

— Satisfaite du coup de fil ? demanda-t-il en posant l'assiette devant elle.

Tout en avalant quelques spaghettis, elle lui raconta sa conversation avec Ben.

— A présent, j'ai l'impression que c'est à moi de protéger ma mère. Etrange, non ?

— Pas vraiment. Elle est votre mère malgré tout. Quoi qu'il arrive, quoi qu'ils fassent, nos parents font partie de nous.

Comprenant qu'il pensait à son père, elle étendit la main à travers la table et la posa sur la sienne.

Il s'en empara aussitôt et la serra intensément, la regardant en silence au fond des yeux. Le cœur battant, elle lui rendit son regard. Le temps lui sembla s'arrêter, comme si un lien invisible les soudait l'un à l'autre, dans une compréhension mutuelle. C'était comme si une bulle les isolait du reste du monde et que, très doucement, les instants de désir revivaient entre eux.

Un bruit de pas retentit alors dans le couloir et la porte de la cuisine s'ouvrit. Stupéfaite, elle vit apparaître Sophie, mais se rappela aussitôt qu'elle avait les clés du manoir.

Leur jetant un coup d'œil, celle-ci marqua aussi un moment de surprise.

— Je ne savais pas que tu avais de la compagnie, James. Je suis venue voir comment tu allais. Quelle terrible journée pour toi !

— Oui, en effet, répondit-il en dégageant lentement la main qu'il avait abandonnée à l'étreinte d'Ellie.

— Mais maintenant, je suis là, dit Sophie. Tu n'as plus à te faire de souci. Je t'aiderai pour les formalités et la cérémonie. Il va y avoir beaucoup à faire.

Interdite, Ellie les observait, laissant aller son regard de Sophie à James qui s'était levé pour l'accueillir.

— Veux-tu un peu de vin, Sophie ? dit-il en désignant la bouteille sur la table. Je vais aller te chercher un verre.

— Oui, volontiers, répondit-elle en prenant place à table.

Je voulais te proposer d'aller acheter un plat cuisiné, mais je vois que c'est inutile.

Elle prit le verre que James lui tendait.

— Repose-toi sur moi pour tout organiser. Demain, je t'accompagnerai pour les démarches nécessaires. Ensuite, je m'occuperai des fleurs pour la cérémonie. J'ai pensé à des lis blancs. Mêlés peut-être à quelques œillets. Qu'en penses-tu ? demanda-t-elle sans paraître se soucier de la présence d'Ellie qui, incertaine sur la conduite à tenir, se taisait sans quitter James des yeux.

Soudain, elle le vit se lever et se diriger vers la fenêtre. Il ferma les yeux et pressa les mains sur ses tempes, comme s'il voulait échapper à la pression du monde, et ouvrit la bouche sans qu'aucun son n'en sorte.

Décidément, il était temps qu'elle intervienne.

— Je ne pense pas que James soit prêt pour toutes ces démarches, Sophie, dit-elle fermement. Il est encore sous le choc. Il a besoin d'un peu de temps.

— Vous avez raison, fit Sophie en se levant.

S'étant approchée de James, elle lui posa la main sur le bras en un geste qui semblait empreint d'affection.

— Ne m'en veux pas, James. Je comprends ton chagrin.

— Je sais que tu me proposes ton aide dans une bonne intention, Sophie, lui répondit-il. Merci d'être là.

Voyant qu'ils se mettaient à bavarder tranquillement devant la fenêtre, Ellie eut tout à coup le sentiment d'être une intruse. Afin de combattre son malaise, elle débarrassa la table et commença à mettre un peu d'ordre.

— Sophie vient de me rappeler que le poêle fonctionne mal dans le salon, dit soudain James en se dirigeant vers la porte, suivie de Sophie. Je vais aller y remédier afin que nous puissions nous y installer tranquillement.

Restée seule et ne sachant plus que penser, Ellie mit en marche la machine à café. Elle s'apprêtait à disposer des tasses sur un plateau quand Sophie réapparut.

— James semble totalement perdu dans ses pensées, dit-elle avec un soupir. Je pense qu'il a besoin d'être seul un moment. Il n'est pas d'humeur à avoir de la compagnie.

— C'est compréhensible.

— Je vais en profiter pour m'occuper du café, dit Sophie qui ajouta un pot de crème et une coupe de sucre roux sur le plateau avant de se tourner, souriante, vers Ellie.

— Vous pouvez partir tranquille, Ellie. Je suis là pour prendre soin de James, dit-elle avec un regard froid qui démentait son sourire. C'est mon rôle, après tout.

— Votre rôle ?

— Bien sûr ! James est tellement occupé que nous n'avons pas eu le temps d'officialiser notre relation. Mais il est entendu depuis longtemps que je serai sa femme. A présent que, hélas, son père n'est plus là, il a besoin de ma présence à ses côtés. Il est le nouveau lord Birchenall et ne peut rester célibataire. Nous nous marierons sans doute au printemps.

Accusant le coup, Ellie respira profondément.

Pourtant, si Sophie disait vrai, pourquoi James s'était-il montré aussi empressé à son égard ?

— Vous vous demandez peut-être pourquoi James s'est beaucoup intéressé à vous ces derniers temps ? demanda Sophie avec une perspicacité déconcertante. Ne vous faites aucune illusion à ce sujet. James est un homme généreux et attentif aux autres. Il a voulu vous aider parce que vous aviez des ennuis, c'est tout. N'attendez rien de plus, vous seriez déçue. Même lorsqu'il se prend au jeu, chez lui ce genre d'engouement ne dure jamais bien longtemps.

Allant et venant avec l'aisance d'une maîtresse de maison dans sa propre demeure, elle sortit d'un placard un paquet de biscuits au chocolat et en disposa quelques-uns sur une assiette.

— Vous savez, reprit-elle sans un regard, c'est inscrit dans ses gènes. Il n'épousera qu'une femme irréprochable. Une femme capable de tenir son rang à ses côtés, d'organiser des dîners, d'être à son aise en société. C'est pourquoi il me veut auprès de lui.

Si Sophie était en train d'inventer tout cela, elle le faisait avec une habileté digne d'admiration. Il fallait réagir. Pesant soigneusement ses mots, Ellie prit la parole.

— Cela ne vous inquiète pas, Sophie, que James soit attiré par une autre femme ?

— Pourquoi m'inquiéter d'un flirt sans importance ? Dès que nous serons mariés, tout rentrera dans l'ordre. James est trop soucieux de sa respectabilité pour mettre en péril son image et celle de sa famille. Qu'il papillonne un peu avant de se ranger est le cadet de mes soucis.

Avec la même apparence de sang-froid, elle versa du café dans deux tasses.

— Je ne veux pas vous retenir plus longtemps, Ellie, dit-elle d'un ton suave. Vous avez certainement beaucoup à faire. A partir de maintenant, c'est moi qui suis en quelque sorte investie de veiller sur James. J'ai la bénédiction de son père.

Ce dernier point, du moins, était incontestable…

— Bonsoir, Ellie, fit Sophie en se dirigeant vers la porte, le plateau entre les mains. N'oubliez pas votre veste. Le temps fraîchit.

Décidément, Sophie n'y allait pas par quatre chemins ! Elle voulait clairement la voir quitter le manoir et sortir de la vie de James ! Dans l'immédiat, cependant, elle ne partirait pas sans aller le saluer, que cela plaise ou non à Sophie. Aussi, sans lui demander son avis, la suivit-elle dans le salon.

— Je crois que ce damné poêle marche enfin ! dit James qui était penché sur l'antique poêle en fonte.

Se relevant, il jeta un coup d'œil au plateau apporté par Sophie.

— Deux tasses seulement ? fit-il, l'air étonné.

— C'est que je dois m'en aller, répondit Ellie. Je viens juste vous dire au revoir, James. Si je peux faire quoi que ce soit pour vous, appelez-moi. Je vous reverrai à l'hôpital quand vous aurez récupéré. Prenez le temps qu'il vous faudra avant de revenir.

Simple courtoisie ? Ou désir d'un moment d'intimité avec elle ? Il quitta le salon avec elle et l'accompagna jusqu'au porche.

— Je regrette que vous partiez déjà, Ellie. J'aurais voulu profiter de votre compagnie un peu plus longtemps.

— Je ne vous laisse pas seul, James. Sophie est là, répondit-elle, se retenant de le serrer dans ses bras.

— C'est vrai…

Tandis qu'elle se dirigeait vers sa voiture, elle l'entendit refermer la porte.

Finalement Sophie avait raison. Pour lui, elle n'avait été qu'une agréable distraction.

Et ce serait Sophie qu'il épouserait, comme son père l'avait souhaité.

10.

— C'est une joie de vous retrouver, James.

En gagnant avec lui l'aire des ambulances, Ellie le dévorait du regard. Il était de retour à l'hôpital depuis le matin, mais elle n'avait pas encore eu le temps de le voir.

Elle se sentait submergée par la force de ses sentiments pour lui. Pourtant, quelque chose dans son attitude la déconcertait. Où était passé l'homme chaleureux et décontracté qu'elle connaissait ? Il semblait tendu, le regard ailleurs.

Etait-ce à cause de son deuil ? Ou bien voulait-il la maintenir à distance pour protéger sa relation avec Sophie ?

A moins que, tout simplement, il ne se concentre sur le nouveau cas qui les attendait. Un jeune homme victime d'un accident de la circulation.

— Vous m'avez manqué, murmura-t-elle, prenant son courage à deux mains.

— Vraiment ?

Elle acquiesça de la tête. Il lui avait manqué plus qu'il n'aurait pu l'imaginer. La façon dont elle avait dû le quitter la dernière fois qu'elle l'avait vu au manoir avait été un déchirement. Depuis, elle se demandait de façon lancinante si ce que Sophie lui avait dit sur leur prochain mariage était vrai.

C'était hélas possible. Si James avait voulu la revoir, il l'aurait appelée.

— La cérémonie pour votre père était très belle, dit-elle avec douceur. Le service, très émouvant. Et les fleurs magnifiques, en particulier à l'intérieur de l'église. Grâce à Sophie, sans doute.

— Non. J'ai voulu tout organiser moi-même.

Surprise, elle lui jeta un rapide coup d'œil. Sophie s'était montrée tellement acharnée à avoir la haute main sur tout…

— J'aurais voulu vous voir depuis la cérémonie, James, mais j'ai appris par Harriet que vous étiez parti passer quelques jours chez des parents.

— Vous êtes donc venue voir Harriet au manoir ? demanda-t-il, l'air surpris.

— Euh… oui… Je pensais qu'elle vous l'aurait dit. Il est vrai qu'elle était sur les nerfs le jour où je suis passée. Si j'ai bien compris, Sophie était là et voulait lui imposer un changement dans ses menus.

— Harriet déteste qu'on la contrarie, dit-il avec un sourire amusé, semblant se dérider un peu.

— Oh ! Je me rappelle qu'elle a du caractère, bien qu'elle ait été très bonne avec moi quand j'étais enfant.

Ayant atteint l'aire des ambulances, il ne leur restait qu'à attendre l'arrivée du blessé. Ce ne serait pas long, une sirène retentissait déjà au loin.

— Je suis allé passer quelque temps dans une branche de ma famille, reprit James. Parmi des tantes, des oncles, des cousins. J'avais besoin de me changer les idées. La direction de l'hôpital l'a très bien compris.

Elle n'en sut pas plus, car l'ambulance arrivait et James se précipita vers le blessé.

— Il s'appelle Sam Donnelly, dirent les aides-soignants en sortant le brancard de l'ambulance. Il a fait une chute de moto. Il ne peut pas parler et son rythme cardiaque est très bas.

— Il faut le mettre sous surveillance cardiaque, dit James dès qu'ils furent en salle de réanimation et qu'il eut commencé à examiner le blessé.

— J'installe le moniteur, répondit Olivia.

— La pression artérielle s'effondre, avertit Ellie.

Le blessé ne paraissait pas avoir plus de dix-huit ans. Elle eut une pensée pour ses parents qui étaient dans la salle d'attente, sachant leur fils inconscient et peut-être gravement atteint.

Levant les yeux vers James, elle le vit se rembrunir malgré l'introduction d'une sonde dans la trachée du blessé pour lui fournir de l'oxygène.

— Son état se détériore, dit-il d'une voix sèche. Il est pâle, il a le souffle court, son pouls est faible et irrégulier.

— Sa température est trop basse, dit-elle, perplexe.

Le jeune homme ne présentait pas de blessures apparentes inquiétantes. Il fallait chercher ailleurs la cause de la dégradation de son état.

— Il y a peut-être une hémorragie interne, dit James qui avait apparemment le même raisonnement qu'elle.

— Scanner ? suggéra-t-elle.

— Cela peut nous apporter la réponse, dit-il en approuvant de la tête. Olivia, s'il vous plaît, prévenez le bloc qu'il y a peut-être une urgence pour eux. Qu'ils se tiennent prêts.

— Je le fais tout de suite.

— Il s'est probablement fracturé les côtes inférieures, reprit-il. Cela peut avoir entraîné un traumatisme abdominal.

— C'est très possible, répondit-elle.

Le scanner ayant été peu éclairant, il fallut recourir à une méthode intrusive. James pratiqua une incision dans l'abdomen de Sam avant d'introduire un cathéter de dialyse dans la cavité péritonéale puis d'y injecter une solution saline qu'il aspira ensuite lentement dans une poche transparente.

— Il y a beaucoup de sang, dit Ellie en fronçant les sourcils au fur et à mesure que la solution rougissait. Le foie a sans doute été endommagé par les côtes cassées.

— Vous avez raison. Il faut envoyer Sam au bloc pour une laparotomie.

Sans perdre de temps, elle prépara le jeune homme pour l'intervention. Plus tôt il serait opéré, plus il aurait de chances de s'en sortir.

— Vous avez été très efficace, lui dit James en enlevant ses gants après que Sam eut été emmené. Et votre jugement est très sûr. Je suis content de voir que vous avez retrouvé votre confiance en vous.

— C'est vrai, dit-elle, je ne doute plus. Et pourtant…

— Pourtant ?

— Quelque chose m'a perturbée ce matin, dit-elle en se rembrunissant. Mel a appelé. Elle veut venir me voir.

— A-t-elle dit pourquoi ?

— Non. Mais j'ai accepté le rendez-vous. Elle sera là dans une quinzaine de minutes, dit-elle en consultant sa montre.

— Voulez-vous que j'y participe avec vous ?

— Oh ! vous feriez cela ? demanda-t-elle, envahie d'un intense soulagement. Merci, James ! Pour tout vous dire, je continue à me demander si elle n'est pas à l'origine de la campagne de presse déclenchée contre moi. Elle connaît mon passé et ne me pardonne pas le décès de sa tante.

— Pour l'instant, dit-il en regardant la blouse verte et les chaussures de plastique qu'elle portait, allons nous changer pour ce rendez-vous. Je vous propose qu'il ait lieu dans mon bureau.

A peine l'y avait-elle rejoint que l'on annonça l'arrivée de Mel.

— Asseyez-vous, je vous en prie, dit James à la visiteuse avec un sourire engageant. Voulez-vous un café avant de nous exposer le problème qui vous amène ?

— Ce n'est pas un problème qui m'amène. Plutôt une décision de ma part.

Strictement vêtue d'une robe et d'une veste trois-quarts coordonnées, elle avait son allure habituelle de parfaite femme d'affaires. Mais sa coiffure était plus souple, avec une légère ondulation qui adoucissait son expression. Buvant son café à petites gorgées, elle semblait réfléchir.

— Une décision ? demanda enfin Ellie, n'y tenant plus. Laquelle ?

— J'ai été bouleversée par la mort de ma tante, répondit Mel. Cela s'est passé si vite. Nous étions sur le point de partir en week-end au bord de la mer quand elle a eu cette attaque. J'ai trouvé cela inacceptable. Elle était une mère pour moi et je l'adorais.

L'évocation de sa tante sembla raviver son émotion. Sa

main tremblait quand elle reposa sa tasse de café et elle paraissait incapable de poursuivre.

— Prenez votre temps, Mel, lui dit James.

— J'ai consulté un avocat, reprit-elle.

A ces mots, Ellie sentit le cœur lui manquer. C'en était fait de sa carrière, de son avenir, de tout ce qu'elle avait construit avec tant d'efforts et d'acharnement. Rencontrant le regard de James, elle vit qu'il comprenait ce qu'elle éprouvait.

— Il a examiné les comptes rendus de l'hôpital, dit Mel. A ma demande, il a sollicité l'avis d'un expert qui lui a appris qu'une opération aurait pu être pratiquée pour extraire le liquide infecté de l'espace qui entoure le cœur.

— En effet, répondit Ellie de son ton le plus professionnel. C'est ce que l'on fait quand le mal est chronique et que le drainage a échoué. Dans le cas de votre tante, l'infection était galopante et les antibiotiques inopérants. Mais le problème majeur était sa faiblesse cardiaque. Elle a fait un arrêt du cœur et malgré tous mes efforts n'a pu être réanimée. J'en suis désolée, croyez-le bien.

— Laissez-moi continuer, dit Mel qui semblait avoir vaincu son émotion. Ce que je suis venue vous dire, c'est que les explications de l'expert ont corroboré les vôtres. J'étais tellement désespérée que j'avais besoin d'avoir quelqu'un à blâmer je crois.

Elle se tourna vers Ellie et lui sourit.

— Je suis désolée, Ellie, lui dit-elle. Vous n'y êtes pour rien et j'ai pris la décision de retirer ma plainte.

Ce fut comme si un poids de plusieurs tonnes s'envolait soudain de ses épaules.

— Merci, Mel, d'être venue me le dire, dit-elle d'une voix étranglée.

— J'ai lu les articles publiés sur vous. Ils sont tellement injustes ! Je me rappelle l'époque de notre adolescence, ces fêtes, ces chahuts. J'en ai partagé certains.

Sans doute émue par l'évocation de ces souvenirs, elle retrouva soudain le tutoiement de leur adolescence.

— Il n'y avait rien de mauvais en toi, Ellie. Tu ne pensais qu'à aider les autres malgré le déséquilibre de ta vie. Heureusement, les déclarations de ta mère à la presse vont aider à rétablir la vérité.

— Tu les as lues ?

— Oui. Elle reconnaît sa part de responsabilité.

— Je crois qu'elle et moi commençons à nous libérer du passé. Il lui a fallu du courage pour s'exprimer publiquement.

A cette pensée, elle eut un sourire d'attendrissement.

— Pour la première fois depuis des années, nous nous sommes revues. Nous avons parlé librement. Maintenant, nous nous comprenons mieux l'une l'autre.

Avec Mel aussi, l'entente revenait. Après avoir longuement bavardé, elle la raccompagna.

— Merci encore, Mel, d'être venue me voir.

Ayant refermé la porte, elle s'y adossa, les yeux clos. Elle ne s'était pas attendue à voir Mel retirer sa plainte. C'était un soulagement indicible.

Un bonheur de plus après les retrouvailles avec sa mère !

— J'attends ce moment depuis si longtemps, lui avait dit celle-ci, les larmes aux yeux. Mais je n'étais pas sûre que tu aies envie de me voir.

— Je n'avais pas compris que tu étais malade, maman. Nous avons eu tort de t'en vouloir, Noah et moi.

— Merci de ta compréhension, ma chérie, avait répondu sa mère, le visage illuminé de joie. Vous étiez si jeunes tous les deux ! Je n'étais pas en état d'assumer votre éducation. A présent que je vais mieux, j'espère que nous pourrons effacer ces années noires.

— J'en suis sûre, maman. Nous allons prendre ensemble un nouveau départ !

Le regard de James fixé sur elle la tira de sa rêverie.

— Tout va bien, Ellie ? demanda-t-il, l'air inquiet.

— Mieux que bien !

— Il reste pourtant un problème de taille à résoudre, dit-il d'un ton méditatif. Si Mel n'est pas à l'origine du scandale, qui alors ?

— Je n'en sais rien, répondit-elle, évasive.

En fait, une idée faisait son chemin dans sa tête, mais il

était indélicat de l'évoquer devant James. Une autre personne aurait eu intérêt à salir sa réputation. Sophie…

— En tout cas, dit-il en s'approchant d'elle, tout s'arrange pour vous. La plainte de Mel, les accusations de la presse, votre carrière à la télévision, vos retrouvailles avec votre mère. A présent vous pouvez avancer en paix dans la vie.

— Oui, c'est un grand soulagement. Merci de votre soutien constant, James.

— Je vous l'ai déjà dit. Je serai toujours là pour vous, Ellie.

Il lui lança un regard appuyé.

— Je ne vous abandonnerai jamais, ajouta-t-il.

D'une certaine façon, c'était sans doute vrai. Pourtant, il allait épouser Sophie…

— Malgré tout, vous ne sembliez guère tenir à ma présence le dernier soir où nous nous sommes vus, au manoir.

— J'étais sous le choc d'avoir perdu mon père. Mais c'est vous qui avez voulu partir. Cela m'a déçu. J'avais très envie que vous restiez. Vous ne m'avez même pas appelé le lendemain. Je n'ai pas compris que vous preniez vos distances avec moi. Vouliez-vous rompre toute relation personnelle ?

— Ce n'était rien de tel, dit-elle en lui jetant un coup d'œil incisif. Mais Sophie venait de me révéler votre relation et de m'annoncer votre prochain mariage.

— *Quoi ?* s'exclama-t-il avec une véhémence qui la fit sursauter. Grands dieux ! D'où a-t-elle sorti une idée pareille ?

— Mais…, balbutia-t-elle, l'esprit en déroute. Vous vous connaissez depuis longtemps… et votre père m'a dit qu'elle serait une épouse parfaite pour vous…

— Mon père avait ses idées sur tout, mais je ne les partageais pas toujours, dit-il d'un ton sec. Je l'aimais et je le respectais. Mais même pour lui faire plaisir, je n'aurais pas forcé ma volonté…

On frappa un coup à la porte et il rugit :

— Qu'est-ce que c'est ?

— Le blessé est sorti du bloc, dit Olivia en entrant. Le foie et la rate étaient gravement touchés, mais l'opération a réussi et il semble tiré d'affaire. On vous attend pour avoir votre avis.

— Merci, Olivia.

Quand elle fut sortie, il resta un instant pensif.

— Ecoutez, Ellie, il faut que j'aille voir Sam. Mais je veux tirer cette histoire au clair avec Sophie. Je passerai chez vous ce soir, dès que je l'aurai fait.

— Alors, à ce soir…

Elle avait bien failli se laisser prendre aux racontars de Sophie. Mais à présent, la joie l'inondait. Et si tous les espoirs étaient de nouveau permis ? S'il y avait un avenir pour elle auprès de James ?

Pourtant, de retour chez elle, le doute l'assaillit de nouveau. En ce moment même, il était avec Sophie. Saurait-elle le persuader qu'ils étaient destinés l'un à l'autre ? Qu'il ne pouvait trahir son ascendance aristocratique avec une femme à la réputation ternie ?

Ayant grignoté quelques crackers et un morceau de fromage pour se réconforter, Ellie alla prendra une douche et se changer. Vêtue d'un jean et d'une courte tunique à fines bretelles, elle se maquilla légèrement, avec juste un peu de blush pour raviver l'éclat de son teint, et laissa librement flotter ses cheveux.

Se sentant plus sûre d'elle, elle descendit et commença à attendre James, le cœur battant.

Quand il frappa à la porte, elle ouvrit en tremblant. Que lui réserverait la soirée ? Il se tenait sur le seuil, souriant, les mains cachées derrière le dos.

— J'espère que vous n'avez pas dîné ? dit-il avec bonne humeur.

— Pourquoi ?

— Parce que j'ai apporté un festin chinois, répondit-il en sortant des sacs de derrière son dos. Je suis mort de faim et j'espère que vous l'êtes aussi.

— Je le suis et j'adore la cuisine chinoise ! dit-elle, ravie, en l'entraînant dans la cuisine où elle ouvrit les sacs avec curiosité.

— Mmm ! Du canard laqué, du riz sauté, des crevettes royales. Et même des baguettes ! James, je suis aux anges !

— Je me charge d'allumer la bouilloire, dit-il en riant pendant qu'elle faisait réchauffer les plats dont les parfums subtils se répandirent aussitôt dans la pièce. Mais si vous préférez du vin, je retourne en chercher une bouteille.

— J'ai ce qu'il faut, répondit-elle. Mettez donc le couvert pendant que je descends à la cave.

La table fut vite dressée et ils attaquèrent de bon cœur les plats odorants.

— Mmm… c'était délicieux, murmura-t-elle quand ils reposèrent enfin leurs baguettes. Vous avez bien choisi. Je raffole de la cuisine chinoise.

— Je vous en apporterai aussi souvent que vous le voudrez, dit-il en la regardant dans les yeux.

— Vous avez donc l'intention de revenir ?

— Pensiez-vous être débarrassée de moi, Ellie ?

— Je n'en ai aucune envie !

— C'est ce que je souhaitais vous entendre dire…

Le rose aux joues, elle prit le temps de savourer cette réponse avant de se lever.

— Si nous allions finir ce vin dans le salon ? proposa-t-elle.

— Bonne idée.

Installée sur le canapé, elle suivit des yeux sa longue silhouette souple et déliée pendant qu'il remplissait leurs verres et venait s'asseoir à côté d'elle. Une tristesse subite l'envahit. Pendant tout le dîner, il avait semblé détendu et heureux d'être là. Mais qu'est-ce que cela prouvait ? Pourquoi n'avait-il abordé aucun sujet sérieux ? Voulait-il retarder le moment des mauvaises nouvelles ? Oui ou non, avait-il vu Sophie ? Et que s'était-il passé entre eux ?

— Avez-vous parlé avec Sophie ? demanda-t-elle enfin, n'y tenant plus.

— Oui, répondit-il en se rembrunissant.

— Alors ?

Il resta silencieux un moment.

— Elle a reconnu vous avoir menti sur notre prétendu

mariage. Mais il y a plus grave. Elle m'a avoué que c'était elle qui avait fait des révélations sur vous aux tabloïds.

Elle avait beau s'en douter, la nouvelle la laissa interdite.

— Mais comment a-t-elle pu savoir ce qui m'est arrivé pendant mon adolescence ?

— Elle a réussi à faire parler mon père sur votre passé et celui de votre famille. C'est ainsi qu'elle a pu faire passer des informations à la presse.

— Elle doit se sentir terriblement mal à présent.

— Je le pense.

— Et… votre projet de mariage ?

— Mais il n'y a jamais rien eu entre nous ! A part une vieille amitié, des dîners en ville et des soirées chez des amis ! Seulement, elle laissait planer une ambiguïté. C'est sans doute ce qui a fait croire à votre frère que nous étions un couple.

Il soupira profondément.

— Elle savait pourtant que je ne partageais pas ses sentiments. Elle espérait peut-être me faire changer d'avis. A moins qu'elle n'ait vécu dans un monde imaginaire. Le fait qu'elle ait gagné l'affection de mon père n'a rien arrangé.

L'évocation de son père sembla le rendre songeur.

— Je dois reconnaître qu'elle a été d'un grand dévouement avec lui. Elle était là quand il le fallait, lui faisait prendre ses médicaments, l'accompagnait en voiture. Peut-être parce qu'elle se considérait déjà comme sa belle-fille.

— Malgré ce qu'elle a fait, j'ai de la peine pour elle.

— Il est évident qu'elle a tout de suite vu que vous représentiez une menace.

En souriant, il se tourna vers elle.

— A moins d'être aveugle ou stupide, tout le monde aurait compris que j'étais fou amoureux de vous.

— Vraiment ? dit-elle d'une voix étranglée, le cœur battant à lui briser la poitrine. Je pensais que vous ne cherchiez qu'une aventure. Vous m'avez tellement répété que vous n'étiez pas prêt pour autre chose… Et moi, c'est autre chose que je voulais…

Elle sentait sur elle le regard profond de ses yeux gris.

— Etes-vous en train de me dire que vous aussi étiez amoureuse de moi, Ellie ?

— Oui… Mais votre père attendait tellement de vous. Mon nom avait été sali et votre père ne m'aurait jamais jugée digne de vous.

— Ce n'était pas à lui de décider. De toute façon, il avait appris à vous connaître et vous était reconnaissant de lui avoir sauvé la vie. Il souhaitait réparer le mal qu'il a fait à votre famille et à vous-même. Il me l'a dit.

— Cela me touche, James.

Il passa un bras autour de ses épaules et elle se laissa aller à la sensation de douceur et de chaleur qui l'envahit quand il l'attira contre lui.

— J'ai eu tort de douter de vous, Ellie. J'avais peur que vous ne cédiez à Lewis, même si au fond de moi je savais que vous n'êtes pas une briseuse de ménage. J'étais dévoré de jalousie quand je vous voyais avec lui. C'était idiot de ma part, car je sais qu'il aime profondément Jessica. Mais je n'étais pas sûr de vos sentiments et cela me rendait fou.

— Moi aussi j'ai douté de vous… J'étais scandalisée que vous flirtiez avec moi tout en sortant avec Sophie. J'aurais dû vous faire confiance.

— Une seule femme compte désormais pour moi. Vous, Ellie.

Se penchant vers elle, il l'embrassa tendrement et l'attira tout contre lui, ses mains courant sur son corps en de longues caresses.

— Viens, dit-il tout bas.

— Tout cela est-il bien réel ? Je n'arrive pas à y croire, James.

— C'est bien réel, ma chérie. Je ne pensais pas que cela m'arriverait un jour. Mais, pendant notre escapade en bateau, j'ai compris que je ne pourrais plus me passer de toi. Cela a été pour moi un véritable coup de tonnerre. Quand je suis auprès de toi, je me sens en paix avec le monde et avec moi-même.

Il l'embrassa de nouveau.

— J'ai enfin trouvé mon âme sœur. Je t'aime.

— Oh ! James ! Je t'aime tellement. Et j'ai eu si peur que tu ne m'aimes pas…

Laissant courir ses doigts sur sa nuque, elle attira doucement son visage vers le sien. Quand leurs lèvres se joignirent, elle se sentit frémir, bouleversée par la façon dont leurs corps se répondaient.

— Ellie, acceptes-tu de m'épouser ? C'est avec toi que je veux partager chaque instant de ma vie, jusqu'à la fin de mes jours.

— Oui, James, répondit-elle tendrement, lui souriant et lui tendant ses lèvres. C'est ce que je souhaite plus que tout au monde.

Avec un soupir de bien-être, elle s'abandonna entre ses bras.

Maintenant, elle en était sûre. Entre eux, c'était pour la vie.

BLANCHE

HARLEQUIN

Retrouvez en décembre 2020, dans votre collection

BLANCHE

Un Noël écossais, de Susan Carlisle - N°1516

SÉRIE : LA CLINIQUE DES HIGHLANDS - 1/4

Une thérapie canine ? Cassandra ne s'attendait pas à ce type de rééducation, lorsqu'on l'a envoyée se faire soigner dans cette clinique du château de Heatherglen, en Écosse. Habituée à diriger des opérations de sauvetage, la voilà contrainte au repos, et sous la responsabilité d'un médecin insupportable. Aidé de ses chiens, le Dr Lyle Sinclair semble persuadé qu'il peut la guérir de corps et d'esprit… avant Noël !

Une famille pour Flora, d'Annie Claydon

SÉRIE : LA CLINIQUE DES HIGHLANDS - 2/4

De près, il était encore plus beau. Plus grand, plus blond, plus fort. Flora, kinésithérapeute à la clinique de Heatherglen, est tombée sous le charme du Dr Aksel Olson. Or son nouveau voisin n'est que de passage en Écosse, le temps pour sa fille malvoyante de bénéficier d'une thérapie impliquant un chiot. Aussi Flora s'efforce-t-elle d'étouffer les sentiments qu'elle sent naître pour Aksel et la petite Mette – au risque d'avoir le cœur brisé quand ils repartiront…

Le vœu secret de deux médecins, de Meredith Webber - N°1517

Ellie et Andy. Andy et Ellie. Après la fac de médecine, ils se sont aimés et mariés, nourrissant de grands projets tous les deux. Seulement, perdre l'enfant qu'ils attendaient a fait voler leur vie en éclats, ainsi que leur couple. Jusqu'à cette veille de Noël, où un bébé abandonné les lie malgré eux. Et si ces retrouvailles inattendues étaient la seconde chance de bonheur qu'ils espéraient ?

Un confrère trop charmant, de Tina Beckett

Un changement de décor s'impose pour Lyric. Devenue du jour au lendemain la tutrice d'Alia, elle souhaite le meilleur pour sa petite nièce. Et ce poste de pédiatre à Atlanta représente une opportunité formidable. À un détail près : son nouveau collègue, le Dr Ellis Rohal, exerce sur elle un effet dévastateur. Or, concentrée sur ses nouvelles responsabilités, Lyric n'a pas le droit de se laisser distraire…

Leur mission : sauver des vies.
Leur destin : trouver l'amour.

HARLEQUIN
www.harlequin.fr

BLANCHE

Play-boy ou papa, d'Alison Roberts - N°1518

Emma n'a qu'un rêve : fonder une famille. Hélas, cette année, elle sera de nouveau seule pour Noël et préfère donc se rendre utile aux urgences de l'hôpital. Or, quelle n'est pas sa surprise de découvrir qu'elle remplacera Max Cunningham durant ses congés ! Max, l'ancien play-boy qui lui plaisait tant autrefois, devenu brutalement le père de trois petits orphelins…

Un chirurgien inoubliable, d'Amy Ruttan

Revoir Calum… Pour Pearl, c'est un choc d'autant plus grand qu'elle a pensé à lui chaque jour, ces cinq dernières années. À l'époque, le quitter pour devenir un grand médecin semblait un sacrifice nécessaire, mais elle doute aujourd'hui d'avoir fait le bon choix. Car, face à Calum, son cœur s'emballe comme au premier regard. Saura-t-elle collaborer avec lui pour sauver le patient qui les réunit, sans révéler les émotions qui la submergent ?

Une sage-femme amoureuse, de Fiona McArthur - N°1519

SÉRIE : LE NOËL DES SAGES-FEMMES - 1/2

Tara sait qu'elle a pris la bonne décision en s'installant à Lyrebird Lake. Comment ne pas aimer cette petite ville paisible à la communauté soudée, et dont le centre médical est à la pointe de la modernité ? C'est l'endroit idéal pour commencer sa nouvelle vie de sage-femme. Mais, pour éviter toute complication, encore lui faut-il ignorer les sentiments que lui inspire le Dr Simon Campbell, son nouveau collègue et voisin…

Émouvantes retrouvailles, de Fiona McArthur

SÉRIE : LE NOËL DES SAGES-FEMMES - 2/2

Quand elle a découvert qu'elle était enceinte de Rayne Walters, Maeve a été partagée entre la joie de fonder enfin une famille et la tristesse de devoir élever seule leur enfant : en effet, après leur première et unique nuit de passion neuf mois plus tôt, Rayne a disparu sans un mot d'explication. Venue accoucher à Lyrebird Lake, entourée de sa famille et de ses amis, Maeve s'attend donc à tout sauf à le retrouver dans les rues de la ville…

HARLEQUIN

Leur mission : sauver des vies.
Leur destin : trouver l'amour.

HARLEQUIN
www.harlequin.fr

BLANCHE

Le bébé du Dr MacCallan,
de Louisa George - N°1520

Quand sa meilleure amie, Julia, l'informe de son intention d'avoir un bébé toute seule faute d'avoir trouvé l'homme idéal, le Dr Liam MacCallan est sous le choc. Comment Julia peut-elle songer à porter l'enfant d'un parfait inconnu, alors qu'elle a toujours désiré fonder une famille ? Bientôt, prenant conscience de son attirance pour Julia, Liam lui fait une audacieuse proposition : être le père de son bébé...

Un hiver à Deer Creek, d'Annie O'Neil

Diriger le cabinet médical de Deer Creek, une petite station de ski, comble Tara de bonheur. Mais, en cette période des sports d'hiver, elle attend avec soulagement l'arrivée de son nouveau chirurgien saisonnier, le Dr Fraser MacKenzie... En le rencontrant, hélas, elle reconnaît l'insupportable snowboarder qui a bien failli la heurter de plein fouet quelques heures plus tôt, sur la piste noire. Un individu aussi inconscient qu'irrésistible...

HARLEQUIN

Leur mission : sauver des vies.
Leur destin : trouver l'amour.

HARLEQUIN
www.harlequin.fr

Composé et édité par HarperCollins France.

Achevé d'imprimer en octobre 2020.

CPI
BLACK PRINT

Barcelone

Dépôt légal : novembre 2020.

MIXTE
Papier issu de
sources responsables
FSC® C108412
FSC
www.fsc.org

Pour limiter l'empreinte environnementale de ses livres, HarperCollins France s'engage à n'utiliser que du papier fabriqué à partir de bois provenant de forêts gérées durablement et de manière responsable.

Imprimé en Espagne.